악의 꽃

지은이 | 서지인
펴낸이 | 권순남
펴낸곳 | (주)마야 · 마루출판사

1판1쇄 인쇄일 | 2016년 9월 13일
1판1쇄 발행일 | 2016년 9월 19일

등록일자 | 2008년 1월 7일
등록번호 | 제310-2008-00001호

주소 | 서울시 노원구 상계 1동 1049-25 신영산업 BD 602호
대표전화 | 02-2091-0291
팩스 | 02-2091-0290
이메일 | marubooks@hanmail.net

978-89-280-7233-0
978-89-280-7232-3(set)

값 9,000원

* 저자와 협의하여 인지를 붙이지 않습니다.
* 잘못된 책은 교환하여 드립니다.

「이 도서의 국립중앙도서관 출판시도서목록(CIP)은 서지정보유통지원시스템 홈페이지(http://seoji.nl.go.kr)와 국가자료공동목록시스템(http://www.nl.go.kr/kolisnet)에서 이용하실 수 있습니다.」
(CIP제어번호:CIP2016021184)

+목차+

프롤로그 …007

제1장 …017

제2장 …061

제3장 …113

제4장 …171

제5장 …221

제6장 …279

제7장 …339

악
의
꽃

우릴 조종하는 꼭두각시 줄을 쥔 것은 〈악마〉인지라!
지겨운 물건에서도 우리는 입맛을 느끼고,
날마다 한 걸음씩 악취 풍기는 어둠을 가로질러
겁도 없이 〈지옥〉으로 내려가는구나.

구년묵이 똥갈보의 시달린 젖을
입 맞추고 빨아먹는 가련한 탕아처럼,
우리는 지나는 길에 금제의 쾌락을 훔쳐
묵은 오렌지처럼 한사코 쥐어짜는구나.

우리 뇌수 속엔 한 무리의 〈마귀〉떼가
백만의 회충인 양 와글와글 엉켜 덤비나니,
숨 들이켜면 〈죽음〉이 폐 속으로
보이지 않는 강물처럼 콸콸 흘러내린다.

-샤를 피에르 보들레르 '악의 꽃' 중-

프롤로그

악의 꽃

 멀리서 문이 열리는 소리가 희미하게 늘렸다.
 남자아이들의 우악스러운 손길이 린을 떠다밀더니 책상 위에 쓰러트려 버렸다. 타 학교 학생이 분명해 보이는 세 명의 남자아이들은 그녀를 보며 음흉하고도 간사한 웃음을 흘리고 있었다.
 떠밀려 쓰러진 그녀의 입에서 피가 흘러나왔다. 그녀는 눈을 똑바로 뜨고 자신 앞에 선 거대한 남자아이를 보았다. 이 아이는 지금 이 순간 이후 자신에게 일어날 일들이 어떤 것인지 모르는 게 분명했다.
 망할 민아. 망할 현수 선배.
 "야, 뭐야? 얘 전혀 주눅 들지 않는데?"

남자아이는 뒤에서 휴대전화를 들고 영상을 찍고 있던 여자아이를 보며 말했다. 그 아이, 민아가 다가와 쓰러진 린의 앞에 섰다.

"이런 동영상이 찍히는데도 눈을 똑바로 뜨시겠다? 역시 엄마가 전직 술집 작부라서 그런가? 이런 게 즐거운가 봐? 그 피가 어딜 가겠어."

다른 학교 교복을 입은 남자아이는 찢어진 옷 사이로 보이는 린의 가슴에서 시선을 떼지 못했다. 다른 여자아이 둘은 조금은 두려워하는 기색이었다.

"야, 저거 끝장내."

"민아야, 그만해! 그러다 린이 아버지라도 알면……."

"알게 될 리가 있어? 제 엄마도 남자랑 바람나서 쫓겨났는데. 아무 말 못 할걸?"

남자아이들은 린의 찢어진 치마와 블라우스에서 눈을 떼지 못하고 있었다. 음탕한 손이 린의 가슴을 움켜쥐었다.

"이야, 죽이는데?"

"잘 찍어."

린은 자신의 가슴에 입술을 대는 남자아이에게 차갑게 말했다.

"너, 내 얼굴 잘 봐."

"뭐야?"

남자아이가 고개를 들었다. 키스할 때 풀어 준 입이 문제인 것 같았다. 여자아이는 차가운 눈으로 그를 내려다보았다.

"내 얼굴, 잘 보라고. 죽고 싶지 않으면."

남자아이는 손을 치켜들고 린의 뺨을 때렸다.

"이게 어디서."

린은 키득거렸다.

"넌 내 얼굴 제대로 안 본 거 후회할 거야. 그리고 민아 말 들은 것도 후회하게 될 거야."

남자아이는 린의 말에 아랑곳 않고 그녀를 밀쳐 눕히고는 바지를 더듬었다. 린은 입술을 악물었다. 순간 옆에서 지켜보던 남자아이가 그녀를 범하려는 남자를 잡았다.

"잠깐만!"

"뭐야, 새끼야. 순서 지켜."

"그, 그게 아니라! 이년…… 닮았어."

"뭐?"

신경질적으로 되묻는 친구를 쳐다보지도 못한 채 남자아이는 덜덜 떨며 입을 열었다.

"야, 지, 진짜인 것 같아."

"아, 뭐가?"

린을 범하려던 남자아이는 린을 다시 보았다. 손이 묶여 돌려져 있어 가슴이 더 도드라져 보였다. 다리도 길고 몹시 미인인 아이인데 그 눈이 누군가를 생각나게 했다.

민아는 당황했다.

"뭐야. 왜 멈추는 거야!"

"너 내 오빠가 누구인지 말 안 했구나, 민아? 야, 너, 살고 싶으면 도망쳐."

"뭐?"

"오빠가 날 찾으러 올 거야. 내가 보이지 않은 지 벌써 이십 분이 지났으니까. 너희가 아까 두들겨 팼던 윤슬이 그냥 지나칠까? 너희, 민아 친구들, 이 불쌍한 남자아이들에게 말했어야지. 날 건드리면 얘네들 죽는다고."

이죽거리는 린의 말에 여자아이들이 덜덜 떨기 시작했다. 민아는 소리쳤다.

"속지 마! 괜히 그러는 거야!"

린은 몸을 일으켰다.

"너, 내 얼굴 제대로 봤으면 지금쯤 누군가 기억날 거야. 안 그래? 내 쌍둥이 오빠."

순간 남자의 입에서 천천히 이름이 나왔다.

"최…… 기후."

린은 웃었다.

"빙고."

남자아이의 얼굴이 하얗게 질렸다.

"야, 이 미친년아! 미리 말했어야지. 누구 죽는 꼴 보려고……."

순간 잠가 둔 교실 문이 쾅 소리와 함께 흔들리기 시작했다. 피가 맺힌 입꼬리를 올리며 그 여자아이가 귀신처럼 웃었다.

"바통 터치."

나직한 목소리와 함께 교실 문이 부서지더니 남자 하나가 슥 들어왔고 그 뒤를 따라 여자도 한 명 들어왔다. 그리고 린의 앞에 서 있던 남자아이는 그대로 바닥으로 고꾸라졌다.

"윤슬, 누구도 나가게 하지 마."

"이미 문 앞에 경호원들이 있습니다. 아무도 나가지 못합니다."

윤슬은 달려와 린의 손을 풀었다. 기후는 여자들을 노려보았다.

"말리지 마라, 린."

린은 미소를 지으며 앉았다. 두들겨 맞은 뺨이 부어오르고 남자에게 물어뜯긴 가슴에 멍이 퍼렇게 올라와 있었디. 윤슬은 얼른 재킷을 벗어 린의 어깨를 감싸 주었다.

"윤슬, 민아 폰 뺏어 와."

윤슬은 즉시 민아의 폰을 빼앗았다.

린은 책상에서 내려와 앞에 고꾸라진 남자아이를 발로 찼다. 남자아이는 덜덜 떨었다.

"모, 몰랐어! 정말 몰랐어. 우리는 민아가 그냥 재미 보게 해 준다고 해서! 정말 동생님일지는 몰랐다고요!"

남자아이는 눈물범벅이 돼서 외쳤다.

"죽여 버려."

린이 차갑게 말했다. 그러자 기후가 의자를 손에 단단히 쥐고는 바로 내리찍어 버렸다. 여자아이들은 피가 튀길 정도로 여러 번 의자를 내리찍는 기후의 모습과 눈을 반짝이며 그것을 보고 있는 린의 모습에 경악했다. 민아도 덜덜 떨었다.

"널 어떻게 할까, 민아? 저 녀석들에게 똑같이 강간당하게 해 줄까?"

민아는 덜덜 떨며 뒷걸음질 치다 도망치려 했다.

"이런, 그러면 재미없지."

린이 날카롭게 말하며 민아의 머리채를 잡아서 질질 끌었다.

"아직 당한 건 아니잖아! 아니잖아!"

민아가 새되게 외치자 린은 차갑게 입을 열었다.

"육체는 아닐지라도 이미 정신은 당한 거나 마찬가지야. 너도 똑같이 당해. 죽을 정도의 치욕을 느껴!"

윤슬은 눈을 감아 버렸다. 그날 타 학교 남자아이 세 명이 의식불명 상태로 병원에 실려 갔고, 여자아이 둘은 두들겨 맞아 갈비뼈가 나갔다. 그리고 민아는 뇌진탕 상태로 병원에 긴급 후송되었다.

결과적으로 여자아이 둘은 결국 퇴학 처리되었고, 민아는 모든 일을 꾸민 죄로 퇴학과 구속이 결정되었지만 어느 사이에 강제 전학으로 결정이 번복되고 말았다. 다른 학교에서 온 남자아이들도 모두 추행죄로 경찰서로 잡혀갔다.

린은 그 후 한동안 아무도 만나지 않았다. 윤슬은 그런 린을 곁에서 지켰다. 사건의 전말은 가려진 채, 세 명이 퇴학당했고 여럿이 경찰서에 불려 다녔다. 그들과 트러블을 일으켰던 린과 기후는 아무런 처분도 받지 않았다. 모두의 시선에 그것은 '가진 자'와 '가지지 못한 자' 사이의 불평등한 결과로만 보였다.

  남을 불행에 빠뜨리고도 아무렇지 않은 아이. 사람들은 그 사건 이후로 아무도 가까이하지 않는 린을 '가시 돋친 꽃' 혹은 모두를 악의 구렁텅이로 밀어 넣는 '악의 꽃'이라 부르게 되었다.

제1장

악의 꽃

 시끄러운 자동차 소음에 그는 인상을 쓰고 있었다. 뭐 대단할 것도 없는데 이렇게 오라 가라 하는 것을 보면 역시나 구역질이 나는 집안사람들이었다.

 지호는 눈을 감고 차에 기대었다. 말이 좋아 주치의지 이래서야 돈과 권력의 힘 앞에 종살이하는 처지나 다름없었다.

 지난번 자히르 오르테 최지후 사장의 주치의를 맡았던 인연으로 이 집안 주치의가 된 뒤로는 도무지 편할 날이 없었다.

 특히 최만후 전임 회장은 보다 폭넓게 사람을 괴롭힐 줄 아는 사람이었다.

 병원 재단을 운영하는 정운인터내셔널이 이번에 병원을 단장하면서 새로운 인선을 할 거라는 소문은 파다했었다. 모두가 지호에게 잘 보이려는 것을 보면 오너 일가의 주치의라는 자리가 그들에겐 커다란 후광처럼 보이는 듯했다.

하지만 그것은 타인의 생각일 뿐, 그는 하나도 반갑지 않았다.

지호는 눈을 뜨고는 자신의 손을 보았다. 그의 기억 속에 아직도 지워지지 않는 과거의 어떤 장면이 있었다.

자책하듯이 잘못을 이야기하던 박성찬 과장의 모습이 여전히 기억 속에 또렷했다.

거만하게 앉아 그의 이야기를 듣고 있던 최만후와 최지후의 모습. 그리고 차가운 얼음 가면을 쓴 듯 말이 없던 그의 딸까지.

그는 그 기억에 치를 떨어야 했다.

그 당시 겨우 본과에 들어온 그로서는 많은 것들을 알 수 없었다. 하지만 그 사건으로 그는 자신에게 과외를 받던 학생이자 그가 조심스럽게 사랑을 키우던 민아가 학교에서 퇴학당했다는 것을 알게 되었다. 또한 민아의 아버지이자 자신의 은사인 박성찬 과장마저 아무 잘못 없이 병원에서 쫓겨나게 되었다.

그 수술 잘하고 의사로서 청렴결백하던 어른이, 자신에게 둘도 없는 은혜를 베풀었던 그가 그렇게 힘없이 자리에서 물러나는 것을 보며 지호는 이 부당한 사건에 대해 바로잡으리라 마음먹었지만, 누구도 그 사건에 대해서만은 입을 다물어 버렸다. 권력 앞에서 누구도 박성찬을 옹호하지 않았던 것이다.

그는 한숨을 쉬며 밖을 보았다. 부자들이 모여 사는 동네라서 그런지 위압감마저 이는 곳이었다.

"다 왔습니다, 선생님."

기사의 부름에 지호는 상념에서 벗어났다. 그는 차에서 내리며 짧게 감사 인사를 하고는 안으로 들어갔다.

"전대 회장님은 안에서 기다리고 계십니다."

그는 조금은 우스운 기분이 들었다. 전대 회장은 무슨 전대 회장인지. 그냥 주인어른이라 하면 되는 것을 꼭 저렇게 '회장'이라고 붙여서 부르는 것이다. 잘난 집이라 있는 척하는 모습이 영 마음에 들지 않았다.

"안녕하십니까, 회장님."

그는 침대에 누워 있는 최만후에게 인사를 했다.

"어서 오게."

최만후는 미소를 보였다. 얼굴색이 오늘따라 홍조가 올라 있는 것이 심장에 무리가 온 것처럼 보였다.

"몸이 많이 불편하십니까?"

최만후는 미소를 보였다.

"늙은이다 보니 수술로도 어려워지는 부분이 있군. 거기다 감기 기운이 있으니 더 힘이 들어."

그는 최만후의 몸 상태를 체크하고는 여러 가지 이야기를 해서 이렇게 증상이 나빠진 이유를 찾아냈다.

"병원으로 오셔서 정밀 검사를 한번 하시는 것이 좋을 것 같습니다."

최만후는 고개를 끄덕였다.

"그렇게 하지."

그는 처방을 내리고 병원으로 전화를 한 뒤에 인사를 하고 집을 나섰다.

역겨운 사람들. 이런 식으로 병원에서 수없는 환자를 봐야 할 사람을 자기 마음대로 불렀다가 보내는 것이다. 아프면 다른 사람들과 똑같이 병원에 오면 될 것을 저런 식으로 돈 자랑을 하다니. 여간 못마땅하게 보이는 것이 아니었다.

"그렇게 미간에 내 천 자 그리고 올 거면 오질 마시지, 선생?"

비꼬는 듯한 목소리에 지호는 지금 막 주차한 차에서 내리는 여자를 보았다. 선글라스를 끼고 코트를 멋들어지게 입은 여자는 그를 비웃듯이 보고 있었다.

"왜, 자랑하는 것 같아? 나 이렇게 돈이 넘쳐 난다고? 그 덕에 그쪽 월급에 왕진비가 배로 추가되는 거잖아. 정말 사람 살리는 일이 하고 싶으면 저쪽 아프리카로 떠나야지."

차가운 목소리였다. 지호는 그녀를 노려보았다.

"무슨 말씀이신지."

그녀는 킥킥거리고 웃더니 지호의 앞에 섰다.

"그렇게 속물 보듯 쳐다보지 마. 거부 못 하고 오는 당신도 속물이니까. 그만 가자, 윤슬."

그는 옆에 서 있던 검은 양복의 키 큰 여자가 자신에게 쏘아붙인 여자를 호위해서 저택 안으로 들어가는 것을 보며 입술을 깨물었다.

기사는 그를 보며 주춤거리더니 어서 타시라고 했다.

"누굽니까?"

지호가 물어보자 기사는 살짝 인상을 썼다.

"요즘 본가에 잘 들르시지 않는데 오늘은 어쩐 일로 오셨군요. 이 댁 아가씨입니다."

지호는 그 말에 다시 한 번 뒤를 보았다. 그가 알기로 아가씨라 불릴 사람은 단 한 명뿐이다. 저 여자가 비로 그 못돼 처먹은 최린이 분명했다. 그 당시는 사고당한 직후라 맥없이 창백한 얼굴에 얼음처럼 차가운 눈을 한 시건방진 고등학생이었다. 그런데 나이가 들어도 그런 분위기는 어딜 가지 않는지 여전히 핏기 없는 얼굴에 정이 뚝뚝 떨어지는 말투로 무장을 한 버릇없는 모습이었다. 보아하니 그 당시와 별다른 변화가 없는 것 같았다.

그는 눈을 가늘게 뜨고 한동안 그쪽을 노려보다가 차에 올라탔다.

"왜 오라 가라 하시는지 모르겠어요."

최만후는 린의 딱딱거리는 말투에 헛웃음을 터뜨렸다.

"아비가 자식 보고 싶어 부르는 게 무슨 잘못이라고 그러느냐?"

린은 자신의 손톱을 보며 아무 말도 하지 않았다.

"생각은 해 본 거냐?"

"아니요, 전혀. 전 결혼 따위 안 해요."

최만후는 인상을 쓰며 린을 보았다.

"네 나이가 몇 살이냐. 벌써 꺾어지는 나이야. 천년만년 젊을 것도 아닌데 가정을 꾸려야지. 네 오빠를 봐. 결혼하고 얼마나 행복해하니."

"네. 행복하죠. 아빠가 그런 방해만 안 했어도 더 더 행복하고 더 더 좋았을 텐데, 아빠 덕에 사 년여 떨어지고 일 년여 원수처럼 지냈잖아요. 안 그래요? 아빠가 남의 인생에 끼어들어 모두를 가지고 놀려고만 하는 거 다 알아요. 근데 나는 빼주세요. 어차피 내가 아빠 말 안 들을 거 아시면서 왜 그렇게 안달복달이세요?"

최만후는 꼭 아픈 부분을 후벼 파듯 이야기하는 딸을 보며 인상을 찌푸렸다.

"내가 너 잡아먹자고 하든? 그저 결혼하라는 거 아니냐."

"내가 좋은 남자 잡아 올 때까지 기다린다 하셨잖아요."

최만후는 이마를 문지르며 딸아이를 보았다.

"잡아 올 기미가 보이지 않으니 이러는 것 아니야. 그리고 그 남자 너에게 감히 돈으로 들먹거릴 사람도 아니고, 하는 일도 다르니 너에게 상관도 하지 않을 거다."

린은 선글라스를 벗고 아버지를 보았다.

"그런 속물과 결혼하느니 윤슬하고 결혼할게요."

"넌 그게 글렀다는 거다!"

린은 인상을 썼다.

"그놈의 윤슬 때문에 네가 여자를 좋아한다고 소문이 가득하다."

린은 그 말에 웃음을 터트렸다. 배를 잡고 한참을 웃던 린은 눈물까지 찔끔거리더니 최만후를 보았다.

"잘됐다. 나 더 윤슬이랑 붙어 다녀야지. 그 정도 소문난 여자 잡으려 한다면 그 남자 완전 사이코 이닐까요, 아빠?"

최만후는 머리를 짚었다.

"린아, 내가 얼마나 더 살 것 같으냐."

린은 순간 입을 다물고 무표정한 얼굴로 최만후를 보았다.

"그런 협박 통하지 않아요."

최만후는 고개를 끄덕였다.

"알겠으니 그만 가 보거라."

"네. 갈게요."

린은 벌떡 일어나 밖으로 나갔다. 결혼이라니. 가능하기나 한 말인가?

그녀는 쓰게 웃었다. 그렇게 엄한 오빠 지후도, 제 인생 살기에도 바쁜 기후도 둘 다 그녀에게 입 밖으로 내지 않는 소리였다. 남자가 뭐가 그렇게 잘나서? 그녀에게는 돈도 있고 집도 있고 직장도 있었다.

그런 더러운 종자들과 어울릴 마음은 없었다.

"어디로 가시겠습니까?"

"기후한테."

윤슬은 약간 껄끄러운 표정을 지어 보이더니 차를 몰았다.

※

지호는 한동안 차트를 보고 있었다. 그가 자리를 비운 사이에 새로운 환자가 들어온 것이다.

"누구야?"

"음독자살 미수 환자입니다. 지금 위세척 끝났습니다."

지호는 한숨을 쉬고 차트를 넘기다 움찔해서 이름을 한참 보았다. 그는 서둘러 병실을 찾아 들었다.

파리한 얼굴에 늘어진 몸을 보며 지호는 숨을 들이켰다. 예전의 당당하고 당차 보이던 모습은 어디에도 없었다. 까맣게 변한 손톱 밑, 덥수룩한 머리카락, 마른 얼굴. 믿을 수 없는 모습에 그는 천천히 다가갔다.

"이름 박민아. 나이 스물여덟. 빙초산을 마신 것을 식당 아주머니가 발견해서 신고했습니다."

그는 인턴의 말을 들으며 그녀를 보았다. 그렇게 빛나 보이던 민아가 이렇게 변했다니 믿을 수가 없었다.

"그런데 가족을 찾을 수가 없어서……."

"내가 아는 분의 따님이야."

"네?"

그는 머리를 짚고 한숨을 쉬었다.

"내가 연락해 볼 테니 치료 계속 진행해요."

지호는 뒤돌아서서 나왔다. 왜 저렇게 된 걸까. 그는 조심스럽게 박성찬 원장이 있는 병원으로 전화를 했다.

-네. 한빛 내과입니다.

"수고하십니다. 원장님 지금 자리에 계십니까?"

-지금 진료 중이신데요. 마치면 연락드리겠습니다. 누구신지 알려 주세요.

그는 눈을 내리떴다.

"원장님의 제자인 김지호라고 합니다. 연락처 남기겠습니다."

-네, 메모해 두었습니다. 진료 후 바로 연락드리도록 메시지 남기겠습니다.

그는 조용히 수화기를 내려놓고는 한숨을 쉬었다. 고등학교에서 퇴학당하고 실형을 살았다는 이야길 들었었다. 박성찬 과장은 그런 딸을 자신의 잘못이라며, 인간 만들지 못하고 괴물로 만들었다고 한탄을 했지만 단 한 번도 딸이 무슨 짓을 했는지는 말을 하지 않았다.

그저 학교 폭력에 관계된 것이라 이야기했었다. 하지만 그가 알기로 오히려 폭력을 당한 건 민아였었다. 머리를 다쳐 피를 흘리며 기절한 채 들어왔던 민아를 가장 먼저 치료한 것은 그였었다. 분명 누군가 민아를 다치게 한 것이다. 그리고 여러 명의 아이들이 같이 왔었다. 불량스럽게 보이는 남자아이들과 더 불량스러워 보였던 최기후가 손을 다친 채 들어왔다. 여자아이 셋도 다쳐서 들어왔다.

최린은 들어오자마자 과장님이 치료해서 어떤 상태인지 알 수 없었지만 다음 날 봤을 때 뺨이 부어오르고 입술이 터진 정도였고, 어딜 다친 건지는 아무도 알 수 없었다. 오롯이 과장과 병원장만이 그녀의 다친 곳에 대해서 알 뿐, 철저히 비밀에 부쳤었다.

보기에도 민아와 그 학생들이 다친 건 최기후의 짓이 분명했는데 부자라는 것이 얼마나 좋은지 오히려 피해자들만 손해를 보았던 것이다.

지호는 그 사건을 또렷하게 기억하고 있었다. 기사는 한 번 났다가 사라졌지만 그 당시 민아의 상태를 그는 기억하고 있었다.

그렇게 다치고 아팠던 민아를, 우울증으로 자살 시도를 수도 없이 했던 민아를, 공포에 질려 울고만 있던 민아를.

그는 주먹을 움켜쥐었다. 박성찬 과장이 왜 딸을 이렇게 방

치했는지 그로서도 알 수 없는 부분이지만 민아의 불행이 모두 그 여자, 최린에게서 기인한 것이라는 점만은 확실히 알고 있었다.

■ ✄ ■

삐걱거리는 침대 소리와 여자의 교성이 온 집 안을 떠내려 보낼 것 같았다.
"또야?"
린은 한숨 쉬며 말하고는 윤슬을 돌아보았다. 여간 껄끄러운 것이 아닌 듯한 표정이었다.
"전화하고 올걸 그랬나?"
린은 태연하게 말하고는 소파에 앉았다.
"아주머니, 언제부터 저러고 있어요?"
도우미 아주머니는 얼굴이 빨개져서 웅얼거리듯 한 시간 정도 된 것 같다고 이야기했다.
린은 시계를 보고는 한숨을 쉬었다.
"저놈의 정력왕."
린은 팔짱을 끼고 한참 동안 앞을 노려보더니 윤슬을 봤다.
"그만두고 오라고 그래."
윤슬은 인상을 잔뜩 찌푸렸다.
"너뿐이잖아. 저런 기후 멈출 수 있는 사람. 너만 나타나면 기후는 그냥 여자 팽개치고 잘도 나오니까 네가 올라가."

윤슬은 얼굴이 창백해지더니 자리에서 천천히 일어났다.

"분부하신 대로 하겠습니다."

계단을 오르는 소리가 들리고 얼마 지나지 않아 윤슬이 먼저 내려왔다.

"금방 오실 겁니다."

빨개진 얼굴을 보며 린은 재미있는 듯이 킥 하고 웃었다.

"오늘도 또 네 앞에서 나체 시위를 한 거야?"

윤슬은 어쩔 줄 몰라 하며 얼굴을 돌렸다. 린은 피식 웃으며 소파에 기대어 있었다. 얼마 지나지 않아 수건 한 장 달랑 걸친 기후가 내려왔다.

"뭐야. 연락도 없이."

"옷 좀 입어. 나만 있는 거 아니야."

그는 고갯짓을 했다.

"물 한 잔 좀 가져다줘."

"슬이는 네가 부리는 사람 아니야."

기후는 윤슬을 한참 보았다.

"그렇지. 내가 부릴 수 있는 사람이 아니지. 우리 윤슬 님은."

비꼬는 투의 목소리에 린은 눈을 깜빡였다.

"좋은 분위기 깨 버렸다고 그러나? 한 시간이면 이미 재미는 다 봤을 거 아니야?"

"나머지는 여자 마음대로니까."

린은 한숨을 쉬었다. 윤슬은 자리에서 일어나 주방으로 몸을 피해 버렸다.

"정나미 떨어져."

"내가 이렇게 사는 거 모르는 것도 아니잖아."

"화풀이하듯 여자 안으면서 살아가는 것? 알지. 이제 질리지 않아?"

그는 머리카락을 쓸어 넘겼다.

"질리고 말고 할 것도 없어."

"나 기분 전환 좀 시켜 달라고 온 거야."

기후는 린을 보았다.

"무슨 일이야. 기분 안 좋아 보이는데."

그녀는 한숨을 쉬었다.

"영감이 날 결혼시키려 해."

일순 기후의 얼굴이 차갑게 변했다.

"미치지 않고서야."

"그치?"

린은 피식 웃었다.

"나 어디 가고 싶은데."

그는 자리에서 일어났다.

"준비하고 나올게. 기다려."

"스케줄은?"

"전화로 비울게."

그녀는 이 층으로 올라가는 기후를 확인하고 자신의 손을 보았다. 손마디가 하얗게 변한 것을 보며 아직도 극복하지 못한 부분들이 올라오는 것을 느꼈다.

"괜찮으십니까?"

윤슬은 린의 앞에 물을 한 컵 내려 두었다. 린은 피식 웃었다.

"그 여자 교성? 괜찮아야지. 내가 당하는 것도 아닌데. 그리고 기후는 강제로 여자를 어떻게 하지 않아."

윤슬은 인정한다는 듯이 고개를 끄덕여 주었다.

"나나 기후나 둘 다 아직도 치료가 필요하기는 하지. 미안할 뿐이야. 기후가 저렇게 된 게 나 때문이라서."

윤슬은 아무 말도 하지 않았다. 린도 더 이상 말을 하지 않았다. 이 층에서 남녀가 싸우는 듯한 소리가 나더니 기후가 청바지에 셔츠 차림으로 내려오는 것이 보였다.

"그만 가자."

린은 자리에서 일어나 기후의 어깨에 손을 올리더니 입술에 쪽 소리 나게 뽀뽀를 해 주었다.

"고마워."

순간 이 층에서 누군가 달려오더니 린을 밀쳤다.

"이 불여우 같은 계집애가 감히 기후 씨를 꼬여 내!"

그 여자는 린을 때리려는지 손을 치켜들고 대들었지만 일순 윤슬에게 제압되었다.

"그만하십시오!"

린은 천천히 몸을 바로 하고는 기후를 보았다.

"봐. 슬이는 아주 유능하지. 기후 오빠 같지는 않아."

"너무 유능해서 아무것도 안 되는 거야."

그는 퉁명스럽게 이야기하더니 조금 전까지 몸을 섞었던 여자를 보았다.

"내 동생에게 손을 댄 여자는 모두 끝이야. 넌 이제 두 번 다시 여기 오지 마."

그는 간결하게 이야기하고는 문을 열고 나섰다. 뒤에서 우는 여자에게 신경 쓸 기후가 아니라는 것을 알기에 린은 환한 미소를 지었다.

"난 이런 장면이 그렇게 좋더라."

기후는 피식 웃었다.

"네가 좋다면 나도 좋아."

린은 한숨을 쉬고는 머리를 기댔다. 기후와 윤슬이 서로를 보지도 않고 앉아 있으니 더욱 갑갑했다.

"그 모든 여자를 휘어잡으시는 바람둥이님께서 왜 슬이 앞에만 서면 삐딱해지는데?"

"안 넘어가니까."

"전 보릿자루가 아닙니다. 넘길 일도 없으십니다."

린은 깔깔거렸다.

"정말 둘 다 질리지도 않냐? 고등학교 때부터 지금까지 만나기만 하면 그놈의 넘긴다 안 넘어간다로 싸우게?"

린은 커피를 입에 가져다 댔다.

"흥. 그러든 말든 네 일을 걱정해야지."

"오빠가 아빠에게 말해 줄래?"

기후는 커피를 가만히 보고 있었다.

"나보다는 형이 좋겠지."

린은 한숨을 쉬고는 오랫동안 침묵을 지켰다.

"우리는 언제쯤 정상이 될까."

기후는 한참 동안 물 컵을 쥐고 있다가 씩 웃었다.

"둘 다 다시 태어나면."

린은 킥킥거리고 웃었다.

"그렇지? 우리는 다시 태어나지 않는 이상 정상이 될 수는 없을 거야. 그러니까 다 포기야."

기후는 무슨 소리냐는 듯이 린을 보았다.

"내가 '아빠'를 이길 수 있을 리가 없잖아. 우리 '아빠'가 된 순간부터 난 '아빠'는 이길 수가 없는걸."

기후는 쓰게 웃을 뿐 아무 말도 하지 않았다. 그 대신 손을 내밀어 린의 손을 꽉 쥐었다. 기후의 눈 속에 나타난 감정이 그녀에게는 반가운 것이었다.

"이럴 때는 오빠도 사람 같은데 말이야. 감정이라는 것이 있어 보여."

"너에게만."

"응, 나에게만."

린은 자리에서 일어났다.

"내가 최린이 된 이상 난 아빠 말을 들어야지. 오빠도 그렇고. 나 지후 오빠에게 더 이상 짐 되고 싶지 않으니까."

"그런데 어떻게 그 남자 이해시킬 건데?"

"만나는 봐야지. 만나서 괴롭히고 또 괴롭히다 보면 지가 알아서 떨어져 나가겠지."

기후는 킥킥거리고는 윤슬을 보았다.

"너 더 힘들어지겠다."

"그래도 도련님 모시는 것보다는 덜 힘들 겁니다."

기후는 인상을 찡그렸다.

"지금이 조선시대도 아니고 그놈의 도련님, 아가씨 지겹지도 않아?"

윤슬은 표정 하나 바뀌는 법이 없었다. 기후는 윤슬을 한참 노려보았다.

"어떻게 데리고 다녀?"

"좋아하니까. 내가 윤슬을 사랑하니까 같이 있어."

기후는 고개를 젓고는 자리에서 일어나 윤슬에게 손을 내밀었다. 하지만 윤슬은 가볍게 무시하고 일어났다. 린은 그런 기후를 보며 고개를 저었다.

"손대지 않겠다는 약속 어기려 들지 마."

기후는 고개를 끄덕일 뿐 더 이상 말을 하지 않았다.

■ ✕ ■

저녁이 다 되어서야 겨우 박성찬 전 과장과 연락이 되었다.
-오래간만이군. 자네가 날 찾아 전화할 줄은 몰랐어.
여전히 온화한 목소리에 지호는 표정이 한결 풀어졌다가 다시 인상을 썼다.
"과장님, 다름이 아니라."
-과장이라니, 그런 직함 치우게. 그래, 무슨 일인가.
"혹시 서울 올라오실 일이 있으십니까?"
-글쎄. 요즘 병원 일이 바빠서.
"민아가 저희 병원에 입원 중입니다."
상대의 목소리가 들리지 않았다. 한참의 침묵이 이어지더니 약간은 엄해진 목소리가 들렸다.
-그 애는 이제 내 딸이 아니야.
"과장님."
-혼자 힘으로 살겠다고 집 뛰쳐나간 녀석이니 무슨 일이 있어도 혼자 이겨 내겠지. 그런 연락이라면 이제 그만하게.
"자살 미수였습니다, 과장님."
다시 긴 침묵이 이어졌다.
-그 병원에서 퇴원시키게. 죽지 않았다면 그 병원에 있는 것

자체가 피해야. 그냥 퇴원시키게.

"과장님!"

박성찬 과장은 한숨을 쉬었다.

―이제 그 아이 일로 연락은 하지 말게. 치료를 거부하고 나간 그날부터 난 그런 아이 모르니까.

단호한 말투였다. 지호는 아무 말도 할 수 없었다. 박성찬 과장이 그렇게 전화를 끊어 버리고도 그는 한동안 수화기를 들고 있었다. 대체 무슨 일이 있었기에 이토록 무섭게 변하신 건지 알 수가 없었다.

지호는 자리에서 일어나 가운을 벗었다.

"김 선생님."

"무슨 일입니까?"

"병원장님이 잠시 보시자고 연락이 왔습니다."

"병원장님이?"

한숨을 쉬고 알겠다고 하고 그는 다시 가운을 걸쳤다. 지호는 천천히 걸어 병원장실로 가며 머릿속으로 끝나지 않은 민아의 생각을 계속 이어 갔다.

"찾으셨습니까."

"오. 어서 와요, 김지호 선생. 이쪽으로 앉지."

그는 어디서 본 듯한 인상 좋은 중년의 남자를 보았다.

"이쪽은 최만후 회장님의 비서이신 김 비서님."

"안녕하십니까."

김 비서는 미소를 지어 보였다. 그는 병원장에게 몇 가지를 이야기하고는 지호를 돌아보았다.

"최 회장님이 자네를 아주 좋게 생각하시는 것 같군. 이번 창립 기념 파티에 자네를 딱 찍어서 참석해 달라고 부탁하시지 뭔가."

지호는 그 말에 인상을 찡그렸다. 본디 병원 창립 기념 파티 따위는 하지 않고 그냥 포럼을 개최하는데 이게 무슨 소린지 알 수가 없었다.

"아, 병원 창립이 아닌 정운글로벌 창립 행사입니다."

김 비서는 환하게 웃어 보였다.

"회장님께서도 참석하실 예정이신지라 같이 참석하시는 것이 좋을 것 같다고 말씀하시더군요. 그리고 그 자리에서 소개하실 분도 있고요. 아마 김 선생님의 커리어에도 상당한 도움이 될 겁니다."

병원장의 얼굴은 상기되어 있었다. 지호는 그 반응들을 보며 비웃고 싶은 것을 간신히 눌렀다. 부자들이란 이런 식으로 나 주치의를 데리고 다닐 정도로 부유하다는 것을 뽐내고 싶은 것인지, 아니면 적선하듯이 다른 고객을 소개시켜 주며 자랑이 하고 싶은 것인지 알 수가 없었다. 하여튼 생각하는 것마다 더러운 짓거리는 왜 저렇게 많은지. 그는 삐딱한 시선을 거둘 수가 없었다.

"뭘 생각하나, 당연히 가야지. 안 그런가?"

병원장이 지호의 침묵에 당황한 듯이 말을 먼저 이어 갔다.
"그날 잡힌 수술에 대해 생각 중이었습니다."
김 비서는 미소를 지었다.
"이미 그것은 조정이 끝났습니다. 아침에 수술이 네 건 있다고 알고 있는데 그 수술 후에 참석하시게 될 겁니다. 파티는 6시부터니까요."
지호는 알겠다며 고개를 끄덕여 보였다. 병원장은 김 비서 앞에서 그를 칭찬하느라 여념이 없었다. 김 비서가 나갈 때까지 그런 불편한 장면은 계속 이어졌다.
"이봐, 자네. 정말 축하해."
지호는 아무 말도 하지 않았다.
"이번 인사 때 자네가 얼마나 대단해질지 상상이 안 가는군. 하여튼 잘 해 보자고."
그는 병원장이 미소를 지으며 그의 손을 잡고 흔드는 것을 싸늘한 시선으로 바라보았다.
아무래도 그 회장이 이런 식으로 사람의 인선에 참여하는 것 같았다. 실질적으로 병원의 소유주이니 모두들 콧방귀 한 번에 나가떨어지는 것이 분명하기는 하지만 저렇게 비굴해야 하나 하는 생각마저 들었다.
지호는 이런저런 이야기를 듣고는 자리에서 일어났다. 자신의 방으로 돌아온 그는 한참을 책상 앞에 있다가 옷을 갈아입고는 퇴근 준비를 마쳤다.

그는 민아의 병실로 발길을 돌렸다. 민아를 병원에서 퇴원시키라는 말에 그는 한참을 생각해 보았다. 아마 최린과의 사건 때문에 아직도 겁을 내고 있는 것일까? 그들이 얼마나 부자인지는 모르지만 그렇다고 부녀의 관계마저 돈으로 저울질했을 줄은 몰랐다. 박성찬 과장이 저토록 정색하는 이유를 알고 싶지만 그에게 말해 줄 사람이 없었다.

그는 민아의 병실로 들어가 손이 묶인 채 누워 있는 민아를 보았다.

"정신은 들어?"

민아는 지호의 말에 움찔하더니 천천히 고개를 돌렸다. 그를 한참 보더니 이제야 알아본 건지 눈물이 왈칵 불어났다.

"지호 오빠?"

지호는 마르고 볼품없어진 얼굴로 흐르는 눈물을 닦아 주었다. 민아의 처량한 울음소리가 그의 귓가에 들어박히고 있었다.

■ ✕ ■

린은 한참 창밖을 보고 있었다.

"무슨 생각하니?"

"아, 지후 오빠, 안녕."

지후는 한숨부터 쉬고는 서류를 던져 놓고 린을 보았다.

"그런 일이 있으면 나에게 말을 했어야지. 억지로 그럴 필요 없어."

그녀는 피식 웃었다.

"괜찮아. 아마 그쪽이 먼저 질려서 나가떨어질 거니까."

지후는 그녀를 한참 보았다.

"어려울 것 같으면 말해."

지후의 말에 고개를 끄덕이며 그녀는 시계를 보았다.

"나 치장하러 간다. 언니도 가려나?"

"아니. 아이가 아파서 안 돼."

"응? 진짜? 니키?"

"정이가 아파."

"왜?"

지후는 살짝 인상을 썼다.

"감기인가 봐. 열이 심해서 어제도 한숨 못 잤어."

린은 알겠다는 듯이 고개를 끄덕였다.

"그럼 오빠 나중에 봐. 난 기후랑 파트너로 참석할게."

"웬일이냐. 기후가 다 오고."

"걱정되나 봐."

지후는 알겠다는 듯이 고개를 끄덕여 보였다.

"그런데 상대는 누구야?"

"나도 몰라. 울 아빠마마께서 알아서 준비하셨겠지."

지후는 인상을 찡그리고 마음에 안 든다는 듯이 한동안 린을 바라보았다.

"걱정 마. 내가 알아서 해. 오빠 동생 몰라?"

그는 고개를 끄덕였다. 린의 성격으로 보아 그냥 밀어붙인다고 결혼할 아이도 아니고, 남자 측에서도 아무리 최만후 회장의 후광이 탐난다 해도 린의 성질 머리를 당해 내기는 힘들 것이다. 그는 동생이 손을 흔들고 나가는 것을 보며 아버지의 이런 행동이 또 어떤 고통을 양산할지 몰라 불안해졌다.

파티장에 도착해 보니 모두가 으리으리한 집안의 사람들이었다. 지호는 한동안 주위를 둘러보다가 와인을 조금 마셨다. 이런 불편한 자리 따위 오고 싶지 않았다. 이런 부자들 틈에서 자신만 외톨이 같은 기분이 들었던 것이다. 무슨 놈의 사모님들은 그렇게 많고 회장님들은 그렇게 많은지. 그는 한숨을 쉬며 제일 한적한 곳에 기대어 섰다.

"떠들썩하죠. 정신없게."

약간은 거만한 듯 울리는 목소리에 그는 옆을 보았다. 관목에 가려 잘 보지 못했는데 그 옆에 여자 한 명이 서 있었다. 얼굴은 잘 보이지 않았지만 그녀가 키가 크다는 것은 알 수 있었다.

"이런 자리 어울리는 것 별로인데. 이런 자리에 끌려나오는 사람들도 많죠. 댁도 그런가요?"

지호는 피식 웃었다.

"그렇죠. 불려 온 거니까."

"흐응."

그녀의 목소리는 약간 허스키한 편이지만 그렇다고 너무 낮아서 알아듣기 힘든 정도는 아니었다. 그녀가 몸을 쭉 펴고 일어나더니 그를 흘깃 보았다.

"귀찮은 일은 피하는 주의라 전 피신 좀 가야겠군요. 같이 피신하실래요?"

지호는 그 말에 여자 쪽을 보았다.

"어디로 말입니까?"

"복도죠."

그녀의 말에 지호는 고개를 끄덕였다. 여자를 따라 복도로 나서자 그녀가 킥킥거렸다. 어두운 복도라 잘 보이지는 않았지만 그녀가 긴 머리카락에 몸매가 몹시 좋은 여자라는 것을 알게 되었다. 파티에 불려 온 연예인이나 모델 같은 사람으로 보였다.

"너무 긴장하지 말아요. 나가는 길을 알려 줄 테니."

지호는 그녀를 따라 걸으며 처음 보는 여자를 이렇게 막 데리고 나가도 되나 하는 의심이 들었다.

"그런데 이렇게 함부로 자리를 비워도 됩니까? 혹시 소속사에서 뭐라 할지도 모르는데."

그가 건조하게 말하는 소리에 그녀는 웃음을 터트렸다.

"소속사라. 그 생각은 못 했군요."

그녀는 지호를 흘긋 돌아보았는데 그 옆모습이 무척이나 고혹적으로 보였다. 굉장한 미인인데 이렇게 홀로 돌아다니는 게 걱정스러웠다.

그녀는 어느 정도 가더니 유리창 앞에 멈추었다.

그녀는 그를 한참 보았다. 지호도 그녀를 한참 보다가 어딘지 낯이 익어 인상을 살짝 썼다.

"혹시 지난번에 만난 적 있나요?"

그녀는 씩 웃어 보였다.

"상투적인 문구군요."

그녀는 나직하게 이야기하더니 지호를 보았다.

"뭐 하시는 분이죠? 이렇게 막 나와도 되는 건지."

그는 피식 웃으며 자신의 손을 보았다.

"의사입니다."

"아."

그녀는 약간 건성으로 답하는 것 같더니 한숨을 쉬었다.

"애인 있으시겠군요."

지호는 고개를 저었다.

"시간도 능력도 부족해서요."

그녀는 생각을 알 수 없는 표정으로 가만히 있었다.

"그럼 이 파티에는 무슨 일로 오신 거죠?"

"회장님 주치의라서 부름을 받아 온 겁니다. 피할 수 있으면 좋은데 피할 수 없는 일도 있으니까요."

그녀는 눈썹을 활같이 휘고는 샴페인 잔을 빙빙 돌렸다.

"이곳에는 유명인들이 많이 오죠. 연줄 댈 사람들도 많이 오고요."

그는 고개를 저었다.

"그런 것 원하지 않습니다."

그녀는 의외라는 듯이 미소를 지었다.

"그 마음, 변하지 않으면 좋을 텐데."

순간 뭔가 신호를 주듯 탁탁 하는 소리가 났다. 그녀는 그 소리를 듣더니 한숨을 쉬었다.

"회장님 오신 것 같군요. 주치의라면서 가 보셔야 할 것 같아요."

지호는 한숨을 쉬었다.

"알려 주셔서 감사하군요. 그런데 이렇게 어두운 곳에 혼자 계셔도……."

순간 유창한 영어로 뭔가 화내는 듯한 남자의 목소리가 들렸다. 어딜 그렇게 돌아다니냐며 화를 내는 소리에 앞에 선 여자는 웃으며 손을 들어 보였다.

"저기 왔군요. 먼저 들어가세요."

지호는 그녀에게 고맙다는 인사를 하고는 돌아서 오며 자신보다 키가 큰 남자를 쓱 보았다. 어딘지 위험하게 생긴 남자였다. 180인 그보다 더 큰 것으로 보아 190이 넘어 보이는 근육질의 남자는 온몸에서 남성다움을 뽐내고 있었다.

지호를 스쳐 지난 남자가 그녀 옆에 섰다. 두 사람이 무척이나 잘 어울리는 모습에 그는 고개를 돌렸다. 다 저런 어울리는 사람들끼리 만나는 것이 분명하니까. 그와는 다른 세계의 이야기일 뿐이었다.

그는 걸어오다가 어둠 속으로 손을 뻗어 누군가의 팔을 움켜쥐어 끌었다.
"이따위 장난 그만하라니까."
"안 온다고 하더니 잘도 왔구나, 오빠. 진작에 온다고 했으면 좋잖아?"
그는 윤슬의 팔을 움켜잡은 채 린을 보았다.
"뭐 하는 거야. 싫으면 싫다고 말하면 그만 아닌가? 왜 쓸데없이 윤슬에게 이런 짓까지 시키는 거야? 그 남자 불러내기 위해 윤슬이 그 사람 행동 살펴서 너에게 보고해야 하는 거야? 그래서, 만나서 뭘 한 건데?"
린은 어깨를 으쓱했다.
"신분 상승 꿈꾸는 속물인 줄 알았는데 별거 없더라. 아무것도 모르고 이 자리에 딸려 왔더군. 그나저나 윤슬 좀 놔주지?"
윤슬은 아무 말 없이 그를 무시하고 있었다.
"그래서 또 슬이에게 탐정 흉내 내게 한 거야? 그 남자 어떤 남자인지 뒷조사시킨 거냐고."
린은 기후를 한참 보더니 달콤하게 속삭였다.

"윤슬은 내 보디가드야. 오빠가 아닌 내가 시키는 일을 하는 건 그녀의 임무야. 상관 마."

기후는 잔뜩 화가 나서 린을 노려보았다.

"그런 수작 그만 부려. 그 남자 떠보려 윤슬 이용하지 마. 내가 약속을 지키듯이 너도 약속 지켜. 더 이상 위험하게 만들지 않겠다던 약속."

린은 고개를 끄덕였다.

"이용 안 해. 단지 그 사람 무슨 꿍심으로 온 건가 궁금했을 뿐이야. 아버지 오셨으니 먼저 갈게. 슬이 곱게 풀어 줘."

린은 한들거리며 그곳을 빠져나왔다. 윤슬에게 위험한 짓 시키지 않겠다고 약속을 한 건 아주 예전 일이지만, 아직도 기후는 그 일을 잊지 못해 트라우마처럼 되어 버린 것 같았다.

린의 표정이 어두워졌다. 기후도 윤슬도 자신도 그날의 사건으로부터 언제쯤 자유로워질 수 있을지 장담할 수가 없었다.

그녀는 일부러 느릿느릿 걸어 아버지에게로 다가갔다. 다행히 김지호는 어디로 간 건지 보이지 않았다.

"오, 왔군."

그녀는 미소를 보였다.

"오빠, 아버지."

지후는 못마땅한 표정으로 서 있었다.

"잠시 후에 소개시켜 줄 사람이 있는데."

"소개받을 자리 아닌데요. 그치, 오빠?"

지후는 린의 팔을 자신의 팔에 감더니 아버지를 한 번 흘긋 보았다.

"그러지 마십시오. 모두가 아버지 뜻대로 되어야 풀리는 직성은 쓰레기통에 버리시지요."

그녀는 환하게 웃으며 지후에게 기댔다.

"오빠 최고."

최만후는 아들의 말에 눈을 가늘게 떴지만 공식 석상이라 뭐라 말은 하지 않았다. 린은 지후의 팔짱을 끼고 멀어지며 그를 흘긋 보더니 웃어 보였다.

"하여튼."

최만후는 혀를 차며 이야기했고 옆에 서 있던 김 비서는 미소를 보였다.

"닥터 김은 어디 있나?"

"이미 다른 분께 인사 중이니 그만 오늘은 마음을 접으시지요."

최만후는 한숨부터 내쉬었다. 김 비서는 아무 말 없이 최만후의 옆을 지켰다.

파티장을 돌아다니다 보니 눈에 띄는 여자를 한 명 발견했다. 큰 키에 매력적으로 생긴 여자는 최지후 회장의 팔을 끼고 대동하고 있었다. 그가 아는 사모님이 아니라 다른 여성을 대동했다는 것을 알았지만 저런 젊고 아름다운 여자일 거라고는 생각을 못 했다. 사모만 사랑한다더니 남자는 남자인 듯했다.

회장은 휠체어에 앉아서도 연신 웃으며 모든 사람들과 이야기 중이었고 지호를 여러 사람들에게 소개시켜 주었다.

지호의 시선은 자신도 모르게 최지후의 옆에 있는 여자에게 쏠렸다. 눈을 잡아끄는 자신감과 아름다움이 난잡하지 않아 모두들 그녀를 흘끔거리고 있었다.

그녀가 시선을 돌리더니 문득 지호를 보고 미소를 지으며 잔을 들어 보였다. 설마 자신일까 하는 생각에 뒤로 돌아봤지만 그를 보고 하는 손짓이 분명했다. 그녀는 킥킥거리며 지후에게 뭐라고 귓속말을 하더니 그의 곁에서 떨어져 나왔다.

"아까 답답하다 하시던 분이 여기에 잘도 계시는군요."

지호는 그제야 이 여자가 아까 자신과 이야기를 나눈 상대임을 알았다.

"아."

그녀는 그의 말에 미소를 지어 보였다. 순진한 건지 바보인 건지, 이제 그녀가 누구인지 알 것도 같은데 별반 반응도 없는 게 몰라서인지 아닌지 알 수가 없었다.

"파티는 즐기시고 계신가요?"

지호는 피식 웃으며 자신의 손에 들린 잔을 흔들었다.

"그냥 시간을 때우는 거죠."

린은 그의 옆에 서서 주위를 보았다.

"저기 저 사람은 다음 병원장 후보가 되기 위해 회장님을 뵈러 온 분이에요."

지호는 그녀가 손짓하는 곳을 보았다. 자신도 아는 분이라 고개를 끄덕였다.

"그렇군요."

린은 의외라는 듯이 그를 보았다.

"같은 동료 아니세요?"

"출세를 위해 일하는 사람도 있지만 명예를 위해 일하는 사람도 있는 거죠."

"흐응."

그녀는 고개를 끄덕이더니 물었다.

"당신은 어느 쪽이죠?"

"난 후자죠."

린은 자신의 손에 들린 잔을 홀짝이고는 고개를 끄덕였다.

"그 뜻 끝까지 펼치시길 바랄게요, 김지호 씨."

그녀는 그에게 인사하고는 멀어졌다. 지호는 멀어지는 그녀를 보며 어떻게 자신의 이름을 아는 건지 궁금해서 한참을 바라보았다.

"닥터 김, 이미 인사한 건가?"

"네?"

지호는 병원장인 권 박사를 보았다.

"지금 막 말이야."
그는 린의 모습을 보고 다시 권 박사를 보았다.
"무슨 말씀이십니까?"
권 박사는 웃어 보이더니 그녀를 손짓했다.
"회장님의 단 하나뿐인 외동 따님 최린 양이지 않아."
그 말에 지호의 인상이 굳어졌다. 그 못돼 처먹은 최린이 저 여자라니. 지호는 그녀를 다시 보았다. 민아를 그렇게 만든 원흉 덩어리가 바로 그의 옆에서 이야기를 하고 있었는데 그는 그것도 모르고 있었다니. 지호는 입술을 꽉 다물고는 고개를 획 돌려 버렸다.

린은 지호가 싸늘한 눈으로 그녀를 보고 고개를 돌리는 모습을 보았다.
"뭘 봐?"
린은 피식 웃더니 기후를 보았다. 그녀는 손을 올려 그의 입술을 닦아 주었다.
"이런 립스틱 자국 달고 오면 아버지가 싫어하셔."
기후가 그녀의 손가락에 키스를 해 주었다.
"너라도 그녀 흔적 지우면 가만두지 않아."
린은 피식 웃고는 손을 내리고 주위를 보았다.
"그 남자 참 재미있는데."
"뭐가?"

"자기는 권력욕이 없는 아주 깨끗한 사람인 줄 알더군. 한번 물들면 더욱 깊이 빠지는 게 권력인데 말이야."

기후는 어깨를 으쓱했다.

"고고한 남자인가 보지. 이미 관심 밖 아닌가?"

"하긴, 내가 관심 가질 사람이 세상에 어디 있을까. 안 그래?"

그는 피식 웃고는 의자에 아무렇게나 앉았다.

"이봐, 그렇게 색기 흘리고 앉으면 아버지가 싫어해."

기후가 린의 긴 머리카락을 손가락에 감아 당겼다.

"싫으라고 그러는 거야."

그녀는 웃어 보이더니 기후의 뺨에 키스해 주었다.

"우리 기후 오빠답구나."

기후는 린의 허리를 당겨 안고는 그녀에게 기대었고 린은 그런 기후의 머리카락을 쓸어 주며 주위의 시선을 즐겼다. 모두가 그들을 묘한 쌍둥이라고 욕하고 있을 게 뻔했지만 상관할 바는 아니었다.

"오빠 덕에 쓰레기들이 도망가겠어."

"고마우면 그만 써먹어."

그녀는 킥킥거렸다.

"싫은데. 오빠보다 잘생긴 남자 없잖아."

"흥. 거짓말 그만해. 넌 항상 지후 형이 먼저니까."

"아쉽게도 결혼했잖아. 우리 오빠는."

"흥. 형수를 더 좋아하면서."

린은 낄낄거렸다.

"응. 둘 다 좋아해. 그리고 난 기후 오빠도, 슬이도 좋아해."

기후는 그녀의 허리를 쓰다듬었다.

"살이 빠졌어."

"날씬하다 해 주라."

"비쩍 말랐어."

린은 킥킥거리며 그의 머리를 만져 주었다.

"오빠, 사랑해."

"응."

지후가 그들에게 다가오더니 인상을 잔뜩 썼다.

"무슨 소문내고 싶어서 그러는 거야."

"혼처 막으려고."

기후는 가볍게 이야기하더니 피식 웃었다.

"그래서 야단칠 거야?"

지후는 머리를 짚고는 못된 생각만 하는 이 쌍둥이들을 때려 주고 싶었다.

"린이 좋다고 하지 않는 이상 결혼시키지 않아. 기후, 너도 그만해. 우리 집 입장도 생각해. 린만 챙기지 말고."

기후는 어깨를 으쓱하더니 팔을 풀고는 자리에서 일어났다.

"그러지 뭐."

린이 지후의 팔을 잡으며 물었다.

"그럼 지후 오빠가 방패 해 줄 거야?"
"이미 두 사람 만나는 것 봤는데 뭘."
린은 인상을 썼다.
"너무 고매한 사람이라 난 별로."
"그래?"
그녀는 고개를 끄덕였다. 지후는 그녀의 머리를 쓰다듬어 주었다.
"네가 별로라면 나도 생각 안 해. 없던 일로 하자."
린은 환한 미소를 지었다.
"오빠가 최고야."
지후는 동생을 향해 웃어 보였다. 아직은 불안정한 린을 누구에게 시집보낸다 생각하는 건 너무 위험한 일이었다.

지호는 파티 중간에 양해를 구하고 병원으로 돌아왔다. 질릴 정도의 향수 냄새와 이상한 생명체를 보는 듯한 그 시선들에 정말 자신이 속할 곳이 아니라는 것만 뼈저리게 느낄 뿐이었다.
"오셨어요? 오늘 어땠습니까? 멋있었지요?"
친근하게 물어 오는 후배를 보며 지호는 쓰게 웃었다.
"화려하기는 했지. 하지만 나랑은 상관없어 보이더군."
그는 넥타이를 풀었다.
"환자들 상태는."

"아, 그 박민아인가 하는 환자요."
"왜?"
"퇴원한다고 난리입니다. 이 병원에 있을 수 없다고."
"후우, 그럼 내가 가서 진정시키지. 아직은 치료를 더 해야 하니까."

지호는 가운을 걸치고 민아의 병실로 향했다. 육 인실이라 맨 끝 쪽에 위치한 침대에 있었다. 모두들 잠이 들었는지 병실은 고요했다. 지호가 조심스럽게 다가가자 민아가 깨서 그를 보고 있었다. 간호사들은 지호를 따라 들어와 커튼을 쳤다.

"퇴원을 원하신다고요."

민아는 아무 말도 하지 않았다.

"아직은 퇴원하실 수 없습니다. 생각보다 위장 쪽이 많이 상하셔서 완쾌 후 퇴원하셔야 합니다."

그는 단조롭게 말하고는 뒤돌아섰다.

"그냥 시켜 줘요."

지호는 그녀를 돌아보고는 고개를 저었다. 박성찬이 아무리 퇴원시키라고 했다고는 하지만 아직도 아픈 환자를 그렇게 취급할 수는 없었다.

그는 다른 환자들의 상태를 물어보고는 다시 자신의 방으로 돌아갔다.

"오늘은 퇴근하시지 않구요."

간호사가 걱정스럽게 물어보자 그는 웃어 보였다.

"여기가 편합니다."

간호사는 그를 향해 웃어 주더니 자리를 피해 주었다. 그는 의자에 앉아 파일을 펼치고 지금 민아의 상태를 체크해 보았다.

식도와 위가 많이 상한 상태라 이대로 두면 염증으로 인해 기능을 상실할 수도 있었다. 거기다 혀도 많이 괴사가 일어난 터라 치료에 신경을 써야 했기에 그는 의사로서 민아를 퇴원시킬 수가 없었다.

민아의 초라해진 모습과 대비되는 최린의 화려한 모습이 머릿속에 스치자 말할 수 없는 분노가 솟구쳤다. 린 때문에 상처 입은 민아의 상태는 아무도 신경 쓰지 않고 있었다. 그 일로 가족에게도 버림받고 저런 모습으로 망가진 민아를 무시할 수는 없었다. 아마 여기가 최만후 회장 일가가 설립자인 병원이다 보니 빨리 퇴원시키라고 한 것 같지만, 그 일가가 자주 병원을 오는 것도 아니니 민아를 퇴원시킬 이유는 없었던 것이다.

지호는 민아의 상태를 쭉 보고는 그녀에게 필요한 것이 어떤 것인지를 챙기기 시작했다. 예전 자신의 은사인 박성찬이 자신에게 베풀어 주었듯이, 그도 민아에게 베풀고 싶은 마음에서일지도 몰랐다.

잠시 고교 시절의 민아를 생각했다. 영리하고 예쁘던 학생이었다. 또래보다 성숙한 듯하면서도 귀여운 아이였었다. 박성찬이 자랑할 만한 딸이었다. 그런 민아가 이렇게 되리라고는 상상해 본 적도 없었다.

지호는 민아의 현재 모습을 생각하고는 한숨을 쉬었다. 그 착하고 여린 아이가 저렇게 변한 것은 그날의 그 사건 때문이었다. 가해자는 판을 치고 돌아다니는데 피해자는 저렇게 상처받고 아파한다니 정말 돈이 무섭기는 무서운가 보다. 순간 지호는 속에서 신물이 올라왔다.

린은 침대에 누워 한동안 앞만 보다가 자리에서 벌떡 일어났다.
"또 불면증인 거야?"
그녀는 코에 살짝 주름을 잡았다.
"미안."
윤슬은 일어나 불을 켜더니 린을 보았다.
"요즘 들어 불면증은 없었는데 무슨 일이야?"
린은 아무 말 없이 고개를 숙였다.
"린."
윤슬이 다가와 침대에 걸터앉자 린은 그녀를 꼭 안았다.
"그냥."
윤슬은 가만히 린을 안아 주고 등을 다독여 주었다.
"사모님이 린을 보기를 청하고 있어. 어떻게 할까."
린은 윤슬에게 안긴 채 고개를 저었다.

"아침의 너라면 바로 거절하고 나에게 보고도 하지 않았겠지. 밤의 너는 상냥하구나."

윤슬은 피식 웃었다.

"근무 시간과 아닌 시간을 구별한 건 린이야."

린은 한숨을 쉬었다.

"엄마랑은 보고 싶지 않아. 아직도 그 사람 생각하면 숨이 막혀."

윤슬은 시계를 보았다.

"내일은 병원에 상담 시간이 정해져 있는데 상담하러 가야 하는 거 알지?"

"응. 같이 가야 하니까. 나도 슬이도 기후도."

윤슬은 쓰게 웃었다.

"기후가 과연 가려 할까?"

"네가 부탁하면 올 거야."

윤슬은 한숨을 쉬었다. 린은 그런 윤슬의 코를 꽉 잡아 주었다.

"아파."

린은 킥킥거리고 웃었다.

"미안해. 그런 일에 휘말리게 해서. 그리고 이렇게 계속 우리와 같이 상처받은 채 살게 해서."

윤슬은 그런 린을 한참을 보았다.

"그때 일은 미안해하지 않아도 된다니까. 미안한 건 나야.

이상한 것을 눈치챘다면 바로 학교 밖 경호원들에게 알렸어야 했어. 내가 단독으로 행동하는 바람에 그런 일을 겪게 만든 거야."

린은 고개를 저었다.

"그때 알리려고 나갔다면 아마 날 찾지 못했을걸?"

윤슬은 쓰게 웃으며 린의 머리카락을 넘겨 주었다.

"그때 정란이만 살릴 수 있었다면 기후가 저렇게 되지는 않았을 거야. 내가 그때 정란이를 염두에 두지 못해서 기후 저렇게 된 거야."

린은 윤슬의 뺨을 두 손으로 감싸 잡았다.

"아니. 민아를 자극하지 않았어야 했어. 그냥 그 기집애 하는 말이 기분 나빠서 내가 먼저 싸움을 걸었어. 그런 더러운 짓을 할 거라 생각도 못 했어. 정란이도 민아가 무서워 그런 일에 가담했다가 그렇게 된 거야. 네 잘못 아니야."

윤슬은 린의 눈을 바라보며 고개를 끄덕였다.

"잠은 좀 자야지. 내일 병원에 가면서 그런 잠도 못 잔 얼굴로 갈 거야?"

린은 피식 웃었다.

"그럴 수는 없지. 최만후 회장의 외동딸이 겁에 질려서 다크 이만큼 내려와서 가는 것처럼 웃긴 일이 어디 있어. 난 최린이야. 세상 천지에 나쁜 년 최린."

윤슬은 그런 린의 뺨을 꼬집었다.

"또 그렇게 말한다."

"아파!"

윤슬은 깔깔 웃으며 린의 뺨을 문질러 주었다.

"어서 자자."

린은 침대에 다시 누우며 눈을 감았다. 악몽을 꾼다고 해도 누구에게도 말을 할 수 없었다. 단 두 사람. 기후와 윤슬. 같은 일을 당한 두 사람에게만 말을 할 수 있을 뿐이었다.

린은 눈을 감았다. 극복해야 하는 건 자신이지만 더욱 숨고 싶은 나약한 린이 그것을 용서하지 않았다.

제2장

악의 꽃

　병원에 때아닌 간호사들이 줄을 서서 구경 모드에 돌입해 있었다.
　"무슨 일이야?"
　"아, 오늘 최기후 온 모양입니다."
　"최기후?"
　지호는 기후라는 말에 인상을 썼다. 저쪽에서 경호원들에 둘러싸인 남녀 커플이 보였다. 어제 파티장에서 본 그 큰 키의 남자와 린이 같이 들어오고 있었다.
　"이곳에는 무슨 일이지?"
　"글쎄요. 한국 들어오고 나서는 항상 한 달마다 오고 있는데 모르셨어요?"

지호는 고개를 갸웃했다.

"내 분야가 아닌가 보지."

그는 심드렁하게 이야기하고는 점심 식사를 하기 위해 구내식당으로 향했다. 그의 후배는 쪼르르 달려왔다.

"최기후와 최린이 함께 아닙니까. 인사라도 해야 하는 건 아닌지."

"왜 인사를 해야 하는 거야?"

지호는 앞서 걸으며 인상을 썼다.

"아, 이번 인선에 지대한 영향을 미칠 사람들 아닙니까. 최기후가 여기 주식 소유하고 있는 거 모르셨어요?"

"최기후는 그냥 사진작가 아니었어?"

"환아들 사진 찍어서 후원하고 있죠. 좋은 일 하고 있어요. 워낙에 바람둥이라 그렇지."

그는 바람둥이라는 말에 인상을 더욱 구겼다.

"잘생겼지 않습니까. 좀 위험해 보이기도 하고. 저 집 인자들은 무슨 유전자이기에 저토록 미남 미녀인지. 최지후 회장도 미남이지만 최기후 작가도 다른 타입의 미남이라 누가 더 잘생겼다 말하기 어렵죠."

"몰라. 가까이에서 안 봐서."

그는 시큰둥하게 내뱉고는 구내식당 차림표를 한참 보았다.

"이야, 오늘 정식 반찬 좋다."

후배는 혀를 끌끌 찼다. 회장의 주치의면서 이런 때 점수 좀 벌어 둬야 할 텐데, 다들 인사하러 뛰어간 마당에 구내식당에서 밥이나 찬송하다니. 그는 이 선배에게 과연 출세할 마음이 조금이라도 있는 것인지 의심마저 들었다.

"아, 선배. 좀 정신 차리십시오. 신경과 닥터 이는 벌써 인선에 총력전 아닙니까."

"난 그런 인선 별로 좋아하지 않아. 지금 정도로 만족해."

"아, 그래도 인망으로 보나 위에 쪽의 지지로 보나 선배가 더 앞서고 있는데 조금만 노력하십시오."

지호는 식판을 챙겨 나오며 한숨을 쉬었다. 요즘 들어 가장 많이 듣는 소리가 바로 저런 소리였다. 그놈의 인사 건은 언제 끝나는지. 제발 빨리 끝나서 이런 사건이 사라지길 간절히 바랐다.

의사는 방 안의 커튼을 치고는 웃어 보였다. 그러고는 린을 보았다.

"지난번 상담에는 오지 않아서 이제 포기해야 하나 했는데, 그래도 와 줘서 고마워."

"김 선생님 아니면 안 왔죠."

김다희는 미소를 지었다. 처음 린이 실려 오고 나서 쭉 상담 치료를 하다가 그녀가 미국에 갔다가 돌아온 지금 다시 상담을 시작했다. 겉으로 보기에는 다 이겨 낸 것 같은 린의 모습에 놀랐다가 아직도 상처가 하나도 치료되지 못한 그녀에게 다시 한 번 놀랐었다.

"린, 설문을 보니까 잠도 잘 자고 잘 먹는다고 대답했는데 거짓이라고 판명이 났더라고."

린은 인상을 썼다.

"하여튼 윤슬은."

김다희는 웃어 보였다.

"그건 당연한 거지. 윤슬이 착한 거야. 이렇게 대답을 거짓으로 말하면 상담 치료는 하나도 진전이 없으니까."

린은 그 말에 한숨을 쉬었다. 주로 요즘 일들에 대한 이야기와 타인을 대할 때의 감정에 대한 이야기, 그리고 상황에 대한 이야기를 하며 그녀를 하나하나 뜯어보는 김다희의 행동에 린은 짜증스럽지만 잘 참았다.

"남자가 다 두렵고 이기적인 것은 아니야. 그날의 사건으로 린은 남자에 대해 완전히 다른 시선을 가지고 있어. 잘 생각해 봐. 너의 아버지도, 그리고 최지후 회장님도, 너의 오빠인 기후도 모두 남자야."

"남자이기 전에 가족이죠."

다희는 한숨을 쉬며 웃었다.

"그래. 가족이지만 남자지."

린은 시큰둥하게 앉아 손톱을 봤다.

"린, 조금은 사람들과 어울리며 다른 부류의 사람들을 만나 보는 것도 좋을 것 같아. 네 치료를 위해서도 남자를 혐오하는 지금의 감정을 치료해야 해."

린은 그 말에 아무 말도 하지 않았다. 혐오? 그저 혐오한다고? 말도 안 되는 소리. 그녀를 이렇게 만든 사람들을 지구 끝까지 따라가 죽여 버리고 싶은 기분이었다.

그 속에는 그녀의 어머니도, 그날 사건을 벌인 민아와 그 친구들도, 현수 선배도 다들 들어 있었다. 그녀는 단답식의 피곤하고 진 빠지는 대답을 하고는 기계적으로 밖으로 나왔다.

"하아."

"나왔어."

기후가 삐딱하게 앉아 입을 열었다.

"오빠 상담 끝났어?"

"그럭저럭."

"뭐래?"

"성적인 관계보다 인간적인 관계를 더 생각하라 그런 것?"

그녀는 고개를 저었다.

"슬이는?"

"아직. 지금 막 김다희 선생에게 불려 들어갔어."

"한 시간 정도 자유인가? 같이 커피나 마실래?"

그는 의자에 한쪽 다리를 올리고 앉아 벽에 머리를 기대고 나른한 눈으로 문을 보고 있었다. 린은 손을 내저었다.

"알았어. 나 혼자 마시고 올게. 오빠는 윤슬이나 기다려."

그는 히죽 웃더니 문을 계속 바라만 보고 있었다. 린은 밖으로 나서다 자신을 제지하는 경호원을 보았다.

"그냥 커피 마시러 가는 거야. 그것도 안 돼?"

"가져다 드리겠습니다. 이 경호원도 없는데 그럴 수는 없습니다."

"여기는 병원이야."

"그렇지만."

린은 문득 이 병원에서 아버지의 신뢰를 받고 있는 사람이 생각나서 미소 지었다.

"내가 김 선생을 보러 가는 걸 막았다고 하면 아버지가 좋아하지 않을 거야."

"네?"

그녀는 달콤하게 미소 지었다.

"김지호 선생이라고 아버지 주치의야. 내가 그 사람 보러 간다고 하면 아버지가 좋아할 건데, 너희가 막았다고 말하면 어떤 처벌이 이루어질까."

경호원은 당황하는 것 같더니 그녀를 따라 김지호의 방까지 가겠다고 했다.

그녀는 한숨을 푹 쉬더니 그러자고 말을 했다.

지호는 자신의 방 앞에 누군가 서 있는 것을 보고는 움찔했다. 자판기 커피를 홀짝이며 후배도 놀란 듯이 그를 보았다.

"선배 사고 쳤습니까?"

"글쎄."

그는 서둘러 자신의 방으로 갔다.

"무슨 일이시죠?"

남자는 지호에게 깍듯하게 인사를 했다.

"지금 아가씨께서 기다리고 계십니다."

지호는 그 말에 영문을 몰라 하며 문을 열었다. 후배는 따라 들어오다가 소파에 앉아 있다가 일어나는 늘씬한 미인을 보고는 입을 딱 벌리고 멈추었다.

"어. 최린이다."

지호는 딱딱한 얼굴로 린을 보았다.

"구면이죠. 우리?"

그녀는 달콤한 미소를 지으며 이야기했다. 하시만 지호는 그런 그녀의 얼굴을 살피고는 웃지 않는 그녀의 눈을 보며 눈을 가늘게 떴다.

"억지로 웃지 마시죠."

그녀는 후배를 보더니 웃어 보였다.

"커피 한 잔 부탁해도 될까요?"

"네? 당연하죠. 네, 그렇게 하겠습니다. 네."

후배는 꽁지가 빠져라 달아났다. 린이 남자에게 문을 닫으라고 신호를 보냈다. 그가 문을 닫자 표정을 바꾸었다.

"그 문을 얼른 닫았다면 억지로 웃는 날 보지는 않았을 거예요."

허스키하지만 놀리는 듯한 말투에 지호는 움찔했다. 매력적인 목소리였다. 구슬처럼 맑지는 않지만 어딘지 묘하게 사람을 흥분시키는 목소리였다.

"여긴 어쩐 일이십니까. 아버님의 건강에 대해서라면 본인 입으로 들으시는 게 빠를 텐데요."

 그녀는 딱딱하게 이야기하는 지호를 한 번 흘끔 보았다. 자신의 주위에는 항상 잘 보이려는 남자가 가득하다 보니 이렇게 자신에게 짜증을 내는 사람이 신기해 보였던 것이다.

 그녀는 미소를 보였다. 이 사람의 이런 면이 아버지의 마음에 든 것이 분명했다.

"아버지 건강은 나 말고도 신경 쓰는 사람이 많아요. 단지 여길 찾은 건 시선을 좀 피하고 싶었어요. 경호원들은 날 어디라도 따라다니니까. 아버지 주치의에게 간다면 보내 줄 거라 잠시 나온 것뿐이에요. 너무 딱딱하게 얼어 계실 필요는 없어요."

 예상외의 순수한 대답에 지호는 입을 다물었다. 지금 짓는 웃음은 거짓으로 꾸민 웃음이 아니었다. 처음 보는 편안한 미소에 그는 흠 하고 기침을 했다.

"점심시간일 텐데 내가 방해가 된 것 같군요."

"이미 마쳤습니다."

"구내식당?"

 그가 인상을 쓰자 그녀는 손을 흔들어 보였다.

"이상하게 생각하지 말아요. 내가 만나 본 의사들은 대부분 나가서 식사를 하니까. 구내식당을 이용하는 의사는 처음이라서요. 여기 음식 괜찮아요? 아버지가 신경을 많이 쓰시긴 했는데, 사업자 선정 때 반대하던 곳이었거든요."

예상외의 말에 지호는 그녀를 한참 보았다.

"그냥 괜찮은 편입니다. 사업자 선정까지 나서실 줄은 몰랐군요."

그녀는 미소를 지었다.

"아마 한국에서 대학을 진학했다면 여기 실무는 제가 보고 있었을지도 몰라요. 뭐, 꿈같은 이야기가 되어 버렸지만요."

그녀의 약간은 허탈한 듯한 목소리에 지호는 인상을 찡그렸다. 한국에서 학교 진학을 하지 못한 건 자신의 나쁜 행동 때문인데 조금이라도 후회하는 건가 하는 생각이 들었던 것이다.

린은 지호를 한참 보았다.

"정말 욕심이 없으신 분이군요."

"네?"

그녀는 살짝 웃어 보이더니 자리에서 일어났다. 그때, 문이 열리고 후배가 커피를 정성스럽게 쟁반에 들고 나타났다.

"아, 커피도 안 드시고 가시는 건 아니시죠?"

그녀는 그를 흘끔 보고는 우아하게 커피를 들었다.

"감사해요. 성함이?"

"이창현입니다."

"네. 이창현 선생님."

창현은 얼굴 가득 웃음을 지으며 그녀를 보았다. 하긴, 이 정도 미인이랑 말할 기회가 흔하지는 않았다. 멀리서 본 기후도 워낙에 잘생기기는 했지만 여기에 앉은 린은 정말 어지간한 미인들 모아 둔 것보다 아름답기는 했다.

"우리 김 선생님께서는 타고난 박애주의자 아니십니까."

창현이 아부와도 같이 지호의 자랑을 늘어놓자 지호는 짜증스러운 기분에 자신의 자리로 돌아갔다.

"그러세요? 전 그런 것까지는 몰랐군요."

"글쎄, 행려병자 수준의 환자도 그냥 돌려보내질 않으세요. 예전 은사의 딸이 이번에 음독자살 시도로 들어왔는데 집에서 쫓겨난 걸 자신이 직접 입원비 대 주면서 치료 중 아닙니까."

순간 그는 뜨끔한 기분이 들어 자리에서 박차고 일어났다. 린은 조용히 웃더니 창현에게 그러시냐며 대단한 분이시군요, 라고 말했다.

그 후 다른 일상의 대화가 이어지고 있었기에 그는 린이 모르는 것이라 생각하며 안도했다.

"이 선생, 그만하지그래."

"칭찬은 고래도 춤추게 한다고 하죠. 이 선생님의 말씀 재미있었어요. 이제 시간이 돼서 가 봐야 할 것 같군요."

그녀는 커피를 내려 두고는 자리에서 일어났다.

"아, 이 선생님. 잠시 시간 좀 내주실 수 있으세요. 이곳 구경을 조금 하고 싶어서요."

"네? 김 선생님이 아닌 저 말입니까?"

"네."

그녀는 고개를 끄덕이고는 지호를 향해 돌아섰다.

"즐거웠어요. 오늘 시간 내어 준 것에 대해서는 제가 한번 보답하죠. 그럼."

그는 우아하게 인사하고 나가는 린의 뒷모습을 보며 조금은 그녀가 변한 거였으면 좋겠다는 생각을 하게 되었다.

차에 타서두 린은 말이 없었디.

"무슨 일이십니까."

"기후는 출발한 거야?"

"네."

린은 피식 웃었다.

"웬일이야. 오늘은 그냥 먼저 가게."

윤슬은 불편한 기색을 보였다. 린은 한숨을 쉬었다.

"슬아."

"네."

린은 뭔가 문서를 그녀에게 주었다.

"확인 좀 해 줘야겠어. 넌 이 아이 얼굴 기억하니까. 아마 그쪽은 널 기억하지 못할지도 모르지만 한번 확인해 줄래?"

윤슬은 파일을 집어 들더니 인상을 썼다. 그러고는 조용히 인사하고 차에서 나갔다.

린은 떨리는 손을 꽉 쥐었다. 아버지가 소개해 주고 싶다고 할 때 조사를 해서 그에 대해 알고는 있었다. 박성찬을 은사로 뒀다는 말에 어느 정도 민아와 알고 있을 거라 생각은 했다. 아까 후배라는 사람의 말을 건성으로 듣다가 딱 한 대목이 그녀의 마음에 박혔다. 설마 아닐 거라고 믿고 싶었지만, 그의 은사의 딸이라는 소리가 귀에 박혀 들어서 창현을 청해 그의 환자들의 파일을 손에 넣을 수 있었던 것이다.

그녀는 차에 앉아 가만히 윤슬이 가지고 올 소식을 기다렸다. 아마 기후가 끈질기게 윤슬 옆에 붙어 있었다면 오늘이 지나야 조사를 할 수 있었을 것이다.

그녀는 조용히 마음을 누르려고 애를 썼다. 그 사건 이후 박 원장이 지방으로 내려가면서 민아의 행방은 찾지 않았다. 더 이상 마주 본다면 그녀 또한 같은 짓을 할 것 같은 기분이 들어서였다. 그리고 기후를 생각한다면…….

그녀는 고개를 저었다. 그날도 기후가 그 정도에서 멈출 수 있었던 건 윤슬 덕분이라는 것을 알고 있었다. 린은 기후를 멈추게 할 수 없었다. 항상 기후가 사고를 치게 만드는 시발점일 뿐이었다.

박민아의 존재가 다시 서울에, 그것도 병원에 있다는 것을 알게 된다면 기후가 무슨 짓을 할지 정말 상상도 할 수 없었다. 그리고 그녀가 또 무슨 짓을 할지 상상하기도 싫었다.

 부디 그의 은사의 딸이 민아가 아니길 바라는 그녀의 마음은 너무나 간절했다.

 윤슬은 병동을 찾아 올라가면서 심호흡을 했다. 사실 민아의 얼굴을 기억 못 하는 것은 아니었다. 하지만 정말 그 사건의 주범인 민아라면 그녀도 어떻게 행동할지 알 수가 없었다.

 린을 겁탈하려고 다른 학교 남자들을 끌어들이고, 기후를 짝사랑하던 정란이를 협박해서 자살하게 만든 민아를 어떤 얼굴로 어떻게 봐야 할지.

 조용한 동작으로 병실 앞에 서서 이름을 확인했다. 그러고는 천천히 안으로 들어갔다. 음독자살 미수라니. 병실 제일 안쪽, 볕이 잘 드는 구석 침대에 묶여 있는 여자의 모습이 눈에 들어왔다. 어릴 적 그 상큼한 아름다움을 잃은 민아는 움푹 팬 눈에 거친 피부와 마른 얼굴을 한, 완전히 달라 보이는 얼굴의 여자로 변해 있었다.

 순간 가슴 밑에서 울분이 올라오면서 당장이라도 민아를 침대에서 끌어 내리고 싶었다. 그들 세 사람의 원흉이 되어 버린 저 여자를 이 병실에서 끌어내고 싶었다. 촉망받는 앞날을 바라보고 있던 기후를, 사랑스럽고 발랄하던 린을 저런 병에 시달리게 만든 여자를, 그리고 윤슬을 영원히 남자처럼 살아가게 만든 저 여자를 어떻게 해서라도 벌주고 싶은 기분이 들었다. 윤슬은 주먹을 움켜쥐고 민아의 잠든 얼굴을 보았다. 세상 편안하지 않게 살아온 것 하나 마음에 위안이 될까. 하지만 예전의 상처가 지워지는 것은 아니었다.

윤슬은 억지로 발걸음을 돌렸다. 거짓은 없어야 한다. 자신을 보내 얼굴을 보고 오라 할 정도라면 이미 린도 알고 있는 것이다. 그녀는 입술을 악물었다. 린에게 보고를 해야 하는데 이 상황을 뭐라 말해야 할지 알 수가 없었다.

윤슬은 조심스럽게 병실을 빠져나와 일부러 엘리베이터를 타지 않고 계단으로 향했다. 속이 매스꺼웠다. 다시 한 번 그날의 그 교실로 시간이 역행하는 기분이 들었다.

피 냄새가 아직도 그녀의 코끝에 감도는 기분이었다. 도망 가려다 넘어진 민아의 머리에서 피가 흐르고 있었고 기후는 이성을 잃고 민아를 향해 의자를 움켜쥔 채 걸어가고 있었다.

민아의 앞에서 막아서서 기후를 잡고 있는 자신의 모습이 보였다.

그에게 하지 말라고, 여기서 민아를 손대면 모든 죄는 기후가 덮어쓸 거라고, 너에게 보장된 미래는 어떻게 하냐고, 남자 학생들 손댄 거는 린 때문이라지만 민아에게는 그럴 수 없다고 그에게 소리치던 자신의 모습. 그녀의 눈에 울컥 눈물이 차올랐다.

사실 그날 민아를 의자로 내려칠 뻔한 건 윤슬 자신이었다. 그녀의 시선을 따라 움직인 기후가 그 짓을 하려 한 것뿐이었다.

윤슬은 계단에 주저앉아 숨을 골랐다. 그녀가 무너지면 중심이 무너진다. 기후도 린도 통제할 수 없게 된다는 걸 누구보다 잘 알고 있었다.

그녀는 눈물을 떨구며 속으로 100부터 1까지 거꾸로 헤아리며 숨을 골랐다. 린 앞에 가기 전에 자신이 냉정을 먼저 찾아야 했다. 모든 악연의 시작이 학교라면 이제는 그것으로부터 초탈할 때가 되었다.

린은 윤슬의 표정만으로 이미 모든 사실을 알 것 같았다.
"왜 선글라스야. 너무 경호원 같아서 싫다고 하더니."
윤슬은 딱딱한 표정으로 운전대를 잡았다.
"경호원이니까요."
린은 웃어 보였다.
"사실대로 말해."
윤슬은 한숨을 쉬었다.
"박민아입니다."
린의 표정은 무표정했다.
"사람 붙일까요?"
그녀는 아무 말도 하지 않았다. 대신 생각에 빠진 듯 창밖을 보았다. 윤슬도 입을 열지 않았다. 달리는 차 안은 적막함에 휩싸여 있었다.

린은 가슴속 가득 여러 감정이 치열하게 싸우는 것을 느끼며 눈을 꽉 감았다. 당장 병원으로 달려 들어가 그 망할 것을 끄집어내서 병상 밖으로 던져 버릴까? 아니면 그 아버지에게 약속을 지키지 않았다고 말하며 다음 방법을 강구할까?

그녀는 주먹을 하얘질 정도로 움켜쥐었다. 머릿속엔 민아의 앙큼한 거짓말과 행동들이 가득했다. 그날로 되돌려 민아를 반쯤 죽여 버리고 싶은 기분이 들었다.

그녀는 차가 멈추는 것을 느끼며 눈을 떴다.

"슬아, 기후에게는 말하지 말자. 지후 오빠에게도 네가 정기 보고 한다는 거 알고 있는데, 이야기하지 마."

윤슬은 한동안 말없이 있다가 천천히 대답했다.

"네."

린은 피곤한 듯 차에서 내렸다.

"지금부터는 회사에 있으니까 5시까지는 개인 시간. 운동하러 갈 거지?"

"네."

린은 미소를 지었다.

"너무 심하게는 다루지 말아 줘."

윤슬은 불편한 듯 기침을 했다.

"5시까지 와. 난 들어갈게."

린은 웃으며 말하고는 회사 안으로 사라졌다.

린은 한참 디자이너와 이야기 중이었다. 지후는 인상을 쓰고 모니터를 통해 린을 보다가 윤슬을 보았다.

"이번 보고 잘 들었어. 병원에서도 이야기 들었고. 아직도 악몽을 꾸고 있다니 의외군."

윤슬은 고개를 떨구었다.

"죄송합니다, 회장님. 그때 완벽하게 경호하지 못해서 이런 큰일을 키웠습니다."

그는 고개를 저었다.

"고교생이었고 그 당시에는 경호를 부탁하지도 않았어. 난 단지 학교에서의 연락책이 필요했을 뿐이야. 그냥 계속 펜싱을 한다고 했어도 난 지원했을 거야."

윤슬은 미소를 지었다.

"아닙니다. 제 길에 후회는 없습니다. 회장님 그때 그렇게 도와주신 은혜 잊지 않고 있습니다."

그는 쓴 미소를 지었다.

"내 동생들 일에 휘말려든 점 내가 미안하군."

그녀는 고개를 숙였다.

"그런 말씀 마십시오."

"자유시간일 텐데 보고하느라 여기까지 왔군. 어서 가 보도록. 그리고 린에게 좀 더 각별하게 신경 써 줘요."

"네. 알겠습니다."

지후는 회장실을 조심스럽게 빠져나가는 윤슬을 보며 한숨을 쉬었다. 윤슬의 부모들이 안다면 얼마나 그를 원망할까. 촉망받던 펜싱 선수였던 윤슬을 저렇게 내려앉게 할 마음은 없었는데.

윤슬의 부모가 하던 사업이 부도 난 뒤 그들은 동반 자살로 생을 마감했다. 홀로 남은 윤슬을 거둔 이유는 그녀가 가진 펜싱 선수로서의 재능 때문이었다. 그리고 기후의 부탁이 있기도 했었다.

당시에도 운동이라면 사족을 못 쓰던 기후가 어느 날 윤슬에 대해 알아 온 후 후원을 부탁했다. 평소 그에게 뭔가를 부탁하는 성격이 아니던 기후였기에 지후도 무시하지 않았다. 확인 결과 촉망받는 고등학생 펜싱 선수인 슬이 나빠진 집안 사정으로 인해 펜싱을 그만둘 위기에 처해 있었고, 후원을 준비하던 중 부모가 사망했다. 결국 지후는 제대로 된 후원을 위해 지방에서 학교를 다니던 윤슬을 기후와 린이 다니는 학교로 전학시켰다.

하지만 린이 교내에서 사고를 당하던 그날, 윤슬은 그녀를 지키지 못했다는 죄책감에 펜싱을 그만두게 되어 버렸다.

그는 모니터 속의 린을 보았다. 너무 많은 상처를 받은 린이 불쌍하기도 하고 미안하기도 했다. 서연이 알면 또 어린아이처럼 동생 사생활에 간섭한다고 할지도 모르지만, 그런 큰

일을 겪고 보니 린을 자신의 시선이 닿지 않는 곳에 두는 것이 두려워졌다.

아무리 어머니가 다르다고 해도 그에게는 하나뿐인 사랑스러운 여동생이었다.

그때 박성찬이 나서서 그렇게 사과하지 않았다면 아마 그 부모까지 깡그리 잡아들였을 것이다. 하지만 진심으로 사과하며 린의 치료에 전념하던 박성찬의 진심에 아버지도, 그도 그 정도 선에서 정리를 하게 되었던 것이다. 그 딸은 끝까지 욕을 하고 바락바락 대들어 아버지의 화를 불러일으켰지만 박성찬이 무릎까지 꿇으며 눈물을 흘리는 통에 그 정도로 끝내 주었다.

박민아를 생각하면 아직도 이가 갈렸다.

어린 얼굴로 그런 엄청난 짓을 하고도 자신이 피해자라 여기는 그 모습에 인간이 아니라 악귀처럼 보였었다.

지후는 모니터 속의 린을 보며 한 번 쓰다듬어 주고는 다른 쪽으로 시선을 돌렸다. 일을 해야 할 시간이고 린이 언제까지 어린아이일 수는 없는 노릇이었다. 아버지의 말처럼 아픈 린을 감싸 줄 수 있는 사람이 있다면 린의 마음을 열어 보게 하는 것도 좋은 방법일지도 몰랐다.

지호는 병실로 들어서다가 햇살에 부서질 듯 위태로운 민아를 보았다.

"오늘도 여전히 퇴원시켜 달라고 농성 중이니."

민아는 그를 돌아보더니 고개를 끄덕였다.

"병원비 없어요."

"걱정하지 마. 그런 건."

민아의 눈에 눈물이 핑글 돌았다.

"우리 아빠는 병원비 내주지 않을 거예요."

민아의 그런 나약한 모습이 무척 안쓰러웠다.

"그런 걱정은 하지 말고 빨리 털고 일어나는 것에 집중해. 우선 정신과 치료도 신청해 두었으니까 면담 받고 가도록 해."

민아는 고개를 저었다.

"싫어요."

지호는 한숨을 쉬며 민아의 옆에 잠시 앉았다.

"여기 김 선생님은 이 방면에서는 최고의 권위자이셔. 상담 치료 받아."

민아는 김 선생님이라는 말에 더욱 크게 도리질 쳤다.

"안 해요. 김 선생님이라면 더 싫어요."

그는 극하게 대답하는 반응에 눈을 가늘게 뜨고 민아를 한참 보았다.

"그럼 다른 선생님은?"

민아는 여전히 고개를 저었다.

"그럼 나는 어때? 나도 의사니까 네 이야기쯤은 들어 줄 수 있어."

민아는 망설이는 듯이 보였다.

"치료 다 끝나지 않으면 보내 주지 않을 거야. 그런데 말하기는 괜찮아? 식도가 많이 다쳐서."

"그냥 두지 그랬어요."

민아가 피식 웃으며 체념한 듯한 말에 그는 민아의 손을 꽉 쥐어 주었다.

"그런 말 하면 살려 준 의사 꼴이 뭐가 되는데. 박 원장님 볼 면목 없게 만들지 말자, 민아야."

민아는 눈물이 그렁거리는 꼴로 겨우 고개를 끄덕여 주었다. 지호는 다정하게 웃어 주고는 자리에서 일어났다.

그는 다시 다른 병실로 들어가 다른 환자들을 둘러보고는 회진을 마치고 자신의 방으로 돌아갔다.

"진료 보실 시간입니다."

"알고 있어요."

그는 진료 들어갈 차트를 보았다.

"수술은 내일 몇 건입니까?"

"내일 수술은 총 다섯 건이고요. 새벽 6시부터 수술 잡혀 있습니다, 선생님."

그는 컴퓨터 화면을 한참 들여다보았다.

"식사 잘 하셨죠?"

간호사는 방긋이 웃어 보였다.

"네. 덕분에요."

"허 간호사 식사 거르지 마세요. 안 그래도 빈혈 검사 한번 해 보시라고 말할 참이었습니다."

허 간호사는 얼굴을 붉혔다.

"감사합니다, 선생님."

그는 미소를 지으며 진료를 시작했다.

린은 5시에 딱 맞춰 나타난 심기 불편한 표정의 윤슬을 보았다.

"표정이 안 좋아. 오늘은 지기라도 한 거야?"

"아닙니다."

그녀는 웃어 보이고는 전화를 들었다.

"아버지가 오늘 집으로 오라고 그러시네. 참, 식사 시간에 딱 맞춰 나타나라고 하시니 또 무슨 꿍꿍이일까?"

윤슬은 아무 말도 하지 않았다.

"아는 것 없어?"

"김 비서님이 저에게도 늦지 않게 모시고 오라고 말하셨습니다. 그리고 오늘 아가씨 댁에서 주무신다고 저 먼저 퇴근하라는 말도 들었습니다."

"하하, 무슨 꿍꿍이이시려나."

린은 이죽거리고는 의자에 기댔다.

"그런데 기후 오빠는 안 와?"

"그런 이야기 듣지 못했습니다."

린은 피식 웃었다.

"또 선을 보게 하고 싶은 중증이 도지신 건가 보군."

린은 한숨을 쉬며 밖을 봤다.

"너무 걱정하지 마. 난 잘 버틸 거야."

윤슬은 린의 말에 고개를 끄덕일 뿐 더 이상 말을 하지 않았다. 본가에 도착해서도 린은 한참을 차 안에 앉아 있었다.

"9시에 여기 와. 나 집에 갈 거야."

"네."

린은 차에서 내려 본가 안으로 들어갔다. 아버지의 저 나쁜 버릇이 언제쯤 사라질지, 그녀는 혀를 차며 고개를 저었다.

"오셨습니까."

"김 비서 아저씨가 어쩌다 뚜쟁이가 되신 건지 모르겠군요."

김 비서는 미소를 보였다.

"뚜쟁이라니요. 당치 않으십니다."

린은 웃어 보이고는 안으로 들어섰다.

"회장님께서는 방에 계십니다."

"네."

그녀는 건성으로 대답하고는 아버지의 방으로 들어갔다.

"저 들어가요."

방 안으로 들어서다가 린은 순간 멈칫했다. 역시나 이 남자를 불러들였구나 하는 생각에 한숨이 먼저 나왔다.

갑자기 가슴의 통증을 호소하는 회장 때문에 짜증스럽게 호출받아 왔더니 별반 이상 증상은 보이지 않았다.

"무리한 운동을 하시면 안 되십니다."

"음."

회장은 고개를 끄덕이고는 침대에 앉아 지호를 보았다.

"시간이 늦었는데 식사를 하고 가지그래."

지호는 서둘러 가방을 챙기며 시간을 보았다.

"아닙니다. 병원에 일이 있어서요."

최만후는 그를 흘긋 보고는 미소를 지었다.

"내가 그런 사전 조사 없이 김 선생을 이곳까지 불렀겠어? 뒤에 아무 환자가 없는 것도 선약이 없는 것도 확인했으니 너무 그러지 말아요."

지호는 순간 당황스럽기도 하고 최만후 회장이 자신에게 이러는 것이 무척이나 부담스럽기도 했다. 이미 자신의 동선을 파악한 후에 하는 저런 말에 그가 우기기라도 한다면 내일 불려갈 것이 분명했기에 지호는 숨을 참았다가 내쉬며 웃어 보였다.

"그럼 초대에 기꺼이 응하겠습니다."

회장은 뭔가 밖에서 소리가 나자 웃어 보였다. 뭔가 계획이 있는 듯한 웃음에 그는 절로 미간이 모아졌지만 이내 모르는 척을 하고 자신의 옷을 들었다.

"저 들어가요."

문밖에서 익숙한 목소리가 울리자 지호는 고개를 들었다. 그리고 린의 얼굴이 보이자 다시 회장을 보았다. 분명 따로 산다고 알고 있었는데 어떻게 온 걸까.

"왔구나."

회장은 익숙한 듯이 몸을 일으켰다.

"갑자기 보고 싶어서 말이다. 네가 자주 찾지 않아서 그런 것 아니냐. 소개하지. 이쪽은 내 외동딸 최린이야. 이쪽은."

"이미 알고 있다는 것 아버지도 아시면서 그러신다."

약간은 딱딱한 어투였다. 지호는 린을 보았다. 린도 지호를 보고는 손을 내밀었다.

"정식으로 인사하죠. 최린입니다."

"김지호입니다."

지호는 그녀의 손을 잡고 형식적으로 흔들어 주었다. 아무래도 이 늙은 회장이 뭔가 꿍꿍이속이 있어 그를 불러들인 것 같았다.

식사 시간 내내 간단한 대화가 오고 갔다. 주로 병원 돌아가는 사정이라든가 여러 가지 사회 이야기 등등이었는데, 그는 식사를 하는 동안 회장과 린을 유심히 관찰할 수 있었다.

회장이 음식을 좀 짜게 먹는 스타일이라든가 육식에 가까운 식사를 하는 반면, 린은 수저를 드는 것도 억지로 하는 듯이 보였다.

린을 유심히 살피던 그는 그녀가 거의 먹지 못한다는 것을 알게 되고는 심각한 시선으로 그녀를 보았다. 다이어트 때문일까? 아니면 뭔가 거슬리는 것이 있는 걸까?

그녀의 화장한 얼굴을 바라보던 지호는 그녀의 눈자위가 창백하고 눈 밑에 그늘이 진 것을 알게 되었다. 화장으로 감추기 위해 공을 들인 것으로 보이지만, 밤이 되고 보니 그 피곤함을 감추기는 역부족이었다.

"무슨 하실 말씀이라도?"

그녀를 너무 유심히 보고 있었던 것을 알고 지호는 마른기침을 했다.

"아닙니다. 그저 키에 비해 너무 적게 드시는 것 같아서요."

린은 그의 말에 일순 시선을 피했다. 부끄러운 걸까? 아니면 다른 의미일까?

"린의 식생활이 좀 그렇지. 한때는 크게 고생도 했으니."

"아버지."

위협하는 듯한 목소리였다. 린은 고개를 들더니 미소를 보였다. 눈은 전혀 웃지 않는 그 보이기 위한 미소에 그는 눈살을 찌푸렸다.

"여자란 그렇지 않은가요? 처음 식사하는 분 앞에서 게걸스럽게 먹을 종족이 아니죠. 여자는."

그녀의 가시 돋친 말을 들으며 지호는 린이 뭔가를 감춘다는 기분이 들었다. 편안해 보이지 않는 모습과 뭔가 지친 듯한 얼굴이 그의 어느 부분을 자꾸만 건드리고 있었다.

"뭔가 불안하십니까?"

"네?"

그녀가 도리어 물어보자 그는 미안한 듯 손사래를 쳤다.

"죄송합니다. 사람을 관찰하는 게 버릇이라서 저도 모르게 그렇게 했군요. 회장님, 음식이 너무 짜고 매운 것 위주입니다. 기름기도 좀 피하셔야 하고요. 식단은 전체적으로 바꾸셔야 할 것 같습니다."

최만후는 인상을 찡그렸다.

"이런, 이런. 의사 양반 대접하려다 이제 풀뿌리만 씹으면서 살게 되겠구면."

그는 미소를 보였다.

"내일 식단표를 발송해 드리겠습니다."

"날 죽일 셈이구나. 안 그러니, 린?"

"그런다고 죽기야 하겠어요. 몸에는 좋을 거예요."

린은 무표정하게 이야기하더니 물을 조금 마시고 일어섰다.

"그만 가 볼게요."

"왜, 커피라도 한 잔 하고 가지."

린은 미소를 보였다.

"아니요 그냥 집에 가서 쉬고 싶어요. 그럼 안녕히 가세요, 선생님."

린은 인사 후에 그대로 집을 나가 버렸다. 최만후는 한숨을 쉬었다.

"우리 딸 건강 상태가 어떻게 보이나."

"네?"

그는 긴장해서 회장을 봤다.

"린의 건강 상태가 어떤지 궁금했지. 항상 날 속이고 있으니."

그제야 왜 회장이 자신을 불렀는지를 알게 되었다.

"아무래도 식이장애가 있는 건 아닌가 생각했습니다."

최만후는 고개를 끄덕이고는 한숨을 쉬었다.

"저 아이 의사를 무척 싫어해. 자주 만나서 저 아이의 건강을 체크해 줄 사람이 내게는 필요하지."

지호는 인상을 쓰며 방금 전 린이 앉았던 자리를 보았다. 어릴 적 한 행동에 대한 죄책감일까? 아니면 다른 것일까?

"린은 그래도 자네가 내 주치의라는 말에 조금 경계를 풀고 있는 것도 사실이야. 그러니 조금만 린의 상태를 봐줄 수 없겠나?"

그는 무리라고 말하려다 진심으로 걱정하는 것으로 보이는 회장을 보았다. 늙고 병약한 아버지의 염려하는 모습에 그의 마음이 자신도 모르게 움직이고 말았다.

"병원에 들르신다면 주의 깊게 보겠습니다."

"조만간 저 아이 건강검진을 할 거니까 한번 확인해 주게."

"네."

그는 무거운 마음으로 이야기를 듣고는 화제를 돌렸다.

윤슬이 차에 기대서 있는 모습을 린은 멀리서 봤다. 뭔가 영혼이 빠진 것처럼 처량해 보이는 그 얼굴이 그녀는 가슴 아팠다.
"뭐야. 내가 안 나와서 기다리다가 영혼이라도 털린 거야?"
린의 말에 윤슬은 웃어 보였다. 그러더니 시계를 보았다.
"퇴근 시간 지났거든."
"응. 친구로서 한잔하자."
"미안. 운전해야 해."
"그럼 집에서."
윤슬은 고개를 끄덕이고는 린을 차에 태워 집으로 향했다.
"뭐 먹고 싶은 거 있어? 너 술 마시고 싶으면 장봐야 할 텐데."
"네가 만드는 거는 뭐든지."
윤슬은 린의 말에 고개를 끄덕이고는 마트로 차를 몰았다. 둘이서 장을 보고 집으로 돌아가는 동안에도 린은 아무 말도 하지 않았다.
"무슨 일이야."
린은 빙긋이 웃었다.
"우리 아버지는 질리지도 않나 봐. 또 그 남자를 끌고 나타나셨어."

윤슬은 눈을 내리떴다.

"다 걱정하셔서 그러는 거야."

"응. 나도 알아. 아버지 걱정이 뭔지도."

집에 들어와 주방에서 음식을 만드는 윤슬을 한참 보던 린은 소파에 가만히 앉아 고개를 소파 머리에 기댔다.

"슬아, 그 사람이 민아를 맡고 있는데, 아버지가 아신다면 그 사람 어떻게 될까?"

윤슬은 순간 이상하다는 듯이 손을 멈추었다가 아무렇지 않게 다시 칼질을 했다.

"회장님 성격은 네가 더 잘 알잖아."

린은 고개를 끄덕였다.

"응. 우리 아버지 성격은 내가 더 잘 알지. 그래서 무서워. 말하기도, 말하지 않기도."

"민아 직접 보지그래. 욕이라도 해 주면 후련할 텐데."

린은 고개를 저었다.

"만나서 뭐하게. 무너진 꼴 보고 용서라도 하라고? 어림없어."

"조사시킨 거야? 날 통해서가 아니라?"

린은 고개를 숙였다.

"조사도 할 필요 없었어. 행려병자 수준이라고 말한다면 뻔하겠지. 시골로 내려간다고 들었는데 아직 서울에 남아 자살 시도하고 들어온 거라면 다 보이는 거잖아. 그런데 뭐하러 얼굴 봐. 내가 얼마나 미워하는지 실감하려고? 아니면 그 무너진 모습에 우쭐한 심정이 돼서 그래, 너도 고생했으니 나도 그만 미워해야겠다 그러려고? 아니. 내 기억 속에 민아는 그런 모습 그대로 있어야 해. 그래야 평생을 미워하고 원망할 수 있어. 그 미움이 날 지금까지 살게 하는데 그걸 접어 버릴 마음이 아직은 없어."

윤슬은 아무 말 없이 음식을 준비했다.

"내가 나쁜 년이라 용서도 못 한다는 거 알아. 욕심쟁이라 모두를 잡고 괴롭힌다는 것도 알아. 하지만 용서하고 싶지 않아."

윤슬은 맥주를 꺼내와 그녀의 앞에 두었다.

"용서하지 마. 누가 용서하라고 그래? 난 네가 용서할까 봐 겁났는데. 왜 용서해야 하는데. 그런 짓을 한 사람을. 너무 관대할 필요는 없어. 넌 미워할 자격이 충분해."

린은 윤슬의 허리를 안았다.

"고마워. 역시 너뿐이다."

순간 문이 열리는 소리가 들렸다.

"누가."

"걱정하지 마. 올 사람 하나뿐이니까."

성난 듯한 발소리가 이어지더니 날카로운 목소리가 들렸다.

"동작 그만. 그 허리 오늘부터 내 소유거든."

린은 피식 웃었고 윤슬은 난감한 듯 고개를 저었다.

"오늘 졌구나, 슬이."

기후는 단박에 린의 팔을 걷어 냈다. 윤슬은 기후의 손길을 피해 재빨리 물러나 섰다.

"왜 부른 건데."

"저녁이면 둘이 싸우는 구경 할 수 있으니까. 내가 그랬잖아 난 나쁜 년이라고."

기후는 린의 손에서 맥주를 빼앗아 한 번에 들이켰다.

"술 많이 없어서 저런 술고래 불편한데."

"흥. 내가 마실 건 내가 사 왔으니 신경 끄지."

기후는 아무렇게나 앉아 린을 보았다.

"무슨 일이야? 그런 목소리로 전화하면 내가 어떨 것 같아?"

린은 미소를 보였다.

"기후 오빠."

"불리할 때만."

린은 웃어 보이더니 기후의 품에 안겼다. 기후는 그런 린을 꼭 안아 주었다.

"오빠가 좋아."

"나도 그래."

린은 재미없다는 듯이 고개를 들었다.

"오빠가 좋다는 감정을 알아? 난 그게 궁금하더라."

"흥."

그는 콧방귀를 뀌더니 린의 이마에 키스해 주었다.

"내가 감정을 느끼는 몇 안 되는 사람이 그런 말을 하다니 기분 나빠."

린은 손을 들어 보이더니 윤슬에게 말했다.

"안 앉아?"

윤슬은 억지로 린의 옆에 앉아 TV 채널만 이리저리 돌리며 자신을 향한 기후의 시선을 완전히 외면했다.

꿈속에 그녀는 다시 고등학생이 되어 있었다.

그 교실 그 교복에 그 남자애들. 이번에는 기후가 제시간에 도착하지 못했다.

그 남자들이 그녀를 겁탈하고 민아가 그녀를 향해 휴대폰을 들이밀고 있었다. 숨이 막히는 괴로움. 엄마가 술집 작부인 애는 달라도 뭐가 다르다며 그녀를 야유하고 조롱하는 목소리.

버둥거리지도 못했다. 그들에게 약한 모습을 보여 주기 싫어서. 뒤늦게 나타난 기후가 그들을 밀쳐 냈고, 그리고 그가 손에 의자를 든 채 민아를 후려치는 모습이 반복되고 있었다.

"싫어!"

린은 비명을 질러 댔다. 허공에 손을 휘두르자 누군가 그녀의 손을 꽉 쥐었다.

"린, 일어나. 꿈이야. 린!"

차분한 목소리가 그녀를 깜깜한 어둠 속에서 이끌어 줬다.

"린, 모두 지나갔어. 꿈이야."

자신을 안고 다독이는 그 팔. 그날처럼 자신을 일으키고 안아 주던 그 팔에 그녀는 매달렸다. 눈앞이 안개에 끼어 있는 것처럼 아무것도 보이지 않았다.

"린, 천천히 숨을 쉬는 거야. 조금씩, 조금씩."

린은 윤슬의 말처럼 하려고 안간힘을 썼다. 멈추었던 숨이 조금씩 몰아쉬어지기 시작했다.

머릿속이 점점 맑아지고 흐릿하게 윤슬의 얼굴이 보였다.

"슬아."

"그래. 나야. 괜찮아. 걱정하지 마."

린은 숨을 몰아쉬며 윤슬에게 안겨 눈을 감았다.

"꿈이야. 괜찮아."

"응. 괜찮아."

린은 같은 말을 반복하고는 눈물이 흐르는 눈을 윤슬의 무릎에 묻었다.

이런 바보 같은 시간들 때문에 윤슬의 자유는 영원히 사라진 것이다. 이런 상태를 알릴 수 있는 사람이 없으니까. 한 번도 이 상황을 말하고 싶지 않으니까.

윤슬은 그녀를 천천히 다독여 주었다. 그녀가 자다가 일으키는 과호흡을 막아 줄 수 있는 유일한 사람. 그녀가 의지할 수 있는 단 한 명의 사람이기에 그녀에게 윤슬은 너무나 소중했다.

린은 눈물로 범벅이 된 눈으로 몸을 일으켜 윤슬을 보았다.

"또 잠 깨워 버렸다."

윤슬은 미소 지어 주었다.

"괜찮아. 잠이야 다시 자면 되니까."

윤슬은 다시 시계를 보고 있었다. 아마 그녀가 진정하는 데 걸린 시간을 확인하는 것 같았다.

"요즘 들어 좀 자주 이러는 게 일에 의한 스트레스야, 아니면 병원에 있는 민아 때문이야."

린은 눈물을 닦아 냈다.

"아마 둘 다가 아닐까?"

윤슬은 고개를 끄덕이더니 메모장을 펼쳐 뭔가를 적었다.

"김다희가 시킨 거지?"

"그런 것도 있고, 나도 주의해야 하니까."

그녀는 윤슬의 어깨에 머리를 기댔다.

"그만 적어. 부끄러워."

윤슬은 피식 웃더니 린을 잡아 간질이기 시작했다. 린은 깔깔거리며 자신도 윤슬을 간질였다. 윤슬이 웃으며 그녀를 안고 침대로 쓰러졌다.

"자. 조금씩 내려놓자, 린. 너무 안고 가려 하지 마."

린은 낄낄거렸다.

"사돈 남 말 한다."

윤슬은 린의 말에 마주 웃어 주었다. 린은 윤슬의 뺨을 두 손으로 밀어붙이고는 입술에 뽀뽀해 주었다.

"잘 자."

"응. 너도."

린은 윤슬에게서 떨어져 나와 눕고는 자신의 이불을 턱 끝까지 끌어 올렸다. 다시 잠을 청하면서도 왜 자꾸 민아를 떠올려서 자신을 이렇게 몰아대는지 지겹다는 생각만 들었다.

■ ✕ ■

린은 디자이너가 만들어 온 옷들을 하나하나 체크하고 있었다. 더 이상 수입에 매달리기보다 우리나라에서 클 만한 디자이너를 찾아내는 것이 낫겠다는 판단이 섰다. 신예 디자이너 발굴을 위한 프로젝트에 착수하고는 연일 디자이너들과 회의 중이었다.

"좋군요. 마음에 들어요."

린의 칭찬에 디자이너는 날아갈 듯 좋아했다.

"그럼 계약은 내일 와서 저희 쪽 변호사와 하시면 될 것 같아요."

"감사합니다, 부장님."

그녀는 미소를 보였다.

"그런데 부장님도 디자이너시라고 들었는데."

"후후, 재능이 뛰어나지는 않아요. 이런 재능 가진 사람이 디자이너 한다고 하면 부모가 돈이 많아서 할 짓 없어 한다고 하죠. 난 그런 말로 다른 재능 있는 디자이너들을 욕 먹이고 싶지 않아요. 제 재능은 좋은 옷을 골라내는 것이죠. 디자이너 스쿨에서도 제가 눈은 좋다고 하더군요. 전 창작보다 디렉터가 더 어울린다고요."

그제야 알겠다는 듯이 디자이너가 고개를 끄덕였다.

"이런 큰 회사에서 저희 같은 이름도 잘 알려지지 않은 디자이너와 손을 잡을 줄은 몰랐어요. 워낙 쟁쟁하신 분들이 많아서."

그녀는 웃어 보이더니 옷걸이에 전시된 옷들을 보았다.

"너무 알려진 디자이너는 우리가 추구하는 트렌드와는 아무래도 거리감이 있어서요. 원석을 발견하고자 하는 마음으로 시작한 일에 이미 연마된 보석은 그렇지 않나요?"

디자이너는 웃어 보였다.

"이번에 멋지게 성공합시다, 우리."

린은 디자이너에게 손을 내밀어 악수를 청하고는 다음 접견실로 잔걸음을 옮겼다.

"부장님."

그녀는 미소를 머금은 김 비서를 보고 움찔해서 멈추었다.

"이곳에는 웬일이세요? 오빠는 정운에 있을 텐데."

"아. 알고 있습니다."

김 비서는 싱글거리며 그녀에게 다가왔다.

"어떤 분의 옷을 골라야 하는데, 회장님 지시로 부장님이 직접 골라 주셨으면 해서요."

그녀는 알겠다는 듯이 고개를 끄덕였다.

"네. 알겠어요. 브랜드도 모르고 옷 고를 줄도 모르는 사람이죠. 그렇죠? 머리는 까치 보금자리에 뿔테 까만 안경까지 걸치신 분요."

김 비서는 환하게 웃었다.

"역시 잘 아시는군요. 오늘 머리부터 발끝까지 바꿔 오라고 하시더군요. 그리고 오늘 오전 중에 수술을 너무 많이 해서 지금 비몽사몽 중이니 잘 부탁드립니다."

그녀는 김 비서의 재미있다는 듯한 얼굴을 보며 억지 미소를 보였다.

"청구는 누구에게 해야 하는데요? 전 돈 받지 않으면 이 일 안 해요. 그리고 제가 서브를 한다면 금액이 무척 비쌀 텐데요?"

김 비서는 웃으며 카드를 들어 보였다.

"회장님이 직접 하신다고 하시더군요."

"전 현금이 더 좋은데요?"

"마음에 안 들면 환불하신다고 카드로 결제하라시더군요."

"아하."

그녀는 콧방귀를 뀌며 엘리베이터에 올랐다.

"다음 접견 끝나고 갈 테니 원하는 스타일이라도 생각해 보라고 해 주시겠어요? 정확히 한 시간 정도 걸릴 거예요."

"그러죠."

김 비서는 태연하게 이야기하고는 다른 엘리베이터를 타고 아래로 향했다.

수술이 끝나고 끌려오다시피 토털 수입 부티크이자 정운인터내셔널의 계열사인 자히르 오르테 온 지호는 피곤함에 정신줄이 살짝 가출을 하는 기분이 들었다.

"오래 기다리셨지요?"

김 비서가 웃으며 나타났다.

"여기는 회장님이 계실 것 같지 않은데요?"

김 비서는 재미있어 죽겠다는 표정이었다.

"회장님의 배려라고 하지요. 잠시 휴식을 취하시죠. 여기의 서비스는 최상의 것이니까요."

"전 이런 고급스러운 곳은 별로라서."

김 비서가 뭔가를 누르자 문이 열리고 여자들이 들어왔다.

"안녕하십니까."

김 비서는 환하게 웃었다.

"이 신사분이 드실 만한 음식으로 준비해요. 회장님의 손님이시니까 알아서 잘들 보시길 부탁드립니다."

"네, 김 비서님."

나이가 좀 있어 보이는 직원이 그렇게 이야기하더니 그를 차근차근 보았다.

"머리 손질과 여러 가지가 필요해 보이시는군요."

"그건 부장님이 직접 내려오실 테니 그때 상의를 하지요."

"네. 그럼 부장님, 전속으로 준비시키겠습니다."

사원은 그렇게 말하고 물러났다.

조금 후에 그를 위한 식사가 간단하게 준비되어 들어왔다.

"여기는 이런 것도 제공합니까?"

부드러워 보이는 제비집 수프를 보며 지호가 말하자 김 비서는 웃어 보였다.

"당연하지요. 이곳은 VVIP를 위한 라운지니까요."

그는 질린 표정으로 자리에 앉아 있었다. 아직도 머리가 개운치가 않았다.

"잠시 주무셔도 됩니다."

"아니요."

그는 고집스럽게 이야기하고는 조심스럽게 수프를 마셨다.

린은 시계를 보고는 엘리베이터를 타고 라운지로 향했다. 김 비서가 그녀를 반갑게 맞이했다.

"그런데 말입니다, 부장님."

"무슨 일이죠?"

"좀 곤란해서요."

그녀는 안으로 들어서다 소파에 기대 잠이 든 지호를 보았다.

"이런."

"제가 비몽사몽이라 하지 않았습니까?"

그녀는 한숨을 푹 쉬더니 그를 유심히 보았다. 안경을 벗고 잠이 든 지호의 속눈썹이 무척이나 길었다.

"머리 스타일은 스타일리스트가 이미 정한 것 같더군요. 저도 마음에 들었고요. 짧고 단정한 스타일이 좋을 것 같아서 소프트 투블럭으로 정했는데. 이 사람 깨우기도 좀 그러네요."

김 비서는 웃어 보였다. 그녀는 색상 표를 가지고 오라고 하고는 잠이 든 그의 가까이 다가가 하나씩 대조하기 시작했다.

"생각보다 화려한 색도 잘 어울리는군요."

그녀는 그렇게 말하고는 양복 스타일을 훑어보았다.

"우선 옷은 이렇게 다섯 가지 골라 둘게요. 머리부터 손질하고 시작하죠."

그녀는 그렇게 말하고는 옆방에서 누군가를 불렀다.

지호가 잠이 든 건 어쩔 수 없었지만 그녀도 시간이 그렇게 많은 편이 아니었다.

"이 안경 가지고 가서 도수 알아보고, 내가 준비해 둔 안경 테로 바로 작업해서 오세요. 총 네 가지니까 다 준비해 오시면 될 겁니다."

"네, 부장님."

그녀는 스타일리스트와 다시 상의를 하며 여러 가지 이야기를 하고는 그를 슥 보았다.

"이제 슬슬 일어나시는 게 좋을 텐데 말이죠."

김 비서가 웃어 보이더니 뭔가를 핸드폰으로 찍었다. 조금 뒤 지호의 허리에서 뭔가 부르르 떨렸다. 지호는 놀라서 일어나더니 핸드폰부터 뒤졌다.

"회진. 회진 시간. 창현아?"

린은 지호의 말에 기가 차서 한참 보다가 그에게 다가갔다.

"일어나셨어요, 김지호 씨?"

그는 순간 당황한 듯이 천천히 그녀 쪽을 봤다.

"안경 도수가 높은 건 아니더군요. 안녕하세요?"

"네. 안녕하세요, 최린 씨."

린은 그의 말에 미소를 지었다.

"이쪽 분은 스타일리스트세요 오늘 머리부터 발끝까지 변신을 하길 원한다고 들어서요. 바로 준비하겠습니다."

지호가 무슨 소리냐는 듯이 김 비서를 보자 그는 웃어 보였다.

"회장님의 지시이니 따라 주시기 바랍니다."

지호는 난감한 얼굴로 한참을 있었다. 이건 무슨 실험용 쥐도 아니고 갑자기 불러내서 스타일을 변화시킨다니, 말이 안 되는 이야기였던 것이다.

"싫으신 것 알아요. 하지만 저도 오더가 들어온 이상 어쩔 수 없군요."

린의 차갑게 울리는 말을 들으며 지호는 인상을 찡그렸다.

 지호의 변신은 수월했다. 본디 스타일이 좋은 사람이라 그냥 잘 꾸며만 주면 되는 것이었다. 왜 아버지가 이런 사소한 것까지 신경 쓰는지는 그녀도 잘 알고 있었지만 지호 본인만 모르는 것 같았다.
"어울리시는군요."
"이상한데."
 웅얼거리듯이 말하며 지호는 거울 속의 자신을 보았다. 까치 보금자리 같던 머리가 정리되고 후줄근하던 옷을 갈아입고 보니 마치 다른 사람 같은 기분이 들었던 것이다.
"익숙하지 않아서 그런 거에요."
 그녀는 예의상 미소를 지으며 이야기했다. 키는 큰데 구부정하게 서 있는 버릇 때문인지 약간 고양이 등을 한 남자였다. 좀 마른 것은 분명한데 그렇다고 너무 말라서 못 봐 줄 정도는 아니었다.
 기후처럼 근육으로 다져진 몸은 아니었지만 굉장히 슬림한 라인을 가져 미소년 같은 분위기의 신체를 가지고 있었다.
"뭘 그렇게 보는 겁니까?"
 불편한 듯이 말하는 지호를 보며 그녀는 킥 웃었다.
"아니요. 제 주위에 있는 사람들과 너무나 다른 분위기라서요."

지호는 그녀의 말에 언뜻 기후와 지후를 생각했다. 둘 다 운동을 아주 열심히 하는 사람들이라 근육질의 몸을 가졌던 것을 기억해 냈다.

"미안하군요. 볼품없는 몸이라."

린이 그의 말에 웃음을 터트렸다.

"전 그런 이야기 한 적 없어요. 오히려 미소년 같은 체형이시던걸요? 아마 디자이너들이 좋아할 것 같던데. 적당히 근육 있고 적당히 중성스러운."

그는 마치 자신을 놀리는 말 같아 얼굴이 확 달아오르는 것을 느꼈다.

"실례십니다."

그녀는 미소를 지었다.

"칭찬하는 말이에요. 정말. 오빠들이 워낙 근육 신봉자들이라 별로 근육에 매력 못 느껴요."

그녀의 말에 자신이 예민하게 반응한 것 같아 지호는 좀 민망해졌다.

"미안하군."

그녀는 킥 하고 웃어 보였다. 정말 재미있는 듯한 웃음에 그는 같이 웃어 주었다. 그러다 문득 민아가 생각나면서 그 웃음을 거뒀다. 민아는 지금도 고통에 몸부림치고 있는데 너무나 밝게 웃는 그 모습이 죄책감 따위는 느끼지 않는 것 같아 화가 났다.

"아버지의 호의를 너무 받아들이지는 말아요. 뭔가 계획 없이 그런 호의 베푸는 사람 아니에요."

조금은 냉정한 그녀의 말. 지호는 아무 말도 하지 않았다. 그도 회장이 그러고도 남을 인간이라는 것을 알고 있었다.

"그건 나도 압니다."

"그냥 반말하세요. 그게 나도 편하니까."

지호는 아무 말도 하지 않고 자신이 입은 옷을 보았다.

"금액이 상당할 텐데."

"후후, 그런 걱정은 마시죠. 회장님이 알아서 처리해 주실 거라 저도 바가지를 왕창 씌울 생각이니까."

지호는 그녀의 말에 인상을 썼다.

"그래도 아버지 아닌가?"

"아버지니까 바가지죠. 일반 손님에게는 그런 짓 안 해요."

그녀의 말에 인상을 찡그릴 뿐 지호는 더 이상 아무 말도 하지 않았다.

"신경 쓰지 마세요. 그럼 안경은 이것과 이것으로 정하고, 옷은 정장으로 다섯 벌과 일반 평상복으로 네 벌입니다."

그는 그녀의 말에 기겁할 듯 놀랐다.

"너무 많은 것 아닌가?"

"많기는요. 회장님의 주문보다 훨씬 적게 한 겁니다."

지호가 못 믿겠다는 듯이 그녀를 보자 린은 한숨을 쉬었다.

"김 비서님."

"네, 부장님."

"회장님께서 주문한 옷이 몇 벌이었는지 여기 신사분께 이야기 좀 해 주시죠. 전 이만 바빠서."

린은 손을 흔들어 보이더니 바로 방을 빠져나갔다. 지호는 불만스러운 얼굴로 김 비서를 보았다.

"정말 몇 벌입니까?"

"정장 열 벌에 일반 평상복 삼십 벌쯤으로 알고 있습니다."

그는 린이 말한 게 사실이라는 점에도 놀랐지만 회장이 무슨 심보로 이렇게 호의를 베푸는지에 대해 섬뜩한 기분이 들었다.

병원으로 돌아오니 간호사들이 그를 못 알아보고는 멍하니 바라보다 화들짝 놀라는 일이 수없이 반복되었다.

그는 어색해서 어쩔 줄 몰라 하다가 자신을 향해 웃어 보이며 설명하던 린을 생각했다. 하긴, 그렇게 아름다운 여자가 거의 두 시간여를 그를 위해 붙어 있었으니 생각이 안 난다면 목석일 것이다.

"저, 김 선생님."

"네. 무슨 일이시죠?"

"환자 중에 박민아 씨가 뵙고 싶다고 아까부터 기다리고 있는데 어떻게 할까요?"

"아, 들여보내 주세요."

지호는 가운을 입으며 이야기를 했다. 그는 민아가 환자복 차림으로 들어서자 미소를 보였다.

"어디 불편한 곳이라도 있어?"

민아는 그를 보더니 놀라 고개를 숙였다.

"아, 아니요."

지호가 미소를 보이며 앉을 것을 권했다.

"그럼 무슨 일로 그러지?"

민아는 주저하더니 그를 한 번 흘긋 보고 고개를 숙였다.

"치료해 주신 건 감사해요. 그런데 저 치료비 낼 돈이 없어요."

민아가 우물거리며 말하자 지호는 딱한 눈길로 그녀를 보았다. 아직 목소리도 변해서 제대로 나오지 않았다. 극심한 영양실조로 말라 버린 민아를 보며 그는 연민을 느꼈다.

"오빠가…… 아니 선생님이 제 치료비 부담하셨다고 들었어요. 제가 퇴원하고 나서 어떻게 해서든……."

그는 데스크를 톡톡 쳐서 민아의 주의를 돌렸다.

"그러지 마. 내가 너희 아버지께 받은 것들이 얼마나 많은데. 그런 걸로 이야기하면 날 실망시키는 거야."

민아는 그를 보더니 얼굴을 붉혔다.

"고마워요. 그런데 오빠 좀 많이 변하신 것 같아요."

그는 씩 웃었다. 민아는 또 얼굴을 붉히며 그를 흘끔거렸다.

"나이가 들어서 그런 거지. 너 과외 할 때와 다른 것 없어."

순간 민아의 얼굴이 창백해지더니 얼른 고개를 내렸다.

"저 빨리 퇴원시켜 주세요. 이 병원 저 불편해요."

민아는 기어들어 갈 것 같은 목소리로 이야기했다. 지호는 그런 민아를 유심히 보고는 한숨을 쉬었다.

"우선 병이 나아야 하는 게 먼저야. 네가 좋아지면 내가 알아서 퇴원시켜. 그리고 이 병원 그렇게 오래 널 잡아 두지 않아. 입원 기간이라는 것이 정해져 있거든."

그녀는 알겠다는 듯이 고개를 끄덕이더니 그만 가 보겠다고 했다. 그는 민아가 나가는 것을 보며 웃어 주었다. 민아는 문앞에 멈칫하더니 지호를 돌아보고 미소 지어 주었다.

"오빠 멋있어요. 이럴 줄 알았으면 그때 오빠 잡아 버릴걸."

민아가 그렇게 이야기하고 서둘러 나가자 지호는 자신도 모르게 얼굴을 붉혔다.

민아는 자신의 침대에 앉아 밖을 보았다. 이 호화찬란한 병원이 그 원수 같은 최린의 병원이라니. 정말 기분이 더러워졌다. 그녀가 강제로 이사를 가고 촌구석에서 썩어 가다가 집을 나와 가장 밑바닥을 전전하는 동안, 최린은 아무 상처 없이 유학을 다녀오고 승승장구하는 중이었다. 처음부터 집안이 차이가 났었다. 그 망할 계집애 때문에 이렇게 처절하게 살아가는 것도 구역질이 났다.

민아는 침대에 몸을 뉘었다. 최린 같은 부자가 될 수 없다는 것을 뼈저리게 느껴야 했었다. 뭘 해도 안 된다는 것도. 태어날 때 그런 집에서 태어나지 않는 이상 가망이 없다는 것도. 엄마가 호스티스 출신이건 뭐건 아버지가 잘나야 한다는 것도 알게 되었다.

민아는 곰곰이 생각에 빠졌다. 이제 최린 같은 것은 원하지 않았다. 그저 이런 지긋지긋한 삶을 벗어던지고 싶을 뿐이었다.

제3장

악의 꽃

린은 신문을 한참 보다가 고개를 들었디.
"지금 뭐라고 한 거야?"
"정기검진."
그녀는 인상을 살짝 썼다.
"내가 그런 것 아주 아주 싫어한다는 거 알지 않아?"
지후는 인상을 썼다.
"가족 다 하는 거야."
린은 계속 심드렁한 표정이었다.
"정말 싫은데? 가뜩이나 아버지 속셈이 보이는데 말이야."
지후는 아무 말도 하지 않았다. 아버지와 이야기를 하면서 내린 결론은, 참견은 심하고 자기 마음대로이지만 그만큼 린을 생각한다는 것뿐이었다.

 지후는 팔짱을 끼고 한동안 린을 보았다. 린은 아름답다. 누가 봐도 돌아볼 정도로. 하지만 그 속은 상처투성이였다. 강해 보이려 발악하는 것일 뿐 린은 아무것도 치료되지 않았다.

 자신의 상처가 보일까 봐 더 화려하게 꾸미고 더 표독하게 이야기할 뿐. 그녀의 속은 그날 고교 시절의 그 사건에 묶여 있었다.

 기후도 상처로 가득했지만 린과 같은 정도는 아니었다. 린이 좋아지지 못하면 기후도 좋아질 수 없다는 아버지의 말에 그도 동조하고 있었다.

 어느 기업의 남자나 사업가라면 저런 린의 상태를 감당할 수 없을 것이다. 하지만 의사라면, 그것도 찬찬하고 사려 깊은 의사라면 린의 상처를 치료해 줄 수도 있지 않을까.

 그도 지호를 잘 알고 있었다. 단 하나 걸리는 것은 그놈의 망할 집구석을 알고 있다는 정도일까. 인척도 없고 걸리는 것도 없다. 내세울 것은 없으나 청렴하고 의사로서 자질도 뛰어나다. 그가 원하는 것은 사업가적인 마인드의 원장이 아닌, 순수하게 학문을 연구하고 성심으로 환자를 돌볼 원장이었다.

 사업적인 것은 회사에서 알아서 하면 그만이니까. 지호는 다른 경쟁자를 이길 힘이 없었다. 아버님의 비호만으로 그를 더 높게 끌어올릴 수도 없었다.

 지호라는 남자를 위해서도, 린이라는 여자를 위해서도 아버지의 말처럼 둘의 결혼은 필요한 것이었다.

"아버지 속셈이 어떻든 진료는 진료야. 그리고 그 병원 아니면 어디서 진료를 받아."

린은 인상을 쓰고는 자리에서 일어났다.

"하여튼 아버지는."

지후는 어깨를 으쓱했다.

"그럼 오늘 오후에 같이 움직이지."

"언니는?"

"같이 갈 거야. 아이들 데리고."

린은 어쩔 수 없이 고개를 끄덕였다. 가족 모두가 간다고 하는데 혼자 빠지는 건 있을 수 없는 일이었다.

오너 일가가 정기검진을 한다니 병원은 부산하기 이를 데 없었다.

"그 검진에 나는 빠진 것 아닌가?"

지호가 시큰둥하게 이야기하자 모두들 고개를 저었다.

"아니요. 회장님과 사모님 그리고 부장님과 이사님까지 오신답니다."

그는 고개를 숙였다. 그래서 어제 예약자 명단이 빠르게 사라진 것이다. 하여튼 아무리 오너라 해도 아픈 사람들을 미루게 하는 건 이해할 수가 없었다.

"그냥 예약하라고 하지. 이렇게 아무렇게나 시간 비워 일반 환자들의 기회를 날려 버리다니."

지호는 혀를 차며 이야기하고는 회진을 마쳤다.

그는 자신 앞으로 온 오너 일가의 검진표를 보았다. 그러다 린의 검진표에 시선이 멈추었다.

"정상 체중보다 너무 낮은 거 아니야?"

지호는 나직하게 이야기하며 린의 검진표를 한참 보았다. 그러다가 이상하다는 듯이 산부인과 소견서를 보았다.

"왜 자궁경부암 검사가 빠진 거지?"

곧바로 산과에 전화를 해서 담당 의사와 통화를 했다.

"검사할 게 빠진 것 같아서 전화드렸습니다."

그는 전화로 간단하게 몇 가지 이야기를 하다가 자궁경부암에 대한 이야기를 꺼냈다. 그쪽에서는 호호, 웃어 보이더니 필요가 없어서 안 한다고만 이야기했다.

필요가 없어서 안 한다니? 지호가 고개를 갸웃하다가 인상을 썼다.

'무슨 생각을 하는 거야? 그럴 리가 없잖아.'

그는 오늘 검사해야 하는 파트를 차곡차곡 정리하고 동선을 맞추었다.

"그럼 몇 시에 오신다고 하셨죠?"

간호사는 시간을 보았다.

"오후 3시쯤으로 알고 있습니다."

그는 고개를 끄덕였다.

하여튼 부자들이란, 하는 생각이 들다가 그들의 몸 하나하나에 얼마나 주식이 오르락내리락하는지를 생각하면 이해가 가는 부분도 생겼다.

지호는 한숨을 쉬며 다른 환자들의 차트를 보기 시작했다.

서연은 웃으며 린을 보았다.

"아가씨는 더 살이 쪄도 된다고 말씀드렸죠?"

린은 인상을 찡그렸다.

"그건 패셔너블하지 않아요."

서연은 그 말에 웃었지만 속으로는 한숨을 쉬었다. 잘 먹지도 못 하니 계속 말라 갈 수밖에 없었다. 괜히 패션 운운하는 거지, 그녀도 자신의 병이 무엇인지 알고 있었다.

서연은 가만히 린의 손을 잡았다.

"건강검진이니 긴장하지 말아요. 네?"

린은 코에 주름을 잡아 보였다.

"언니가 더 걱정이죠. 나야 아이도 없고, 날 쪽쪽 빨아먹을 남편도 없고."

서연은 얼굴이 빨갛게 달아올랐다.

"아가씨."

린은 낄낄거렸다.

"오빠가 같은 차로 올 줄 알았더니 웬일이죠?"

"기후 도련님과 같이 온다나 봐요."

그녀는 고개를 끄덕이며 진입로가 보이는 병원을 보았다.

"요즘 들어 너무 자주 오는 것 같아. 언니는 아직도 정운 사장님이죠? 왜 오빠가 원하는 대로 자히르 오르테로 오지 않는 거예요? 자히르의 회장 자리가 비어 있는데."

서연은 웃으며 파일을 넘겼다.

"정운에 처음 입사해서 정운에 뿌리박고 살고 있는데 갑자기 자히르로 옮기면 일에 효율이 없어요. 자히르는 오빠의 꿈이죠."

린은 고개를 젓고는 차창 밖을 보았다.

"그래도 오빠는 언니뿐이니까. 언니 건강 걱정돼서 미치려고 하던데, 언니는 아직도 일에 목숨 걸고 있죠?"

서연은 웃어 보였다.

"일에 목숨을 건다……. 뭐, 지후 씨만 하겠어요? 지후 씨는 회사 두 군데를 돌봐야 하니까. 그래도 자히르를 계열사로 만들기 싫다고 저렇게 고집을 부리니 몸이 더 축나는 건 지후 씨죠. 난 아가씨가 얼른 일을 배워서 자히르를 맡아 주셨으면 해요."

린은 혀를 쏙 빼물었다.

"전 그만한 그릇이 안 돼요. 그저 상관이 주는 월급 받으며 사는 게 좋아요. 전 이렇게 언니처럼 작전 짜서 남의 회사 꿀꺽하고 우리 것 높이 파는 일 못 해요. 그런 쪽은 머리가 안 돌아가나 봐."

서연은 코에 주름을 잡아 보였다.

"아가씨 말을 들으니 제가 기업 사냥꾼 같군요. 하지만 정운을 위해서라고 생각하고 참아야죠. 그래도 정운은 딸려 오는 직원들의 복지는 책임지니까요. 그런 것 아니면 저도 싫을 거예요."

린은 고개를 끄덕였다.

"내가 우리 꼰대를 그렇게 싫어하면서도 딱 하나 인정할 수밖에 없는 건 직원들의 복리 문제를 잘 챙긴다는 점이니까요. 흡수합병해도 결코 직원들을 해고하지 않는 아버지의 사업가적 정신은 높이 사고 있어요."

서연은 미소를 보이며 다른 파일을 넘겨 또다시 검토하고 있었다.

"또 작전 있어요?"

"네."

"이번에는 무슨 작전이에요? 또 어느 회사 털러 가는데요? 지난번 도석 건은 듣고 속이 시원했는데."

"비밀. 내일 기사 통해 확인하세요. 작전은 비밀 엄수랍니다."

린은 입술을 삐죽거렸다. 그녀는 서서히 차가 멈추는 것에 짜증스러운 기분으로 병원을 올려다보았다.

"너무 싫어하지 말아요. 아가씨 걱정해서 그러는 거니까."

린은 체념한 듯 한숨을 쉬며 문을 열고 내렸다. 윤슬은 그녀를 따라 이동했다.

"슬아."

"네."

"오빠와 민아가 못 만나도록 해. 특히 기후 오빠와 말이야."

"네. 알겠습니다."

그녀는 차가운 눈으로 병원을 올려다보고는 안으로 먼저 들어섰다.

지호는 서연이 웃으며 들어서자 같이 미소를 보였다. 보는 눈이 얼마나 고상한지 이런 여자를 부인으로 둘 줄 누가 알았을까. 그나마 최지후에게 후한 점수를 준 건 머리 빈 것 같은 부잣집 여자가 아닌 영리한 일반인 여성을 아내로 맞이했다는 거였다.

하지만 일반인이라 하기에 이 사모님 또한 굉장한 경력을 가지고 있었다. 저런 집안에 시집가려면 저 정도는 돼야지, 라는 생각이 들 정도로 대단한 여자였다.

"오래간만이에요, 김지호 선생님."

"네. 안녕하십니까, 사모님."

그녀는 웃어 보이며 고개를 저었다.

"그냥 이름으로 불러 주셔도 된다니까 그러세요."

그녀의 상냥한 말에 지호는 덩달아 웃었다.

"우선 오늘 검사할 것은……."

그는 우선 서연에게 검사받을 것들에 대해 설명하고는 린에게도 같은 설명을 했다. 그는 서연보다 린을 더 찬찬히 보았다. 얼굴색이 아주 안 좋았다. 무슨 고민이 있는 것처럼.
"우선 피검사 먼저 해 주셔야 합니다."
서연은 고개를 끄덕였다.
"그럼 그렇게 하죠."
최고층 라운지는 일부 손님만 받는 공간이었고 이번같이 오너 일가가 올 때에만 개방이 되었다.
두 사람이 간호사들의 안내를 받으며 진찰실을 나가고 나자 지호는 한숨을 쉬었다. 그리고 얼마 후 지후와 기후가 들어왔다.
"안녕하십니까, 회장님."
지호가 인사하자 그는 고개를 까딱했다. 기후는 여전히 차가운 얼굴이었다. 감정이란 없는 사람처럼 삭막한 표정이 무시무시할 정도였다.
"우선 피검사 먼저 진행하겠습니다."
지후는 고개를 끄덕였지만 기후는 아무 말도 안 했다.
"뭔가 문제라도 있으십니까?"
기후는 그를 한 번 바라보더니 고개를 저었다. 말수가 없는 건지, 무시하는 건지 알 수 없는 애매한 행동이었다.
그는 기후의 차트를 보며 그의 키와 근육량에 놀라는 중이었다.

"꾸준한 운동을 하고 계시는 것은 좋은 일이지만, 지난번처럼 인대 파열이 올 정도로 무리한 운동은 삼가시는 게 좋을 것 같습니다."

"알아. 그래서 사이클은 그만뒀어."

삐딱한 말투였다. 지호는 살짝 인상을 썼다. 지후는 뭐가 우스운지 웃음을 참고 있었다.

"이런, 김 선생님이 우리 기후의 뼈아픈 곳을 건드리셨군."

기후는 화가 난 눈초리로 지후를 보았지만, 그런 감정도 한순간에 사라져 버린 눈빛은 무심하기 그지없었다.

지후가 먼저 나가고 나자 잠시 머뭇거리던 기후가 그를 보았다.

"당신, 나 본 적 있어?"

지호가 살짝 인상을 썼다. 기후는 뭔가 기억하려는 사람처럼 그를 한참 보더니 어깨를 으쓱했다.

"어디서 본 건 분명한데 별로 유쾌한 기억이 아닌 것 같군."

그는 그렇게 말하더니 그냥 진료실을 나가 버렸다. 지호도 인상을 쓰고 기후를 언제 본 건가 생각하다가 예전 고등학교 시절 다치고 실려 왔을 때 처음 드레싱을 한 것이 자신인 것을 기억해 냈다. 별로 유쾌하지 않은 기억이라는 그 말이 정답이었다.

드레싱이 한창인 응급실에 고등학생 남자애들이 신음 소리를 흘리고 있었다. 별반 큰 상처도 아닌데 다들 죽겠다고 찡얼거리는 통에 짜증이 났다. 기껏해야 싸움질이나 하고 들어와 부리는 꼬라지가 마음에 들지 않았었다.

"학생, 괜찮아요?"

그는 비교적 멀쩡해 보이는 남학생 하나를 보았다. 주먹이 찢어지고 손가락뼈에 금이 간 듯 보였다.

"엑스레이 찍어야 하니까 촬영실로 옮겨요. 보호자분은?"

간호사가 주춤거렸다.

"드레싱 끝난 겁니까?"

야수와 같이 으르렁거리는 듯한 목소리. 차가운 두 눈은 먹잇감을 놓고 놓치지 않으려는 듯이 보였다.

"어, 그런데."

순간 간이 베드에서 벌떡 일어난 그 학생이 한달음에 달려가 아까부터 아프다고 칭얼거리던 남학생을 두들겨 패기 시작했다.

"학생!"

주변의 놀란 외침 따윈 들리지 않는 듯이 남학생은 무서운 기세로 주먹질을 했다.

"잘못했어. 잘못했어. 진짜 잘못했어!"

두들겨 맞는 남학생이 비명처럼 말하며 손을 모으고 빌었지만 자비를 모르는 주먹은 그 떠드는 입을 주먹으로 짓이겨 버렸다.

그 서슬에 환자가 침대에서 떨어져 버둥거리는데, 마침 경비원이 뛰어와 그 학생을 잡아 떼어 놓으려고 했다.

"죽어. 너 나한테 잡히면 그날로 죽여 버릴 거야. 나가 죽어 버려. 죽으라고!"

"살려 줘, 기후야! 살려 줘! 진짜 몰랐어! 몰랐다고! 알았다면 진짜 안 그랬어. 살려 줘. 진짜 살려 줘, 기후야."

세 명의 학생을 한꺼번에 두들겨 패고 발길질을 해 대는 모습은 정말 두렵도록 끔찍했다.

"그만해, 기후야."

누군가 말하는 소리에 그가 멈추더니 바로 뛰쳐나가 버렸다. 두들겨 맞은 학생들은 대성통곡하며 이러다 정말 죽을지도 모른다고 패닉 상태에 빠져들었다. 그는 그 남자아이를 제지한 여학생을 돌아보았지만 여학생도 사라진 후였다.

"뭐 해. 가서 환자 잡아 와."

엄하게 말하는 치프 선생의 목소리에 지호는 정신을 차리고 그 남학생을 잡으러 뛰어갔다.

그 학생을 따라간 곳은 고위급 환자들만 모시는 특진실이었다. 그는 기후가 이번에는 저기에 있는 VIP 환자에게 손을 대는 건 아닌가 싶어 긴장했다. 하지만 광폭함과 분노 그리고 후회와 아픔으로 얼룩진 감정을 가지고 문을 바라보는 기후에게 그는 아무 말도 할 수 없었다.

기후의 눈에서 맑은 눈물이 굴러떨어졌다. 아픔이 가득한 가슴이 찢어지는 듯한 울음소리가 그의 귀에 들려왔다. 그리고 기후의 앞에 팔에 부목을 고정시킨 여학생 하나가 나서서 그를 조용히 안아 주었다.

"네 잘못 아니야. 너 아니었으면 린이 죽었을지도 몰라. 넌 린을 지켰어. 네 잘못 아니야."

기후는 그 여자아이를 꽉 안은 채 그렇게 울고 있었다. 그 아이의 긴 머리카락에 가린 기후의 얼굴은 더 이상 보이지 않았다.

기후가 그때를 기억하는 건지도 몰랐다. 그래서 그에게 본 적이 있다고 하는 것인지도. 그는 기후를 생각했다. 그 당시에는 많은 감정을 표현했었다. 분노와 아픔, 슬픔까지. 하지만 지금의 기후는 마치 가면을 쓴 것처럼 차갑고 무표정했다. 그날 이후 무슨 일이 있었던 걸까. 그는 인상을 찡그렸다.

'왜 그 당시에는 잘 기억나지 않던 게 이렇게 선명하게 떠오르는 거지?'

지호는 머리를 문지르며 다른 차트들을 찾기 시작했다.

린은 가만히 앞을 보고 있었다.

"오늘 병실에 묵어야 한다는 말은 없었잖아요?"

서연은 미소를 보였다.

"아가씨는 더 검사해야 하니까요."

"나만."

"아니요. 기후 도련님도요."

"그럼 기후와 같은 병실 쓸래요."

린의 말에 서연은 고개를 끄덕이며 누군가를 불렀다.

"그런데 침대가 하나인데요?"

"하나 옮겨요."

린의 고집에 서연은 한숨을 쉬었다.

"말은 해 볼게요."

서연이 나가고 나자 린은 모로 누웠다. 병실의 기억이라는 것이 유쾌한 것은 아니었다.

고3 때 정말 많고 많은 일들이 있었다. 오빠 차로 사고를 내고 일주일이 넘게 병원에 있었고, 얼마 지나지 않아 어머니가 젊은 남자와 바람피우는 것이 대대적으로 신문과 방송으로 보도되었다. 그로 인해 어머니란 여자는 아버지로부터 이혼을 당하게 되었다.

그 탓에 어머니가 술집에서 일하던 여자라는 소문이 학교에 파다하게 퍼져 꽤나 많은 놀림과 비아냥을 당하게 되었다. 무시하고자 했지만 그럴 수가 없었다. 강한 척하는 겉모습과 달리 어머니의 부정과 주변의 멸시를 견디다 못해 한동안 정신과 치료를 받았었다. 그리고 교내 폭행 사건이 일어났고 그녀는 외국으로 도주하다시피 했었다.

린은 주먹을 틀어쥐었다. 같은 병실이었다. 이 병실에 누워 얼마나 많은 생각과 환멸에 시달렸던지 생각도 하고 싶지 않았다.

"병실이 별로야."

나직한 목소리에 그녀는 고개를 들었다.

"다 뜯어 고쳤는데도 기분 나빠."

기후는 어슬렁거리다 그녀의 침대에 와서 앉았다.

"무슨 생각해?"

린은 아무 말도 하지 않았다. 하지만 기후는 이미 이 병실만으로도 린이 주눅이 들어 있다는 것을 알고 있었다.

"자, 안겨."

기후가 두 팔을 벌려 주며 말하자 린은 기후의 품에 안겼다.

"괜찮아. 언제라도 내가 널 지켜."

린은 눈을 감았다. 기후는 그녀의 머리를 쓰다듬어 주며 나직하게 말을 걸어 주었다. 기후의 집착과 폭력성이 유일하게 잦아드는 것이 이런 시간이었다.

"같이 잘까? 기후 오빠?"

"괜히 소문나."

그녀는 낄낄거리고는 기후의 목에 장난스럽게 팔을 감았다.

"그런데 정말 오빠 소리가 그렇게 듣고 싶니?"

"당연하지."

그녀는 고개를 젓고는 기후의 뺨에 쪽 소리 나게 뽀뽀해 주었다.

"최고야, 기후 오빠는. 물론 지후 오빠보다는 아니지만."

기후는 끙 하는 소리를 내더니 그녀의 머리를 헝클어트렸다.

병실에 침대를 더 놔달라는 부탁에 지호는 인상을 쓰며 병실로 올라가 봤다. 아무리 남매라고 해도 성인인데 불편할 것이기에 둘에게 말을 하려고 찾았다가 둘이 꼭 끌어안고 있는 것을 보고는 멈칫했다.

지난번에 파티 때도 기후가 린을 찾으러 왔었다. 그리고 지금도 기후가 린을 안고 있었다. 둘이 분명 남매인데 너무 사이가 좋은 것인지, 지금 보는 이 상황이 어떤 것인지 그는 헷갈리기 시작했다.

"저기, 선생님. 침대는……."

그는 얼른 문을 닫았다.

"간호사는 잠시 기다려요. 내가 먼저 이야기를 해 볼 테니."

지호가 헛기침을 하고 문을 노크한 후 안으로 들어섰다. 기후는 린을 여전히 안고 있었다.

"실례하겠습니다."

기후는 무표정하게 그를 바라보고 있었다.

"침대를 놔달라고 하셨는데 같은 병실을 쓰기에는 조금 불편하지 않을까 합니다."

그녀는 기후를 흘긋 보고는 고개를 저었다. 기후는 린을 보더니 고개를 끄덕였다.

"우린 쌍둥이라 불편하지 않아요. 나도 오빠도 그래야 안심이 되니까. 김 선생님께서 양해해 주셔도 되는 것 아닌가요? 그리고 아침 검사 시간에도 같이 내려가면 되니 편하지 않을까요?"

기후는 린을 풀어 주더니 침대에 기대어 누웠다.

"피곤해."

지호는 난감한 얼굴로 한참을 있다가 알겠다며 고개를 끄덕였다. 린은 미소를 지어 보였다.

린의 화장 안 한 얼굴을 보고 그는 인상을 찡그렸다. 분명 예쁜 얼굴이었다. 하지만 그의 눈에는 수면 부족으로 인한 다크서클과 창백한 눈자위만 보일 뿐이었다.

"혹시 어지럽거나 구토 증상이 있지는 않으십니까?"

지호가 날카롭게 물어보자 린이 인상을 찡그렸다.

"뭐, 견딜 만할 정도죠."

그는 한숨을 쉬었다.

"오늘 밤 간호사들이 몇 번 들를 겁니다. 간단한 수면 체크이니 너무 신경 쓰지는 마십시오."

"네. 지난번에도 했어요. 검사 기계는 언제 달아요?"

"조금 있으면 시작할 겁니다. 기후 씨도 체크해야 합니다."

기후는 아무 말도 하지 않았다. 쌍둥이 둘 다 뭔가 묘한 구석이 있었지만 지호는 그 이상은 파고들지 않기로 했다. 아까 어렴풋이 떠오른 기억도 그렇고 일방적인 자신의 편견을 투영하기에도 뭔가 석연치 않은 기분이 들었다. 박성찬의 부당한 해고는 화가 나는 일이라 파헤치고 싶었지만 뭔가 꺼림칙한 기분이 남아 있었다. 그간 린이 보여 준 행동들을 보면서 뭔지 모르게 린이 피해자인 것 같은 기분이 들었던 것이다.

지호는 머리를 저었다. 린과 그는 의사와 환자일 뿐 그 이상도 그 이하도 아닌데 신경을 쓸 필요는 없는 일이었다. 건강해지고 나면 그와도 볼 일이 없는 사람에게 관심을 가질 필요가 있을까?

그는 괜히 머리를 흔들며 평상시와 다른 자신에게 짜증을 냈다.

침대가 옮겨지고 둘이 따로 눕고 나서야 지호는 병실을 빠져나왔다. 그가 그렇게 한 건 오너 일가가 추문이 날까 봐서이지 남매가 이상해서는 절대 아니라고 자신에게 신신당부를 했다.

지호는 방으로 돌아와 오늘은 퇴근할 수 없다는 것에 한숨을 쉬었다. 우선 민아가 어떻게 있는지 봐야겠다는 생각에 그는 다시 일어나 밖으로 나섰다.

민아는 복도에 앉아 있었다. 무슨 생각을 하는지 멍하게 밖을 보고 있었다.

"무슨 생각해?"

"지호 오빠."

민아는 수그러들 듯 이야기하더니 그를 흘긋 보았다.

"이제 좀 안정되어 가니?"

민아는 목을 손으로 감쌌다.

"목소리가 돌아오지 않는 것 빼면 다 괜찮아."

그는 그녀를 한참 보았다. 마르고 볼품없어진 민아라고 해도 이렇게 살아나서 다행이라고 생각했다.

"어떻게 지냈어? 과장님 그렇게 내려가시고 너희 가족 소식을 알 수가 없어서."

민아는 고개를 숙였다.

"그냥 시골로 갔어요."

그는 민아가 그것에 대해 말하기 싫어한다는 것을 알고는 그저 고개를 끄덕여 주었다.

"서울은 언제 올라온 거야?"

"오 년 정도 되었어요."

"지내는 곳은 어때?"

"그냥 그래요."

지호는 민아의 손톱 사이에 물든 것을 한참을 보았다.

"무슨 일 하는지 알 수 있을까? 그 당시 민아는 아버지와 같은 의사가 아니면 경영을 하고 싶다고 했는데?"

민아는 눈을 내리떴다. 어느 대학도 교내 폭력을 일으킨 학생은 받아 주지 않았다. 그렇게 큰 폭력 사건을 일으킨 장본인인데 누가 원하기나 했을까. 그녀는 그런 말은 차마 지호에게 할 수 없었다.

"저 그런 것 안 했어요."

"그럼?"

민아는 자신의 손을 내려다보았다.

"그냥 일해요. 그냥."

그는 아무 말도 할 수 없었다. 손 마디마디에 그리고 손톱 밑에 물든 염색약으로 보아 민아가 미용실에서 일을 하고 있다는 것을 짐작할 수 있었다.

"부모님에게 전화는 한 거야?"

민아는 고개를 저었다. 울고만 있던 어머니, 자신을 다그치고 야단치던 아버지. 더 이상 죄인으로 그 집에 있고 싶지 않았다.

"남자 친구는 있어? 예전에 인기 좋았잖아?"

민아는 한동안 생각에 잠겼다. 동거하던 남자가 몇 있기는 했지만 모두가 투박한 일을 하던 사람이라 집을 위해 동거를 했었다.

"그냥……."

그는 더 이상 물어보지 않았다. 민아는 흘긋 지호를 봤다. 지호의 변한 모습에 그녀는 깜짝 놀라고 말았다. 터벅머리를 산뜻하게 자르고 옷도 완벽하게 스타일을 바꾼 지호는 모두가 봐도 샤프하고 성공한 의사 같은 모습이었다.

"오빠는 여자 친구 있어요?"

그는 고개를 저었다.

"바빠서 만들 시간은 없었어."

민아는 고개를 끄덕이고는 살짝 웃었다. 예전에 지호가 자신에게 마음이 있었다는 것을 알고 있었다. 만약 그 마음을 되돌려 지호를 잡을 수 있다면 아버지가 그녀를 용서해 줄지도 모른다는 생각이 들었다.

"오빠같이 좋은 남자가 여자가 없다니 이해가 안 가요. 지금 관심 있는 여자는 없어요?"

그는 민아의 질문에 인상을 살짝 찡그리다가 무례하고 오만한 린의 모습이 떠오르자 고개를 저었다.

"없어."

그저 몇 번 본 게 다인데 이 순간 그 못된 린이 생각난 건 무슨 이유인지 알 수가 없었다.

"다행이다."

"응?"

민아는 웃어 보였다.

"아니에요. 나 다 나으면 그때 말할게요. 오빠, 내일도 이야기할 수 있죠?"

"응. 그럼. 내일 이 시간에 여기서 보자."

민아는 방긋이 웃어 보였다. 그도 민아의 환해진 얼굴을 보며 덩달아 웃어 주었다.

지호는 체크된 표를 들고 한참을 보고 있었다. 두 시간도 제대로 자지 못하는 린과 네 시간 정도 자는 기후를 보며 그는 둘에게 뭔가의 트라우마가 있다는 것을 알게 되었다. 하루의 대부분을 운동에 쓴다고 해도 과언이 아닌 남자에게 왜 운동하냐고 물어볼 수도 없었고 제대로 먹지 못하고 비틀거리는 여자에게 왜 안 먹냐고 물어볼 수도 없었다.

지호는 답답하게 한숨을 쉬었다. 린은 식사량을 늘리고 잠도 잘 자야 했다. 저러다 심장마비가 와도 이상할 것이 없을 정도였다.

"정말."

그는 혀를 차고는 병실로 향했다. 기후는 일어나 책을 읽고 있었고 린은 가만히 앞을 보고 있었다.

"이제 끝났나요? 집에 가고 싶은데."

"네. 거의 마쳐 갑니다. 수고하셨습니다."

기후는 윗도리는 입지도 않은 채 자리에서 벌떡 일어났다. 지호는 기후의 근육질 몸을 보고는 한숨을 쉬었다.

"운동량을 조금만 줄여 주십시오. 근육 파열된 상처가 많아서 놀랐습니다."

기후는 그를 흘끗 보더니 무시하고 지나갔다. 린은 피식 웃었다.

"기후는 누구 말도 안 들어요. 운동도 그만하라고 말하고 싶은데 안 그러면 다른 쪽으로 분출이 될까 봐 계속하는 거예요. 김 선생님을 무시하는 건 아니에요."

린이 사뿐히 침대에서 일어나 그를 보았다.

"머리 손질이 잘못되셨어요. 앞으로 넘기셔야죠."

그녀의 말에 지호가 인상을 찡그리자 린이 웃으며 다가오더니 그의 머리카락을 만져 주었다.

"스타일이 있으니까 그렇게 넘기시면 안 돼요."

약간은 웃고 있는 듯 울리는 말투에 그는 몸이 멈칫 뒤로 물러나졌다. 린은 의식하지 못하는 것 같은데 검사 때문에 브래지어를 하지 않은 린의 가슴선이 그대로 그의 시야에 들어왔던 것이다. 그는 자신도 모르게 얼굴을 붉히며 얼른 그녀의 가슴에서 시선을 거두었다.

린은 아무렇지 않게 탈의실로 향했다. 그는 참았던 숨을 몰아쉬고는 얼른 병실을 빠져나갔다.

그 희고 고운 살에 점 하나 없었다. 가슴 모양도 완벽했다. 시선을 돌렸어야 하는데 바보처럼 보고 말았다는 깃에 지호는 자신을 책망했다. 환자를 그런 시선으로 보다니. 의사 생활을 하며 이런 적은 처음이라 그는 어쩔 줄 몰라 했다.

워낙에 예쁜 몸매니까 자신도 남자라서 시선이 갔을 뿐이라고 자기합리화를 해 보아도 왠지 죄지은 느낌이 지워지지를 않았다.

그는 얼굴을 손으로 부채질하고는 서둘러 엘리베이터에 올라탔다. 린의 성격도 알고 단점도 아는데, 하여튼 너무 예쁘니까 모든 죄가 보이지 않는 것 같아 일부러 간격을 두고 싶어졌다.

린은 집으로 들어오며 기후를 흘긋 보았다.

"오빠 안 가?"

"안 가."

그는 아무렇게나 벌렁 드러누워 눈을 감고는 입을 열었다.

"그 지호인가 뭔가."

"응?"

"아버지가 말하는 상대지?"

그 말에 그녀는 가만히 있다가 고개를 끄덕였다.

"알면서 피하지 않아?"

"욕심 없는 사람이라 결혼까지는 생각도 안 하고 있는 것 같아."

기후는 콧방귀를 뀌더니 눈을 뜨고 그녀를 봤다.

"돈 앞에 욕심 없는 사람이 있던가?"

그녀는 날카로운 기후의 말에 그가 어머니를 이야기한다는 것을 알게 되었다.

"조금 후에 출소하신다던데. 지난번 나에게 면회 오라 하시던데."

"넌?"

린은 고개를 저었다.

"우리랑 연이 끝나야 사람들에게 피해를 주지 않겠지."

기후는 아무런 말도 하지 않았다. 린도 무겁게 내려앉아 입을 열지 않았다.

"흠흠. 두 분 식사하실 시간입니다."

린은 윤슬의 목소리에 정신을 차리고 웃어 보였다.

"슬이가 고생이네? 오늘 아주머니도 안 나오시는데."

윤슬은 그냥 인사를 하고는 다시 주방으로 사라졌다.

"윤슬이 밥도 하나?"

"응."

그는 아무 말 없이 일어나더니 주방으로 향했다. 하긴 슬이가 해 준다면 오빠는 모래라도 먹을 것이다. 그녀는 고개를 저으며 주방으로 향했다.

음식은 꽤 맛이 있었다. 기후도 린도 자신의 그릇을 비운 것을 보며 윤슬은 자리에서 일어났다.

"더 드릴까요?"

"난 더 줘."

"난 됐어."

린은 거절하고는 미소를 지었다.

"오늘 정말 많이 먹은 것 같아."

윤슬은 미소를 보였다.

"정말 그러세요. 다행입니다."

린은 고마움을 담아 인사를 했다. 기후는 마저 다 먹고는 윤슬의 허리를 당겨 한 번 안아 주고는 자리에서 일어났다.

"나 간다."

"윤슬이 먹여 주는 밥이 목표인가 봐. 오빠는. 하여튼 잘 가."

그는 손을 흔들며 멀어졌고 윤슬은 아무 말도 안 하고 자리를 치웠다.

"본가에서 연락이 왔습니다. 아가씨 식사량을 확인하고 빈혈에 따른 처방이 나왔으니 약 드시는지도 체크하라고요."

그녀는 심드렁하게 있었다.

"그리고 김지호 씨가 내일부터 일주일에 한 번씩 집으로 오신답니다."

"왜?"

"이번 검진 때문이라고 들었어요."

린은 투덜거리며 방으로 올라갔다. 모두가 능구렁이 아버지의 계략임에 틀림없었다. 그녀는 휴대폰을 꺼내 아버지에게 당장 전화를 했다.

"이러실 필요는 없잖아요. 제가 가도 되는데 꼭 집으로 보내야겠어요?"

-뭐, 네가 간다면 그럴 필요는 없지. 하지만 검진을 안 받으려고 하는 건 너 아닌가?

그녀는 머리가 지끈거렸다.

"이미 약도 받아 왔는데 무슨 할 일이 또 있어요?"

-있지. 너의 식습관도 문제니까.

"아버지, 일 잘하는 사람 그만 좀 외부로 돌리죠. 우리 쪽 손실은 생각도 안 하세요?"

-말은 고맙지만 린, 그런 푼돈 때문에 딸아이가 아파하는

건 원하지 않아.

린은 머리를 문질렀다.

"제가 가요. 됐죠?"

―그럼 번갈아 오가는 것도 좋겠지.

"됐어요. 제가 가요. 그 사람 시간 잘라 먹기 싫어요."

그녀는 일방적으로 전화를 끊어 버렸다. 하여튼 쓸데없는 일을 하는 것으로는 아버지를 따라갈 사람이 없었다.

그녀는 짜증스럽게 밖을 보았다. 뭐가 결혼이라는 말인지. 그렇게 이런 병신 딸을 다른 남자에게 보내고 싶은 건지.

린은 거울을 보았다. 자신의 얼굴이 날로 여위어 간다는 것은 그녀도 알고 있었다.

"외국 지사 파견 나가야겠다."

그녀는 나직하게 말하고는 한숨을 쉬었다. 아버지도 사실은 눈치채고 있을지도 몰랐다. 서울이라는 공간에 있는 것만으로도 그녀가 답답해하고 노이로제에 빠져든다는 것을. 이미 그 사건이 있은 지가 십 년이 다 되어 가는데도 그녀는 그날 의연하게 나온 것과는 반대로 겁에 질려 떨고 있다는 것을.

몇 년에 한 번씩 외국 지사로 나도는 것도 그런 것 때문이라는 것을 아버지도 알고 있었고, 그런 그녀를 잡아 두기 위해 결혼을 시키려 한다는 것도 알고 있었다.

하지만 그녀는 다른 사람과의 관계라는 것이 유지되지 않았다. 기후도 그녀도 둘 다 타인과의 유대 자체가 불가능하게 된 것을 아버지는 인정하기 싫으신 것이다.

린은 한숨을 쉬었다.

내일 출근하면 지후 오빠에게 정식으로 요청해야 할 것 같았다. 이러다 정말 쓰러져서 아버지의 원망을 듣게 되느니 외국으로 도망가는 게 빠를 것 같았다.

"안 돼."
린은 기가 찬 듯 지후를 보았다.
"다른 때는 말만 하면 보내 줬잖아."
지후는 린을 슬쩍 보고는 고개를 저었다.
"이번에는 안 돼. 너 건강검진 결과 보니 외국 나갈 타이밍이 아니야."
"내 건강 때문에 나가는 거야!"
"안 된다면 안 돼."
린은 지후를 보고 인상을 썼다.
"내가 가장 믿는 오빠가 날 이렇게 대접할 줄은 몰랐어."
"너 생각해서야. 여기서 일해도 되는 거 아니야? 이제 적응해야지."
"적응은 무슨. 사람 사는 데가 다 똑같은데."
"거짓말하지 말고."
린은 눈을 내리떴다.

"이상한 수작도 꾸미지 마. 너에게 두 번 다시 놀아나지 않아."

그녀는 불퉁한 표정으로 밖으로 나왔다.

"회장님이 허락하지 않으실 거라 하지 않았습니까."

그녀는 이 비서를 돌아보았다.

"이 비서, 오빠 약점은 뭘까요?"

"잘 아시지 않나요?"

린은 입술을 삐죽거렸다.

"정이는 아니죠?"

"정이도 정이지만 아무래도 사모님이죠."

린은 한숨을 쉬었다.

"내가 서연 언니를 어떻게 협박해요. 가능하지도 않아."

린은 투덜거리며 나갔고 이 비서는 웃어 보였다. 하지만 그 미소는 금방 시들어 버렸다. 최만후 회장이 무슨 짓을 한 건지 모르지만 최지후 회장이 그의 말에 따라 린에게 남자를 붙여 주려는 것이 무슨 까닭인지 알 수가 없었던 것이다. 그 정도로 부자지간이 좋지 못한 편인 데다, 최만후 회장의 억지에 사랑을 잃을 뻔했던 지후이기에 그 둘이 의견을 같이한다는 것은 정말 놀라운 일이었다.

이 비서는 린이 학교에서 그 사건이 난 날 다른 아이들의 부모를 만나 담판을 짓기 위해 박 변호사와 동행으로 일을 처리했기에 그곳에 무슨 일이 일어났었는지를 누구보다 잘 알고 있었다.

린이 저렇게 아무렇지 않게 행동하고 있지만 불안한 마음에 더욱 주시하기도 했었다. 그녀는 회장 집안일에 참석은 하지 않지만 린의 일에는 자신도 모르게 먼저 몸이 반응하는 것은 어쩔 수 없었다. 딸을 가진 부모라면 누구나 그런 일에 격분하고 볼 것이니까 말이다.

린이 차에 올라타자 차는 바로 출발했다.
"어디로 가? 본사 가는 거 아니야?"
"병원으로 가라는 지시를 받았습니다."
"병원? 왜?"
"저도 잘……."

린은 손톱으로 턱을 톡톡 치며 생각에 빠졌다. 지후는 이렇게 무턱대고 그녀를 붙잡아 두려고 할 사람이 아니었다. 힘들다고 하면 여행이라도 가라고 보내 주던 오빠였는데 저렇게 강경한 거라면 분명 아버지로부터 언질이 있었을 것이다.

정말 아버지는 그녀를 결혼시킬 마음인가 보다. 그것도 그 꼭 틀어 막힌 김지호에게 말이다.

그 사람도 그녀도 원하지 않는 일인데 아버지는 도대체 그의 어느 면이 마음에 든 걸까.

린은 눈을 가늘게 떴다. 병원 때문일까? 병원 원장과 과장이 마음에 안 들어 집안사람을 앉게 하고 싶은 걸까?

"윤슬, 센터 원장과 과장들 조사해 줘. 그리고 요즘 우리 센터에서 뭐에 주력하고 있는지도."

윤슬은 알겠다고 이야기했다. 린은 아버지가 계속 그녀를 잡아 두려는 이유가 궁금해졌다. 병원이 아버지 마음에 들지 않는 것이 분명할 것이다. 그러지 않고서야 의사를 사위로 받아들일 사람이 아니었다.

"나만 병원 가는 거지?"

"기후 도련님은 운동 갔습니다."

"흐응."

린은 의자에 기대 눈을 감았다. 아버지가 원하는 것이 뭔지 몰라도 꼭 결혼을 할 필요는 없을 것 같다는 생각이 들었다.

차가 병원에 도착하고 나서 린은 윤슬에게 지시 내린 것을 알아보라 하고는 두 시간 후에 만나자고 했다.

그녀를 따라 움직이는 다른 경호원들이 그녀와의 거리를 지키며 뒤따르고 있었고 간호사가 급히 달려와 그녀를 안내했다. 그러지 말라고 했는데, 그냥 다른 사람들처럼 기다려도 되는데 아버지의 이런 과보호가 한 번씩은 부담스러웠다.

"이쪽입니다."

그녀는 의자에 앉아 수술을 마치고 온다는 지호를 기다렸다.

잠시 커피를 마시고 있는데 문이 열리는 소리가 들렸다.

"죄송합니다. 기다리게 해서."

지호가 흐트러진 몰골로 들어오고 있었다.

"기다릴 수도 있는 거죠. 수술이 먼저지 상담이 먼저는 아니니까요."

그는 잠시 멈칫해서 그녀를 보더니 의외라는 표정을 지었다. 정말 그녀가 수술 집도 중인 사람에게 기다리게 했다고 소리라도 지를 줄 알았나 하는 생각을 하며 괜히 기분이 나빠졌다.

"급한 수술이었던가 보군요."

"네. 기흉 환자라서 지체할 수가 없었습니다."

그녀는 고개를 끄덕였다.

"흉부외과 전문의이신데 왜 절 보자고 하신 건지 궁금하군요. 무슨 일이죠?"

"제가 담당하는 과목은 흉부이지만 회장님 집안의 주치의이다 보니 제가 상담을 하게 되었습니다. 최린 씨 지금 빈혈 수치가 몹시 높은 상태입니다. 그리고 저혈압이시구요. 식사도 제대로 하지 않고 계신다고 알고 있습니다."

"이제는 존대네요?"

"지금은 공적인 자리이니까요."

그녀는 눈을 내리떴다.

"말씀하신 것에 대해서는 이미 처방 받았는데요."

"알고 있습니다. 하지만 병원에서 운동 요법과 약물 요법, 식습관 개선을 위한 프로그램을 병행하는 걸로 지시가 내려

왔습니다."

그녀는 인상을 썼다. 지호는 린의 반응을 보며 그녀가 몹시 불쾌해한다는 것을 알 수 있었지만, 그녀의 건강을 위해 그런 것을 무시하기로 했다.

"왜 그래야 하죠? 난 전혀 불편함이 없는데."

그는 그녀의 말에 한숨을 쉬었다.

"불편함이 많을 것으로 보이는데요."

그녀는 기분이 나쁜지 고개를 옆으로 돌리고 생각에 빠져 있었다.

"지시 내리는 사람이 회장님이신가요?"

지호는 잠시 고민에 빠졌다. 회장은 회장님인데 전대 회장이라고 말을 해야 하나.

그의 모습에 린이 갑자기 웃음을 터트렸다.

"고민하지 말아요. 아버지를 말한 거니까. 둘 다 회장이라 부르니 이상하죠? 저도 그렇게 생각해요. 전대 회장이라 부르면 될 텐데 아버지는 현역같이 보이고 싶으신가 봐요. 헷갈리게 해서 미안해요."

지호는 순간 자신의 얼굴을 보고 웃는 린의 모습에 가슴이 두근거렸다. 세상에, 저 못된 린이 웃는데 가슴이 두근거리다니 있을 수 없는 일이었다. 그는 헛기침을 하고는 그녀의 X-ray 사진을 보았다.

"음, 좀 창피한데요? 이런 모습부터 보여 준다니."

린의 말에 지호는 그녀를 보고는 겨우 웃었다.

"그렇게 생각하는 사람은 최린 씨가 처음일 겁니다."

그녀는 미소를 보였다. 지호는 그녀에게 운동 프로그램 이야기를 하고 다른 것들에 대해 주의를 주었다.

"그런데 정말 하기 싫을 것 같은데."

그녀가 불퉁하게 이야기하고는 자리에서 일어났고, 지호도 덩달아 일어나다 정말 우연하게 그녀의 손을 잡고 말았다. 순간 린은 기겁을 하듯이 그에게서 손을 빼냈다.

그녀의 눈에 스치는 건 공포와 환멸?

지호가 놀라서 린을 보았다. 린은 그에게 스친 손을 꼭 쥐고 있다가 조심스럽게 웃어 보였다.

"그냥 좀 놀랐어요. 상처받으신 건 아니죠?"

괜히 웃으며 하는 소리였지만 지호는 그녀의 그런 이상한 행동에 웃을 수 없었다.

"아니요. 놀라지 않았습니다. 그런데 운동은 꼭 하셔야 합니다. 안 하시면 안 됩니다."

그녀는 어색한 웃음을 보이더니 뒷걸음질로 멀어졌다.

"그럼 다음 주에 봬요."

지호는 뭔가 찜찜한 기분이 들어 린이 나간 뒤에도 계속 생각에 빠졌다.

린은 나오면서 계속 자신을 욕했다. 어쩌자고 그런 반응을 보였을까. 그가 자신의 손을 잡아당긴 것도 아니고 일부러 그런 것도 아닌데. 마음의 준비가 안 되어 있어서인지 그의 손이 닿는 순간 온몸이 얼어 버리는 기분을 느꼈다.

괜한 오해를 살 짓을 하고 보니 정말 자신이 무능하게 여겨졌다.

"린."

그녀는 놀라서 고개를 들다 자신을 유심히 살피는 윤슬을 보았다.

"천천히 숨을 쉬어."

린은 그제야 자신이 숨을 못 쉬고 있었다는 생각을 하고는 윤슬의 말대로 천천히 숨을 몰아쉬었다.

"괜찮아. 여기는 사람들도 많고 안전해."

"응. 안전해."

린은 겨우 말하고 떨리는 손으로 윤슬을 잡고 기댔다.

"출발할까요, 팀장?"

"네."

윤슬은 무뚝뚝하게 이야기하고는 린을 안다시피 해서 빠르게 병원을 빠져나왔다.

"안에서 무슨 일이 있었는지 모르지만 결코 너에게 해가 될 일을 할 사람은 아니야, 린."

"나도 알아. 그냥 좀 놀랐어."

린은 머리카락을 쓸어 올리며 좌석에 고개를 기댔다.

"괜찮아. 이제 우리는 성인이니까."
"응. 슬아, 나도 알아."
린은 그렇게 말하고는 눈을 감았다.

민아는 지호를 향해 환하게 웃어 보였다.
"와, 맛있겠다. 오빠가 만든 거예요?"
"음. 집에서 도시락 싸 온 거야. 여기 병원 음식 싫어하는 것 같아서."
민아는 사랑스러운 미소를 보였다.
"고마워요, 오빠. 오빠 여친은 정말 행복한 사람이 될 거예요."
그는 피식 웃었다. 민아는 스스럼없이 음식을 먹고 이야기했다. 예전의 민아로 돌아가는 듯 건강해지는 것이 눈에 보였다.
"기력을 찾은 것 같아 다행이야. 어디 아픈 데는 없어?"
"없어요."
그는 민아의 환한 얼굴을 보다가 겁에 질려 그에게서 멀어지던 최린을 생각해 냈다.
"무슨 고민 있어요?"
"응? 아니."
민아는 눈을 내리뜨고 미소를 지었다.
"민아야, 혹시."

"네?"

지호는 일순 입을 다물었다. 민아를 상처 입힌 린에 대해 피해자인 민아에게 물어보려니 입이 떨어지질 않았다.

"아니다. 미안."

민아는 그의 팔을 끼더니 그에게 기댔다.

"오빠가 옆에 있어서 정말 얼마나 다행인지 몰라요. 고마워요."

그는 민아의 머리를 쓰다듬어 주었다. 민아가 상처 될 말을 물어보려 하다니, 그도 여느 남자들처럼 그저 예쁜 여자를 좋아하는 몹쓸 병이 있는 것이 분명했다.

"오빠는 늘 여기에 있는 것 같아요."

"아. 집이 있어. 병원에서 마련해 준. 그런데 아침 수술이 많다 보니 그냥 여기서 잘 때가 많아."

민아는 고개를 끄덕였다.

"오빠 승진하나 봐요. 간호사들이 오빠 이야기만 하던데."

그는 쓴 미소를 지었다.

"오너 일가 주치의라서 그런 말 나온 거야. 승진은 무슨."

순간 민아의 얼굴이 창백해졌다. 그는 민아의 얼굴을 살폈다.

"왜 그래?"

"아니요. 아니에요."

민아는 당황한 듯이 보였다.

"오빠 오너 일가 주치의라면 그 사람들 자주 만나겠다."

그는 아무 말도 하지 않았다. 떨리는 손과 불안한 눈동자를 보며 민아가 그들에게 얼마나 당했을까 하는 연민의 감정이 생겨났다.

"자주 만나기보다 검진하는 거지. 개인적인 감정은 없으니까. 여기 병원 설립자이시고 거기다 이 병원 재정을 담당하고 있으니까 그분들 건강을 걱정하는 건 당연한 거지."

"그렇겠네요."

민아는 건성으로 이야기하더니 신경질적으로 손을 잡아당기고 입술을 물어뜯었다.

그는 손을 올려 민아의 입술을 쓰다듬어 주었다.

"그렇게 하면 입술이 너덜너덜해질 거야. 뭐가 싫은 건지는 말해야 한다는 것 알지?"

민아는 입술을 오므렸다가 고개를 저었다.

"아무것도 아니에요."

그는 아무 말 하지 않았다.

※

회장의 명으로 일주일 만에 린의 회사에 들른 지호는 심호흡을 몇 번 하고 경비에게 최린 부장을 만나러 왔다고 이야기했다.

린의 사무실에 안내된 그는 지금은 면담 중이라 잠시만 기다려 달라는 이야기를 들었다. 직원이 상냥하게 그에게 커피를 건네었다. 지호는 커피를 마시며 유리로 된 사무실 안에서 일을 하고 있는 린을 보았다.

유리 너머로 보이는 린은 완벽한 메이크업을 하고 있어서 마치 인형처럼 보였다. 몇 가지 디자인 시안이 붙은 보드를 놓고 이야기하는 그녀의 얼굴은 진지했고, 열정적으로 회의를 진행하는 모습은 정말 멋있어 보였다. 살짝 걷어 올린 소매를 통해 부서질 것 같은 그녀의 가는 팔이 보이자 지호는 절로 인상을 찡그렸다.

'뭐야. 전혀 좋아지지 않은 것 같은데.'

그는 유리를 통해 그녀를 유심히 보며 그녀가 더 마른 것인지 아닌지를 가늠하고 있었다.

회의가 끝나자 사원이 그를 안으로 안내했다.

"오래간만이군요. 일단 그쪽 의자에 좀 앉아 주세요. 회의가 금방 끝나서 어수선하네요."

린이 웃으며 이야기를 하더니 그를 올려다보았다. 가까이에서 보니 린은 더욱 창백해져 있었다.

"제가 처방을 잘못한 겁니까?"

그의 말에 린이 겸연쩍게 웃어 보였다.

"일이 너무 많았어요. 죄송해요. 지킨 게 없군요."

그는 한숨을 폭 쉬었다.

"살이 더 빠지신 거죠?"

그녀는 귀찮은 듯이 고개를 끄덕였다.

"그런 것 같네요."

"이러시면 곤란합니다."

지호는 린의 사무실 안을 보았다. 무슨 알 수 없는 디자인들이 가득한데 그림 하나가 마음에 걸렸다.

"저 그림은 누가 그린 겁니까?"

린은 슬쩍 보더니 어깨를 으쓱했다.

"취미 삼아 그린 거예요. 난 별로인데 누구씨가 마음에 들어 해서 걸어 둔 거죠. 미술 좋아하세요?"

그는 고개를 저었다.

"아니요. 그냥 그린 사람의 심리 상태가 보인다고 할까."

그녀는 움찔한 듯이 보이더니 기계적인 미소를 지었다.

"그로테스크한 느낌을 그저 흉내 낸 거죠. 저 그림에 이입된 심리 따위는 없어요. 저도 심리학 해서 대충 알고는 있어요. 저 그림이 어떻게 보일지."

지호는 눈을 가늘게 떴다.

"그런가요?"

그녀는 고개를 끄덕였다. 그는 린을 한동안 관찰하듯이 보았다.

"일은 마친 겁니까?"

"네. 그런 셈이죠."

"그럼 저녁이나 함께 하시죠."

린은 인상부터 썼다.

"저기."

"경호원 대동해도 상관없습니다."

린은 어깨를 떨어트렸다.

"뭘 드시겠습니까?"

"아무 거나요."

그는 다시 인상을 찡그려 보였다.

"종류라도 말해야 편할 텐데요."

"지금 공적인 건가요?"

지호는 그녀의 말에 한숨을 쉬었다.

"공적인 거라면 목구멍에 걸릴 것 같은데요."

"오늘은 오프 날이니 사적이라고 하지."

그녀는 웃으며 일어났다.

"그럼 맛있는 것으로 사 주세요. 경호원은 한 명이면 돼요."

그러더니 린은 곧 일어나 누군가에게 전화를 걸었다.

"차는 가져오셨어요?"

"운전 안 해."

그녀는 의외라는 듯이 그를 보고는 웃었다.

"서연 언니도 운전 안 했어요. 이제는 조금씩 하지만 그래도 아직까지 서툴죠."

그녀는 다정하게 이야기하더니 문을 열었다. 그는 일순 나타난 그녀의 다정한 모습에 눈을 가늘게 떴다. 그녀가 말하는 서연이라면 그도 아는 최지후의 아내였다. 워낙에 사람이 좋은 것은 알고 있었지만 시누와 이렇게 가까울 줄은 몰랐다. 거기다 올케라고 부르지도 않고 서연 언니라고 칭하는 것을 보니 안 지 오래된 듯싶었다.

그는 그녀의 부드러운 입매를 바라보다가, 그렇게 친한 윤서연과 자신을 동급으로 보는 듯한 그녀의 말에 갑자기 어색한 기분이 되었다.

지금 그는 린과 친해진 걸까? 아무에게도 보이지 않던 저런 모습을 보여 주는 것이 그저 치료를 위한 것일까? 그는 괜히 마음속이 여러 갈래로 헝클어지는 기분을 느끼다가 고개를 저었다. 이런 일 하나하나에 의미를 부여하다니 마치 바보가 된 듯했다.

"선생님?"

린이 그를 빤히 보고 부르자 지호는 깜짝 놀랐다.

"네?"

린은 그를 한참 보더니 피식 웃었다. 그의 뺨에 오른 홍조에 그녀가 미소를 보였다는 것은 나중에야 안 사실이었다.

"가시죠, 선생님."

그는 그녀가 지키는 거리를 유심히 보았다. 분명 멀지도 가깝지도 않은 간격을 유지하며 걸어가고 있었다.

사람과 사람 사이의 공간을 측정이라도 한 듯이 사람 사이에 거리를 두고 있었다. 뭔가 기묘한 느낌이 들었다. 엘리베이터에 올라서도 그녀는 극도로 조심하는 것처럼 보였다.

"항상 경호원이 같이 다니던데."

그녀는 눈을 내리떴다.

"아버지가 유별나시죠."

그녀는 그 이상 말을 하지 않았다. 그도 더 이상 그녀에게 물어봤자 대답을 듣지 못하리라는 것을 알고는 방향을 바꾸었다.

"이게 뭐죠?"

"찜."

린이 놀란 얼굴로 지호를 보았다. 린 옆에 앉은 유슬은 미소를 지어 보였다.

"잘 고르셨는걸요. 린이 찜 종류를 좋아하죠."

그는 유슬이 처음으로 격의 없이 말하는 것을 보았다.

"린, 오늘은 이 밥 다 먹어야겠다. 네가 좋아하는 새우찜인걸?"

"나도 알아. 그런데 이렇게 많은 건 처음이야."

린은 당황한 듯이 말했다.

"아가씨 손을 더럽히는데 어쩌지?"

지호가 놀리듯이 이야기하자 그녀가 노려보았다.

"그놈의 아가씨 타령 귀 아프네요."

린은 퉁명스럽게 이야기하더니 조금씩 먹기 시작했다.

"식욕이 없을 때는 매운 것도 괜찮지."

그는 린이 먹는 것을 유심히 지켜보다가 윤슬 또한 자신 못지않게 그녀를 관찰한다는 것을 깨달았다.

"그런데 윤슬 씨는 언제부터 린 씨의 경호원이 되신 겁니까?"

윤슬은 멈칫하더니 눈치를 살폈다.

"말할 수 없는 부분인가요?"

"아니요. 고등학교 시절부터입니다."

무척 의외였다.

"어. 그래요?"

"네. 유학 가기 전 잠시, 그리고 유학 후 계속입니다."

린은 조용히 대화를 듣더니 미소를 지어 보였다.

"윤슬은 제 유일한 친구예요."

그 말에 지호는 고개를 끄덕여 보였다. 린은 그렇게 말하고는 윤슬을 흘긋 보더니 그를 다시 보았다.

"그리고 너무 친근하게 윤슬 부르지 말아요. 질투할지도 모르니까."

기후가요, 라는 말은 일부러 뺐다. 오해를 하든 말든 상관이 없었기 때문에 일부러 그렇게 말한 거였다.

아니나 다를까, 그는 멈칫해서 둘을 보았다. 윤슬은 한숨부터 쉬었다.

"제발 린."

린은 웃어 보였다. 그는 린이 장난을 하는 건지 아닌지 알 수가 없어서 한참 둘을 번갈아 보다가 린이 밥을 한 공기 다 먹었다는 것을 알고는 안도했다.

"자, 그럼 밥도 잘 먹었는데 이제 어떻게 할까요. 술이라도 하시겠어요?"

"내일 아침에……."

"수술 없던걸요."

그는 입술을 꾹 다물었다.

"그럼 건강에 안 좋은데 드시겠습니까?"

그녀는 그의 말에 킥킥 웃었다.

"네. 조금만 마실게요. 전 단지 분위기를 좋아하거든요."

지호는 어안이 벙벙했다.

"설마 술 마신다는 게."

그녀는 고개를 끄덕였다.

"우리 집이요. 이보다 더 좋은 술집이 어디 있어요. 취해서도 걱정 말아요. 모셔다 드릴 테니."

린의 말에 지호는 뻣뻣하게 집 안으로 들어섰다. 그녀는 그를 흘긋 보고는 편안하게 앉으라고 했다. 사실 그가 오기 전에 지난번 윤슬에게 시킨 조사 자료를 받았다. 그녀가 예상했던 바와는 달리 지호는 평범하고 성실한 의사였고, 아버지가 그를 선택한 이유가 뭔지도 짐작할 수 없었다.

왜 이 사람이 필요한 걸까? 혹시 이 사람에게 그녀가 모르는 뭔가의 야망이라도 있는 걸까? 그래서 아버지를 흐트러트린 걸까?

그녀는 오만 가지 생각을 다 하며 그를 떠보기로 작정했다. 윤슬은 그만두라고 몇 번 사인을 보냈지만 린은 그럴 마음이 없었다.

"편하게 앉으세요."

그는 불편하게 소파에 앉았다. 언제 마련해 둔 건지 술안주가 속속 나왔고 술도 함께 나왔다.

"어떤 것을 좋아하는지 몰라서."

그는 그녀의 미소를 보며 한숨을 쉬었다. 순간, 전혀 진심이 담겨 있지 않은 기계적인 저 미소를 지워 버리고 싶었다. 아까 윤슬이 고등학교 친구라면 민아도 알지 몰랐다.

"같은 고등학교 출신인가요?"

그는 윤슬에게 물어보았다.

"네. 그런 셈이죠. 그리고 저한테도 그냥 반말하셔도 돼요. 지금은 공적인 자리가 아니니까. 지난번처럼 공적인 자리에서 존대하시는 것도 조금은 껄끄러웠어요. 그냥 공적인 자리도 린이 아닌 저에게는 반말하셔도 됩니다."

지호가 뭔가를 알고 싶어 하는 걸 눈치챈 걸까. 윤슬은 그것을 말하지 않으려는 듯이 대답을 얼버무리고 있었다.

"술이나 마셔요."

"많이 마시지는 마."

그는 경고하듯 말하고는 술잔을 기울였다.

린은 린대로 술잔을 들고 홀짝였다.

"윤슬은 안 마셔?"

"모셔다 드릴 사람이 저니까요."

그는 고개를 저었다.

"택시 부르면 되니까 같이 마셔요."

그녀는 린을 슬쩍 보았다. 린도 그러라는 듯이 고개를 끄덕였다.

"그럼 그러죠."

술잔을 기울이면서 하는 이야기들은 대부분 일반적인 내용들이었다. 간혹 병원에 관한 것이나 이런 것들이 섞여 있었지만 별 위험한 이야기들은 아니었다.

린은 술잔을 홀짝이며 그의 본심을 떠보려 노력 중이었다.

"사실 큰 병원보다 봉사를 가고 싶었어."

지호의 의외의 말에 린은 오히려 당황했다.

이 남자가 술에 취한 게 맞기나 한 건지. 그는 귀여워 보일 정도로 양손으로 턱을 받치고 이야기했다.

"아프리카나 티베트나 그런 곳에 의료진으로 가서 봉사하고 보람도 느끼고 싶었지."

"그런데 어쩌다가 이 병원에 오게 된 거예요?"

그는 피식 웃었다.

"아는 교수님이 계셔서. 존경하던 분인데, 봉사 가기 전에 많은 실무 경험을 하는 게 더 좋다고 하시더라고. 그래서 오게 된 거지."

그녀는 어안이 벙벙했다. 아버지가 정말 이런 야망도 꿈도 없는 남자를 자신의 사위로 생각한다니 믿을 수가 없었다. 뭔가 대단한 기술이라도 있어서 그가 손님이라도 왕창 끌어모으는 건 아닌가 하는 생각까지 들었다.

"그럼 앞으로 어쩔 건가요?"

"그러는 린은? 나만 말하는 것 같은데?"

린은 그의 말에 웃어 보였다.

"일해야죠. 내가 할 줄 아는 게 그것뿐인데."

그녀는 윤슬을 보았다. 윤슬은 계속 잔을 채우고 있었다.

"자, 내가 말했으니 김 선생님은요?"

그는 히죽 웃었다.

"좋은 여자 만나서 결혼하고, 봉사도 다니며 잘 사는 것."

그녀는 예상하지 못했던 답에 실망스러운 기분이 들었다. 그러다 그가 슬슬 눈을 감고 옆으로 쓰러지는 것을 보고는 깜짝 놀라 자발적으로 그를 붙잡다가 같이 넘어졌다.

"린!"

윤슬이 놀라서 그녀를 불렀다. 린은 지호를 일으키려 애쓰며 간신히 그에게서 빠져나왔다.

"아, 뭐야. 알아낸 건 아무것도 없고, 이 남자 잠만 자고 있어."

린이 짜증스럽게 투덜거렸지만 윤슬은 아무 말도 못 하고 린을 보고 있었다. 린은 모르는 것 같아 그녀는 아무 말도 할 수 없었다.

처음이었다. 린이 그 사고 이후 남자에게 저런 식으로 깔려서도 과호흡 증상이 나타나지 않은 것은. 윤슬은 가만히 지호를 보았다.

어쩌면 곁에서 지켜보라 명한 회장님의 말이 이런 반응을 기다린 것인지도 몰랐다.

깔깔한 입안은 모래를 뿌린 것 같았고 머리는 종이라도 치는지 뭔가가 뎅뎅거리는 기분이 들었다.

"아우."

속도 쓰렸다. 지호는 눈을 뜨고 천천히 주위를 보다가 놀라서 벌떡 일어났다. 그의 방에 이런 화려한 가구가 있을 리도 없었고 저렇게 화가 난 듯 보이는 최기후가 있을 리도 없었다.

기후는 그가 일어나자 그대로 방을 나갔다. 그는 안경을 고쳐 쓰며 자신의 옷을 더듬었다. 비록 셔츠가 구겨지고 바지가 엉망이 되었지만 다행히 멀쩡한 것 같았다.

어제 술을 마시고 이야기를 하다가 그대로 필름이 끊어져 버렸다.

"일어났어요?"

웃으며 들어오는 린을 보며 그는 화들짝 놀랐다.

"제가 어제……."

린은 웃어 보였다.

"다행히 아무 일 없었어요. 식사하시고 나면 모셔다 드릴게요. 여기 갈아입을 옷과 칫솔이요."

지호는 얼굴을 붉혔다. 린은 그런 그를 한참 보더니 쿡 웃었다.

"왜……."

그녀는 빙긋이 웃으며 그를 보았다.

"귀여우세요, 선생님."

그는 또다시 얼굴을 붉히고는 얼른 화장실로 사라졌다.

"흥. 웬일이야."

"그러는 오빠는 대낮부터 웬일이야."

기후는 문에 기대서서 한참을 있었다.

"응?"

"슬이가 전화했어. 그 남자 옷 사서 오라고."

린은 고개를 끄덕였다.

"그런데 너 어쩔 생각이야. 저 남자 여기서 재워 준 것 알면 아버지 난리도 아닐 텐데."

"저 사람 나에게 아무 관심 없어. 병원에도 관심 없고. 아버지 아니면 친한 친구는 될 수 있는 사람일지도 몰라."

기후의 눈썹이 약간 치켜 올라갔다.

"친구? 남자가?"

린은 그 말에 잠시 입을 다물었다가 기후를 보았다.

"좋은 사람인 것 같아. 다른 뜻은 없는 것 같고. 너무 긴장하면서 사람들 봐 오다가 이런 사람 만나고 보니 재미는 있어."

기후는 그렇게 말하는 린을 한참을 보았다.

"네가 그렇게 말한다면."

그는 그렇게 말하고는 발걸음을 옮겼다.

"어디 가?"

"슬이가 고파졌어."

린은 한숨을 쉬며 기후를 잡았다.

"슬이는 부엌에서 식칼을 들고 있을 텐데, 지금 갔다가 찔리기라도 하면?"

기후는 아무 말도 안 하더니 히죽 웃었다.

"찌를 정도의 관심이라면 고맙지."

린은 그런 기후를 놔주며 고개를 저었다.

음식이 어떻게 입에 들어가는지도 모르게 아침을 먹으면서 그는 이 세 사람이 정말 이상하다고 생각했다. 분명 고용인인데 윤슬이라는 여자와 두 사람의 관계는 오묘해 보였다.

"기후 씨가 자주 찾는가 봐. 그때 병원에서도 그렇고. 그런데 오늘은 운전을 윤슬 씨가 하지 않는군."

린은 웃어 보였다.

"윤슬은 기후가 빌려 갔어요. 아마 오후에는 돌아올 거예요."

그 말에 지호는 궁금한 걸 물었다.

"셋 다 같은 학교?"

"네."

그는 뭔가 이상한 느낌에 눈을 가늘게 뜨고 기억해 내려 애썼다. 왜 자꾸 그날의 응급실과 린의 병실 앞의 기억들이 뒤엉키는지 알 수가 없었다.

그는 린을 슬쩍 보았다. 오늘은 잠도 좀 잔 것 같은 얼굴이었다.

"어제 죄송했어요."

"응?"

그녀는 기사와 그들 사이의 칸막이를 올렸다.

"사실 알고 싶었어요."

그는 영문을 몰라 그녀를 보았다.

"그쪽도 눈치챘을 거라고 생각해요. 우리 아버지가 집요하게 나와 소개시키고 싶어 한다는 것."

그는 회장이 했던 말을 생각하고, 그녀 건강 때문이라는 말은 하지 않고 그저 웃어 보였다.

"그래서 어제 일부러 술을 권했어요. 혹시 날 이용하려는 건가 해서."

그녀의 직설적인 말에 지호는 인상을 찡그렸다.

"죄송해요, 그런 식으로 의심해서. 그런데 그런 목적 아닌 것 같아 마음이 한결 가벼워졌어요. 참 좋으신 분 같아요. 앞으로도 친하게 지냈으면 좋겠어요. 친구는 괜찮겠죠?"

예상외의 말에 놀라 린을 보았다. 그녀는 순수하게 웃으며 손을 내밀었다. 그녀로서는 그에게 경고하기 위해 웃으며 청한 악수지만, 손이 약하게 떨리고 있었다. 마음을 다잡고 한 행동이니 그가 제발 모르고 그냥 악수만 해 주길 바랄 뿐이었다.

"이제 친구 해요. 아버지의 말이나 다른 건 신경 쓰지 말고요."

지호는 약간 망설이다가 그녀의 손을 잡았다.

"그러지 뭐."

그녀가 웃으며 고개를 약간 옆으로 하는데 그 얼굴이 얼마나 빛이 날 정도로 아름다운지, 그는 입안에 침이 마르는 기분이었다. 세상에 친구를 이런 시선으로 보는 사람은 없을 텐데. 그는 얼른 손을 빼내며 흠흠, 기침을 했다. 린은 그런 그의 행동을 보며 웃어 보였다.

그가 차에서 내려 병원 안으로 사라지고 나자 그녀는 웃음을 싹 지웠다. 미리 다른 마음 품을까 봐 친구라고 명칭을 붙였는데 그게 누구를 향한 경고인지 알 수가 없었다.

"회사로 갈까요?"

"네. 그렇게 해 주세요."

그녀는 차갑게 말하고는 눈을 내리떴다. 그가 물어보고 싶어 하는 말이 뭘지 대충 짐작이 갔다. 그 존경하는 은사는 아마 박민아의 아버지일 것이다. 그는 그 당시 사건에 대해 얼마나 알고 있을까. 아마 존경하던 은사의 딸이 병원에 왔으니 여러모로 알고 싶은 것이 많을 것이다. 어쩌면 그녀를 적대적으로 생각할지도 몰랐다.

어떤 면으로는 그렇게 생각해 주는 게 아버지의 청혼을 거절할 수 있는 힘이 될지도 몰랐다. 그의 생각을 바로잡기 위해 그날 일을 자신의 입으로 말하지는 않을 것이다.

그렇다고 민아를 용서해 줄 마음도 없었다. 그는 좋은 사람이라 어쩌면 민아의 지금 처지를 불쌍하게 생각할지도 몰랐다.

린의 입가에 쓴 미소가 지어졌다. 모두들 그렇게 생각했다. 나쁜 년. 독한 년. 악마 같은 년. 그것이 그들이 생각하는 린이었다.

사건이 터지고 강제 전학을 간 아이들은 오히려 동정을 받았지만 그녀는 모두에게 그런 나쁜 년이 된 것이다. 아버지의 재력으로 묻어 버린 사건이 다른 이들이 보기에는 아주 단순한 따돌림을 참지 못한 그녀의 과민 행동으로 보였을 것이 분명했다.

누가 나쁜 년이라 한다 해도, 악마 같은 년이라 한다 해도 상관은 없었다. 그들이 생각하든 말든 관심도 없으니까. 하지만, 왜 이렇게 많은 시간이 흐른 지금 저 남자가 그 사건을 어떤 식으로 기억하는지가 궁금해지는 건지 그녀도 모를 일이었다.

제4장

악의 꽃

　지호는 화면을 한참 들여다보다 친구 하자며 손을 내밀던 린의 얼굴이 겹쳐지자 자신도 모르게 책상에 머리를 쥐어박았다. 쾅, 소리에 놀란 후배가 그를 보았다.
　"김 선생님."
　"아무것도 아니야. 일해."
　그는 그렇게 말하고는 자리에서 일어났다. 그가 같이 다닌다고 생각만 해도 과분한 여자인데 친구라니 말도 안 되는 소리였다. 그는 오늘 하루 종일 자신이 얼마나 허둥댔는지, 얼마나 얼굴을 자주 붉혔는지를 기억하며 어디 땅굴이라도 파고 들어가 숨고 싶었다.
　단 한 번도 여자 때문에 이렇게 부끄러워져 본 적은 없었다.

너무 예뻐서 그런 것이다. 저러니 어느 정도 되는 사람들은 그녀에게 홀딱 넘어가는 것이었다. 그는 린의 본성을 알고 있는데, 그런데도 이렇게 흔들리는데.

지호는 머리카락을 넘기고 정수기에서 냉수를 받아 한 컵을 마셨다.

이미 어두운 하늘이 병원 주변에 깔려 있었다.

"오빠, 뭐 해요?"

소리 나는 쪽을 보자 민아가 웃으며 지호를 보았다.

"아, 민아구나. 아니, 그냥 목이 좀 타서."

민아는 웃으며 다가오더니 그에게 인사를 했다.

"고마워요, 오빠. 저 다음 주에 퇴원해요."

"응. 알아. 내가 그렇게 오더 냈으니까."

민아는 고개를 떨구었다. 그는 민아의 머리를 쓰다듬어 주었다.

"네 아버님 오시면 내가 모시고 갈게. 주소는 알려 줘야지."

"없어요."

그는 민아의 작은 목소리에 귀를 기울였다.

"뭐?"

민아는 웃으며 고개를 들었다. 그녀는 눈물이 그렁그렁한 눈으로 지호를 보았다.

"집이 없어요, 오빠."

지호는 깜짝 놀라 그녀를 보았다.

"마지막 일한 곳에 옷가방 하나가 다였는데 어제 사람 편에 보내왔어요. 일한 만큼의 봉급과 함께요."

순간 지호는 할 말을 잃었다.

"한동안 갈 곳이 없어서 정해지고 나면 연락드릴게요."

그는 민아의 말에 숨이 턱 막히는 것 같았다.

"민아야, 그럼 시골로."

그녀는 고개를 저었다.

"이 꼴로는 못 가요."

그는 아무 말도 못 하고 그녀를 한참 보았다.

"죄송해요 제가 친구 집 알아보고 알려 드릴게요."

"혹시 전화는."

그녀는 고개를 저었다.

"전화비 낼 수가 없어서 전화 안 쓴 지 오래예요."

그는 가만히 민아가 인사하고 멀어지는 것을 보았다.

'난 바보구나. 민아가 저렇게 비참한데 최린이 친구 하자고 웃어 준 것 하나에 이렇게 호들갑이라니.'

그는 고개를 떨구고 한숨을 쉬었다.

민아는 조용히 복도를 따라 걸었다. 간호사들 말을 들어 보고 요리조리 끼워 맞추어 보니 지금 이 병원에서 가장 주목받는 의사가 바로 지호였다. 회장이 사윗감으로 여긴다는 말이 파다할 정도로 지호는 인정받고 있었다.

회장 집과는 사이가 안 좋아질지 몰라도 저 정도 능력이라면 아버지도 인정해 주실지도 몰랐다.

망할 회장 집안 때문에 지호를 두고 떠날 수는 없었다. 어쩌면 아버지에게 용서받을 수 있는 단 하나의 면죄부였다.

그저 아이들 장난이었을 뿐인데 그런 부잣집 좀 약 올렸기로서니 이렇게 버러지같이 살아야 한다니 너무 불공평한 일이었다.

그녀는 일전에 슬쩍 봤던 린을 기억해 내고 유리에 비친 자신을 보았다.

명품으로 휘감고 모델보다 더 빼어난 자태를 내던 린은 모든 남자들이 한눈에 사랑에 빠질 정도로 아름다웠다. 고등학교 때도 예쁘기는 했지만 지금에 비하면 아무것도 아니었다. 사람들이 떠받드는 여신과도 같은 이미지. 그에 비해 자신은 너무나 볼품없는 모습이었다. 비쩍 마르고 풀풀 날리는 머리카락에 자신감도 없고 마치 시궁창 쥐 같은 기분이 들었다.

그녀는 멈추어 서서 유리창에 비친 자신을 한참을 보았다.

고등학교 때는 모두들 그녀에게 깍쟁이같이 귀엽고 예쁘다고 했다. 지금보다 더 윤기 흐르는 머리와 보기 좋은 체형을 가진 누구나 선망하는 여고생이었다. 하지만 그녀는 모든 것을 잃었다. 얄미운 계집애 한번 놀려 준 대가치고는 너무 혹독했다.

'나쁜 것. 저는 빼앗긴 것 아무것도 없으면서. 좋은 집안에

태어나 모든 것 다 누리면서 내 남자를 빼앗아 간 네가 나쁜 거야.'

그녀는 주먹을 움켜쥐었다. 모든 것을 다 가지면 배탈이 나는 법이었다. 린도 이제는 그만 내려 둘 때였다.

'지호 오빠만 가지면 되는 거야. 오빠도 날 좋아했으니까. 너만 빠지면 되는 거야.'

그녀는 유리를 한참 노려보고 서 있었다.

린은 눈을 감고 침대에 기대 있었다.

친구로도 좋다고 말을 해서 선을 그어 두기는 했는데 누굴 위한 말인지 정말 알 수가 없었다.

그녀는 짜증스럽게 머리카락을 넘겼다.

"린, 전화 오는데."

"전화?"

윤슬은 고개를 끄덕이고는 자신의 폰을 넘겼다.

"네."

-전화는 왜 안 받아.

그녀는 한숨을 쉬었다.

"오빠, 그냥 편하게 해 주면 안 돼?"

-린, 미국은 안 된다고 이야기했어.

"그러니까 할 이야기가 없다고."

-그럼 회사를 잠시 쉬는 건 어떨까.

"회사를 쉴 마음은 없어."

-그럼.

그녀는 또다시 한숨을 쉬었다. 오빠가 걱정하는 바를 모르는 것은 아니었다.

"진짜 쉬고 싶지는 않아. 일하는 건 좋아하니까."

-그럼 부산에서 열리는 패션쇼에 다녀올래? 거기에 우리 회사 쇼룸을 만들려고 하는데 보고 오는 것도 좋겠지.

"부산?"

-그래.

"기후는?"

-기후는 다른 일이 있어서 불가능해. 대신 경호원은 두 배로 붙여 주마.

"안 그래도 되는데."

린은 투덜거리듯이 말하고는 자신의 수첩을 쥐어 들었다.

"일정은?"

-비서 통해서 알려 주마. 그 일로 가기로 했던 부장급도 동행해야 할 텐데 괜찮아?

"싫어."

그는 한숨을 쉬었다.

-마음대로 해.

그녀는 씩 웃었다.

"슬아, 우리 부산 간다."

윤슬은 웃어 보였다.
"들었어. 일정은 어떻게 되는 거야?"
"몰라. 알 게 뭐야."
린이 넘겨주는 폰을 받으며 윤슬은 고개를 저었다.
"머릿속에 남은 것 모두 지울 수 있으면 좋겠다. 부산 얼마 만이야? 고등학교 때 집 나가고 처음이던가?"
"아마도."
그녀는 키득거렸다.
"우리 그때 미치광이 같았는데."
윤슬은 쓰게 웃었다.
"미치광이 같았지. 울면서 그 넓은 백사장을 뛰어다니다 엎어지고 또 일어나 뛰고를 반복했으니."
린은 킥킥거렸다.
"시간을 돌린다 해도 난 다시 가출했을 거야. 너랑 오빠랑 셋이서 부산 갔던 것 정말 처음 해 보는 커다란 일탈이었으니까."
 윤슬은 아무 말도 하지 않았다. 윤슬의 입장에서 시간을 돌릴 수 있다면 아마 그 사건이 일어난 날로 돌아가 민아부터 두들겨 패 줬을 것이다.

 지호는 한동안 창을 보았다. 어머니에 대한 기억은 아무것도 없었다. 겨우 일곱 살 무렵 할머니 손에 끌려 보육원에 들어간 그에게는 이름도 없었고 생일도 없었다.

할머니는 그냥 그를 세워 두고 가 버렸을 뿐이었다. 그 충격 때문일까. 그는 그날 이후 할머니의 얼굴도 잘 기억나지 않았고 한동안 말도 할 수 없었다. 이름도 주소도 그 어느 것도 기억하지 못하게 되어 버렸다.

그는 한동안 가만히 앉아 그날 일을 다시 떠올려 보았다. 자신을 버렸다고 하지만 한 번씩 문득 생각이 나곤 했다. 왜 기억을 하지 못하는지는 모른다. 그저 버려졌다는 것만 알 뿐.

김지호라는 이름도 그 당시 원장이 즐겨 보던 드라마에서 따온 이름이라고 했다.

이름도 가짜, 성도 가짜, 그에게 진짜는 아무것도 없는 것 같았다.

침울하거나 하지는 않았다. 단지 왜 그렇게 비려야 했는지, 부모님들은 어떤 사람이었는지 궁금할 뿐이었다.

"어? 아직 준비 안 하십니까?"

"응? 뭘?"

그의 후배가 안으로 들어오다가 혀를 찼다.

"아니, 내일 학회 있다고 가야 한다고 말씀하시지 않으셨습니까."

지호는 그제야 달력을 보고는 입을 벌렸다.

"아이구, 이걸 잊었었네. 뭐, 내가 하는 발표도 아니고 그냥 들으러 가는 거니까."

"그렇게 생각하실 게 아닙니다. 그 박사님 무지 깐깐하신 분이라고 하시던데. 심장 수술에 대한 새로운 접근 방법에 대한 포럼이라고 하지 않으셨습니까."

그는 고개를 끄덕였다.

"아아. 그랬지. 어서 준비하면 내일 아침 일찍 갈 수 있을 거야."

"네네. 어련하시겠습니까. 어서 준비하러 가세요. 집에 오래간만이죠?"

그는 미안한 웃음을 지어 보였다. 어쩌자고 그런 중요한 일도 잊어버리는지. 요즘 들어 스트레스가 심하긴 했던 것 같다. 그놈의 전대 회장부터 그를 괴롭히더니 민아와 린의 일까지 그의 신경을 갉아 댔다. 민아를 보면 용서할 수 없는 린인데, 린을 또 따로 보면 이보다 더 불쌍할 수도 없는 사람이었던 것이다.

어렸을 때 사건 이후로 사람이 변한 건지도 몰랐다. 이미 린이 그날의 일들을 후회하고 있다면 민아에게도 미안해하고 있을지 몰랐다.

그렇게 생각하며 한숨을 내쉬었다. 어쩌면 둘이 화해할 수 있을지도 모른다. 하지만 잘못하면 민아의 상처를 헤집어 내는 꼴이 될 수도 있었다.

지호는 집으로 들어서 가방을 챙기다가 벌써 이 주 가까이 비워 둔 집 안을 보았다. 옷만 가지러 잠시 들르고 그냥 병원

숙직실에서 지내는 경우가 허다했다.

병원에 딸린 숙소이기는 하지만 민아가 잠시 머물고 있다 해도 허물이 될 정도는 아니었다.

그는 거기까지 생각이 미치자 미소를 지었다. 민아에게 좋은 소식을 전할 수 있을 것 같아 기분이 좋아졌다.

그의 예상대로 민아는 지호의 이야기를 듣고는 너무 좋아 어쩔 줄 몰라 했다. 갈 곳도 없던 처지다 보니 이런 호의가 너무나 감사했던 것이다. 하지만 지호는 자신이 베푼 선의가 민아의 욕심만 키우는 계기가 되리라고는 생각도 할 수 없었다.

■ ✕ ■

부산에 도착해서 바닷가를 보며 미소를 보이던 린은 윤슬이 검은 정장 차림으로 오는 것을 보며 한숨을 쉬었다.

"안 더워? 난 너만 봐도 쪄 죽을 것 같은데."

"여름용 정장입니다."

꼭 막힌 윤슬다운 대답에 린은 한숨을 쉬고 그녀에게 기대었다.

"그래도 바닷바람에 시원은 하다."

윤슬은 아무렇지 않게 린의 머리를 쓰다듬어 주더니 잠시 린을 떼어 두고 짐 정리를 시작했다.

"그런데 왜 이 호텔이야? 더 좋은 호텔도 있을 텐데?"

"그 좋은 호텔들의 공통점이 일출이 보이는 위치가 아니다 이거지. 이 호텔이 오래되기는 했지만 지어진 위치가 최고야. 만이 한눈에 보이는 최적의 위치지."

윤슬은 알겠다는 듯이 고개를 끄덕이고는 뭔가를 흘긋 보았다.

"저녁 식사하러 내려가야겠어. 경호원 일행들 식사 시작해도 되냐고 문자 왔어."

"다 같이 먹기로 했으니 어서 가자. 나도 배고파."

윤슬은 믿어지지 않는다는 표정으로 린을 보더니 그녀와 함께 레스토랑으로 내려갔다.

레스토랑 안은 사람들로 붐볐다.

"매일 조용하다가 이렇게 떠들썩한 식사 시간은 오래간만이군."

린은 살랑거리며 식당 안을 누볐다.

오늘따라 이상한 모임 사람들이 많은지 워낙에 시끌벅적했다. 많은 사람들이 그녀를 흘끔거렸고 그 눈빛이 마음에 안 들어 그녀는 인상을 쓰며 많은 사람들 사이를 지나다가 생각지도 못 한 사람을 보았다.

"어머, 지호 씨?"

지호도 놀라서 그녀를 보았다.

"최린 씨."

그의 주위에 있던 사람들은 린과 아는 지호를 보며 놀라는 중이었다.

"어떻게 여기 온 거죠?"

"난 학회 때문에 온 거지만 린 씨는 어떻게 온 거지?"

그녀는 환한 미소를 지었다.

"전 패션쇼 때문에 왔어요. 정말 생각지도 못 한 만남이군요. 반가워요."

"여기 묵는 건가?"

"네. 지호 씨도요?"

그는 웃어 보였다.

"그런 셈이지."

그녀는 지호를 보고는 주위를 보았다. 대부분 그와 비슷한 분위기의 사람들이라는 생각이 들었다.

"굉장히 중요한 세미나였나 보군요. 직접 오신 길 보니."

그는 머리를 긁적였다.

"뭐, 그렇지. 이번에 새롭게 개발된 수술법에 대한 학회였거든."

"그럼 식사 후에 자유 시간 있으세요?"

그는 약간 당황한 듯 보이더니 그렇다고 고개를 끄덕였다.

"여기까지 와서 만난 것도 인연인데 같이 술 한잔 하죠. 지난번처럼 과음은 말고요."

그는 린의 귀여운 태도에 그만 고개를 끄덕이고 말았다. 윤슬이 다가와 인사하고 린과 사라질 때까지 그는 그녀를 눈으로 따르고 있었다.

"누구야. 굉장한 미인인데?"

물어보는 동료의 말에 지호는 깜짝 놀랐다.

"응? 그냥 아는 사람."

그는 말을 얼버무리고는 얼른 자리로 돌아갔다.

바닷바람을 맞으며 걸어가는 동안 윤슬은 뒤쪽에서 따라 걷고 있었다. 다른 경호원들과 거리를 둔 그 모습에 지호는 인상을 살짝 썼다.

"너무 신경 쓰지 마세요. 본디 저러는 걸요."

린의 말에 그녀를 보았다. 밤바다를 배경으로 한 린의 모습은 고혹적일 정도로 아름다웠다. 흰 살결 위로 굽이쳐 흐르는 숱이 많은 검은 머리카락이 대조를 이뤄 그녀의 하얀 피부를 더욱 빛나 보이게 했고, 검고 큰 눈에 드리워진 긴 속눈썹이 그늘을 만들며 그녀의 눈빛을 더욱 깊어 보이게 했다. 바닷바람으로 몸에 감긴 원피스 자락이 그녀의 날씬한 몸을 감싸 더욱 부각시키고 있었다. 그는 괜스레 얼굴이 빨갛게 달아올라 흠흠, 기침을 했다.

"오래간만이군요. 지호 씨는 부산에 자주 왔어요?"

그는 고개를 저었다.

"병원에 매여 있어서 이런 세미나 아닌 이상은 오기 힘들지."

"네. 그나저나 공기가 다르긴 하군요."

그녀는 숨을 크게 들이쉬었다.

"패션쇼는 어때?"

그녀는 미소를 보였다.

"참석해 보시겠어요? 내일 저녁인데."

그녀의 말에 지호는 당황했다.

"아니. 그게, 난 봐도 몰라서."

"후후, 친구 좋은 게 뭔데요. 제가 알려 드릴게요."

그녀의 말에 지호는 자기도 모르게 흐물흐물 녹아 알았다고 이야기하고 말았다.

둘은 한참 동안 백사장을 걸으며 이야기를 나누었다. 그들이 해변을 거슬러 다시 돌아올 때까지 그가 있음에도 불구하고 린에게 다가서려던 남자들은 경호원들에게 몇 차례나 제지당했다. 지호는 왜 이렇게까지 경호원들이 린의 주위를 감고 다니는지 대충은 이해하게 되었다.

린은 한숨을 쉬었다.

"기후가 없으면 이런 바다 걸어 다니지도 못 해요. 하긴 기후가 있어도 싸움할까 봐 경호원들이 배로 충원되어 오기도 하죠."

그는 린의 한숨 섞인 이야기를 들으며 문득 기후가 하는 짓들에 대해 궁금해졌다.

"본디 그렇게 충동적인가. 기후가 다친 자료가 너무 많아서 나도 보고 놀랐으니까."

린의 얼굴이 어두워졌다.

"기후는…… 싸우는 걸 즐기지 않아요. 단지 자기 주위 사람에게 위협이 된다고 생각하면 돌변해 버리기는 하죠."

그는 린의 주춤대는 말투에 눈을 내리떴다. 주위 사람 때문에 돌변한다는 말이 뭔가 가슴에 걸렸다.

"자, 호텔 다 왔어요. 내일 패션쇼 때문에 술은 내일로 미뤄요."

그는 웃으며 고개를 끄덕였다.

"이렇게 만나서 반가웠어, 린 씨."

"그냥 린이라고 불러 주세요. '씨' 자 붙이니까 어색해요."

그는 그녀의 입술에 붙은 머리카락을 넘겨 주었다.

"그럼 린."

그녀는 일순 다정한 그의 행동에 멍해지고 말았다. 그의 그 밝은 웃음이 가슴에 들어와 환해지는 기분에 그녀는 얼른 고개를 떨구었다. 이상한 기분이었다.

"오늘은 편해 보이네?"

윤슬이 놀리듯 말하자 린은 피식 웃었다.

"응. 처음이야."

"뭐가?"

린은 자신의 입술을 손가락으로 눌렀다.

"남이 가까이에서 그렇게 손을 댔는데 가슴이 떨려 보기는."

윤슬은 린의 말에 멈칫했다. 가슴이 떨린다니, 충격으로?

"어디 아픈 거야? 숨이 막혀?"

린의 얼굴이 갑자기 붉게 달아올랐다.

"아니야. 그런 것. 그냥."

윤슬은 그제야 인상을 살짝 찡그리더니 웃어 보였다.

"아픈 것 아니면 다행이야. 올라가자. 바닷바람 너무 많이 쐬었어."

린은 괜히 고개를 숙인 채 윤슬을 따라 이동했다. 너무 욕심이 없는 사람이라서일까. 그 사람 앞에 서면 남자가 두렵다는 감정도 한 번씩은 잊어버리는 것 같았다. 지난번에 손이 무심결에 스친 것은 펄쩍 뛸 만큼 놀라고는 그가 마주 보고 한 그 행동에는 가슴이 뛰다니 별의별 이상한 일도 다 있었다.

방 안으로 들어서자 윤슬은 린에게 샤워하고 나오라고 재촉했다.

"왜?"

"그냥. 어서 정리해야 하니까. 빨리 샤워하고 나와. 영상통화 할 것도 있고 하니까."

린은 고개를 끄덕이고 샤워실로 사라졌다. 윤슬은 자신의 핸드폰으로 전송되어 온 사진들을 한참 동안 보았다.

김지호는 이 사건에 대해 모르는 것이 분명했다. 그렇지 않고서야 저런 여자를 가까이할 사람은 없으니까 말이다.

윤슬은 린이 상처받기를 원하지 않았다. 지호에게 별반 감정이 없을 때 이야기하는 게 린이 상처를 덜 받는 길이라는 건 당연한 것이리라. 그녀는 심호흡을 하고 린이 샤워실에서 나오길 기다렸다.

샤워실에서 나온 린은 먼저 최 회장과 간략하게 통화를 하고 논의를 한 뒤에 전화를 끊어 버렸다.

"우리 오빠 왜 저렇게 참견쟁이가 된 거지? 정말 나이 들더니 무서워진다. 안 그래, 윤슬?"

윤슬은 헛기침을 했다.

"본디 그러신 분인데 뭐. 그나저나 김 선생님은 어쩐 일이야?"

"세미나."

린이 머리를 털며 이야기하자 윤슬은 눈치를 보다가 입을 열었다.

"김 선생님이 이렇게 와 계신 줄 알았다면 간호사에게 부탁하지 않는 건데 그랬어."

"무슨 부탁?"

윤슬은 어깨를 으쓱했다.

"김 선생님에 대한 행동과 그 외 의사들의 행동. 그리고 박민아."

린은 인상을 썼다.

"다른 건 모르겠는데 박민아는 퇴원할 주가 되지 않았던가?"

윤슬은 린의 말에 휴대폰을 내밀었다.

"별로 좋아하지 않을 것 같아서 보고하지 않았는데, 너도 알아 두는 게 좋겠지."

그녀는 윤슬이 내민 폰을 받아 들고 반신반의하며 사진을 넘겼다. 시간대별로 정리한 민아와 만나는 지호의 모습이었다.

린의 표정은 금방 딱딱하게 굳어졌다.

"두 사람 사귀는 사이인 것 같은데."

"아버지 알면 기절하시겠군."

자신도 모르게 목소리가 날카로워졌다.

"그 사람 가까이하지 않는 게 좋지 않을까? 민아가 또 다른 흉한 일이라도 꾸민다면."

린의 눈이 날카로워졌다.

"꾸미라고 해. 이번에는 그냥 두지 않을 테니까."

윤슬은 그런 린을 가만히 보았다. 그녀가 알던 린은 남자 때문에 화를 내는 여자가 아니었다.

"그냥 버려도 되는 남자 아닌가?"

순간 린은 입을 다물었다. 눈을 불안하게 굴리는 것으로 봐서 린도 그런 생각을 하지 못한 것 같았다.

"피곤해. 나 자고 싶어."

"그래. 난 건너편 방에 있으니까 언제든 호출해."

린은 윤슬이 물러나고 나자 침대에 털썩 주저앉았다. 김지호가 남자라는 것을 잊어본 적은 없었다. 하지만 민아와 함께라니, 치가 떨릴 일이었다.

김지호가 그런 인간일까? 그런 여자와 어울리는? 아니면 지난번처럼 앙큼하게 속이는 것일까?

린은 그 고민에 밤새 끙끙 앓고 말았다. 그냥 아버지 주치의일 뿐인데, 그녀는 고개를 저었다. 이번에 서울 가면 확실하게 아버지에게 말해서 다른 병원으로 보내 버리든지 해야 할 것 같았다.

여느 때처럼 패션쇼 리허설장은 신경이 날카로운 곳이었다. 먼저 선점해야 할 디자인들과 디자이너들의 주요 의상을 체크하며 그녀는 바쁘게 시선을 옮겼다.

"최 부장님, 손님이 오셨습니다."

그녀는 그 말에 고개를 들다가 윤슬에게 안내되어 오는 지호를 보았다. 아. 어제 그를 초대한 것을 잊어버리다니. 그녀는 자신의 실수에 입술을 꾹 깨물었다. 민아와 사귀는 사이라면 가까이할 필요도 없는 남자인데. 그녀는 억지 미소를 만들어 보였다.

"일하는 중이라 잊었어요. 죄송해요."

"아니, 괜찮아. 와, 정말 굉장하군."

그는 스스럼없이 이야기하며 무대를 보았다. 그녀는 윤슬에게 고갯짓을 해서 물러나게 했다.

"앉으세요."

그는 자리에 앉아 그녀가 일하는 모습을 찬찬히 보았다. 일은 굉장히 열심히 하는 것이 분명했다. 그녀의 모든 신경이 지금 무대 리허설에 집중되어 있었다. 그리고 옆에 앉은 디렉터와 이야기하며 자신이 선점할 물건에 대해 이야기 중이었다.

저렇게 열심히 일을 하는 린을 보며 그는 자신도 모르게 손톱이 까맣게 물이 든 민아가 생각났다. 같은 나이, 같은 학교, 같은 사고를 당하고도 두 사람의 인생은 이렇게 달라져 있었다.

그는 한숨을 쉬었다. 어린 나이에 저지른 사건을 린은 잊어버린 것이 분명했다. 하긴 가해자가 무슨 생각을 하겠는가.

그는 그렇게 생각하다 다시 기후가 울던 모습이 떠올라서 인상을 찡그렸다. 린의 병실 앞에서 뭔가 이야기하며 울고 있었다. 그를 잡고 있는 여학생은 머리카락이 누군가에게 강제로 잘려 나간 것처럼 엉망이 되어 있었다. 팔이 골절이 된 듯 보이는 여자아이가 기후를 안아 주며 하던 그 말이 또렷하게 그의 머릿속을 파고들었다.

'네 잘못 아니야. 너 아니었으면 린이 죽었을지도 몰라. 넌 린을 지켰어. 네 잘못 아니야.'

그렇게 떠오른 그 기억에 지호는 고개를 갸웃거렸다. 이건 무슨 기억인지. 그날 그가 잘못 들었을지도 몰랐다. 순간 그는 무심한 표정으로 앞을 응시하고 있는 윤슬을 보았다. 처음으로 윤슬이 그날 보았던 그 여자아이와 닮았다고 생각했다. 숏커트 머리라고는 하지만 그때 본 여자아이처럼 키가 크고 날렵한 인상이 비슷해 보였다.

"윤슬이 매력이 있죠. 보면 볼수록 호감이 가는 얼굴이죠. 안 그런가요?"

린의 차가운 목소리에 지호는 고개를 돌려 그녀를 보았다.

"쇼가 지루하신가 봐요. 지금은 안에 정리를 해야 해서 잠시 나갔다가 와야 할 것 같아요."

"아, 그런가? 윤슬이라고 했지. 같은 학교를 다닌."

린은 날카로운 눈으로 그를 보았다.

"네. 그런데 그건 왜 물어보죠?"

"윤슬을 고등학교 다닐 때 한 번 본 것 같아서."

그녀는 움찔했다.

"언제 말인가요."

조용한 목소리였다. 그는 어깨를 으쓱했다.

"예전 최 이사님과 함께 병원에 있는 모습을 본 것 같아서."

린의 표정은 급속도로 어두워졌다.

"그럴 수도 있겠군요."

린이 입원을 했던 때라고 말을 하지 않았지만 그녀는 이미 그때를 말한다는 것을 알고 있는 것 같았다.

린은 더 이상 그에 대한 말을 하지 않았고 그도 더 이상 물어보지 않았다. 단도직입적으로 물어보고 싶은 마음은 굴뚝같지만 그런 치부를 대놓고 물어볼 수는 없었던 것이다.

그들이 도착한 룸에는 약간의 음식들과 함께 앉아서 쉴 수 있는 공간이 비치되어 있었다.

"모델들을 보니 어때요?"

그녀의 물음에 지호는 잠시 고개를 갸웃하고는 수줍은 미소를 지었다.

"미안하게도 모델들이 눈에 들어오지 않더군."

그녀는 그를 보고는 미소를 지었다.

"남자 모델들도 꽤나 많이 왔는데 그 의상들 봤어요?"

그는 고개를 저었다. 사실 린을 보느라 그들이 뭘 하는지 관심도 없었던 것이다. 왜 그랬을까를 생각하다가 그는 한숨을 쉬었다. 민아와 비교한다고 그랬을 거라는 결론을 혼자 내리고는 이마에 주름을 잡았다.

"나중에 설명해 드릴게요."

그녀는 다정하게 웃어 보이더니 뭔가를 넘겼다.

"잠시 전화 좀 하고 올게요."

그는 고개를 끄덕이고는 주위를 두리번거렸다. 린은 밖으로 나가 통화를 하며 지금 민아가 어디에 머무는지와 그녀의 행적에 대한 조사를 시켰다.

어젯밤 내내 생각했다. 아무리 생각해도 아무 잘못 없는 사람을 그냥 다른 곳으로 보낼 수는 없는 노릇이었다. 아마 그는 그 사건에 대해 모를 것이라고 그녀는 나름대로 생각하며, 민아의 꿍꿍이가 뭔지 알아보기로 결정을 내렸다.

다 저 얼뜨기 같은 남자가 불쌍해서 하는 일이야. 그녀는 그렇게 다짐을 하며 빠른 시간 내에 그 행적에 대한 조사를 마쳐 달라고 부탁했다.

"절 통해도 되는 일이신데요."

윤슬이 조용히 다가와 이야기하자 린은 고개를 저었다.

"직접 하고 싶어. 민아에 관한 건 너도 괴로우니까."

윤슬은 아무 말도 하지 않았다.

"지후 오빠에게는 아무 말 하지 마."

"하지 않습니다."

린은 고개를 끄덕이고 다시 안으로 들어서려 했다.

"이번 초대 인사 중에."

"응? 누구 주의할 사람이라도 있어?"

윤슬이 천천히 초대 명단을 린에게 넘겨주었다. 린은 무표정하게 그것을 보다가 일순 한 남자 이름 앞에 멈추고는 윤슬을 보았다.

"정말 온다는 거야?"

"부인이 여기 참가하는 디자이너입니다."

린은 눈을 내리떴다. 밀랍 인형처럼 창백해진 린을 보며 윤슬은 고개를 숙였다.

"다른 사람 부르고 자리를 뜰까요?"
"아니. 도망치지 않아. 괜찮아."
린은 그렇게 말하고는 몸을 틀었다.
"기대되는데. 날 보고 어떤 얼굴을 할지."
윤슬은 린의 떨리는 목소리를 통해 지금 하는 말이 허세라는 것을 알아차렸다.

시끄러운 음악 때문에 린의 목소리를 들으려면 완전 바짝 붙어 있어야만 했다. 지호는 린이 가까이 앉아 하나하나 설명해 주는 것을 들으며 그녀를 의식하지 않으려 애를 써야 했다.
"괜찮아요?"
그녀가 다정하게 물어보자 그도 웃으며 고개를 끄덕였다.
"신세계인걸?"
지호의 말에 그녀는 웃음을 보였다. 지호라는 사람 자체는 무척이나 괜찮은 사람이었다. 유쾌하고 욕심도 없고 사심이 없는 그런 사람. 하지만 그의 옆에 있는 민아는 과연 어떤 욕심을 가지고 있는지 알 수가 없었다.
쇼가 끝날 때까지 그녀는 긴장을 늦추지 않았다. 리셉션에 참석을 할지 말지를 망설이던 그녀는 우선 눈여겨봐 둔 디자이너와 인사는 해야 할 것 같아 참석하기로 마음을 먹었다.
"리셉션 참가 파트너로 같이 가 주세요. 그런 곳 남자 없이 가면 힘들거든요."

그는 단순하게 고개를 끄덕여 주었다.

"초대해 줬는데 당연히 그래야지."

린은 그의 말에 웃어 보이며 자리에서 일어났다.

"최린?"

남자의 목소리에 그녀는 주춤하더니 지호의 손을 꽉 쥐었다. 지호는 그녀의 손힘에 놀라 그녀를 보았다. 그녀는 잠시 숨을 몰아쉬더니 뒤돌아섰다.

"누구시죠?"

"최린. 정말 최린이구나. 나야 이현수. 모르겠어? 고등학교 선배."

그녀는 미소를 보였다. 지호는 그녀의 미소가 억지로 지어낸 미소라는 것을 알고는 그 남자를 응시했다.

"아. 이제야 기억나는군요. 이현수 선배, 안녕하세요."

린을 보며 눈을 반짝이는 남자. 지호는 그를 유심히 보았다. 조금 배가 나온 그는 린을 벗겨 내릴 듯이 바라보고 있었다.

"진짜 오래간만이다. 그간 잘 지냈어? 한 번쯤은 연락할 줄 알았는데."

그 남자가 손을 뻗어 린을 만지려 하자 지호는 그녀의 어깨를 감싸 안았다.

"누구야?"

그는 다정하게 린에게 물어보았다. 린은 살짝 경직된 듯하다가 그를 보고는 미소를 지었다.

"고등학교 때 선배예요."

현수는 그제야 지호를 눈여겨보았다. 귀찮아하는 듯한 그 얼굴이 지호의 기분을 나쁘게 했다.

"아, 이현수라고 합니다. 그쪽은 누구신지."

"이쪽은 김지호 선생님. 아주 명망 높은 흉부외과 선생님이셔. 지금 교제하는 사람이야."

린의 말에 움찔하면서도 그녀가 이 남자를 피하고 싶어 하는 눈치라 지호는 그냥 맞장구를 쳐 주었다.

"한참 열애 중이죠."

현수는 떨떠름한 표정으로 둘을 보았다.

"아, 의사 양반."

"그러는 현수 선배는 요즘 어떻게 지내?"

그제야 현수는 생각난 듯 자신의 부인을 손짓해서 불렀다.

"지금은 내 아내를 위해 열심히 노력하고 있어. 아버지 사업은 형이 물려받고 난 의류 쪽 일에 관심이 많지. 여보, 이리 와. 이쪽이 내가 말한 정운글로벌 회장님의 외동 따님 최린 양이야."

그녀는 미소를 지어 보이며 그의 아내 되는 사람에게 손을 내밀었다.

"안녕하세요. 자히르 오르테 디자인 담당 부장 최린이라고 합니다."

순간 그의 아내는 눈을 크게 뜨고는 그녀의 손을 열렬하게 잡았다.

"어머. 이렇게 뵙게 되네요, 부장님! 안 그래도 자히르 오르테에서 부산 쪽 디자이너 룸을 연다는 소문을 들었는데, 그것 때문에 오신 건가요?"

그녀는 거짓된 미소를 보였다.

"비밀이라, 지금은 말씀드릴 수가 없군요. 저는 이만 리셉션장에 가 봐야 해서요. 다음에 뵙죠."

그녀는 지호와 함께 그 찰거머리 같은 현수 선배를 뒤로하고 빠져나왔다.

"괜찮아?"

"네?"

그녀는 당황해서 지호를 올려다보았다.

"지금 맥박이 굉장히 빨라. 호흡수도 그렇고. 이러면 스트레스성 호흡곤란이 올 수 있어. 천천히 숨을 몰아쉬는 게 좋을 거야."

그녀는 지호가 맥을 잡고 있다는 것을 알고는 한숨을 쉬었다.

"고마워요."

"천천히."

그녀는 가슴이 막히는 기분이었다. 그는 그녀의 앞을 막아섰다.

"다른 사람 보는 앞에서 봉투를 뒤집어쓰거나 할 수는 없으

니 내가 막아 줄게. 나에게 기대서 숨을 천천히 쉬어. 다른 사
람들은 그냥 우리가 연애라도 하는 줄 알 테니."

 그녀는 눈이 감기는 기분이 들어 그가 시키는 대로 그의 품
에 기댔다. 다른 사람이 보기에는 그냥 그가 다정하게 그녀
를 안아 주는 것으로 알았을 것이다. 그는 다른 사람들이 그
녀를 보지 못하게 단단히 안고는 웃으며 호흡수에 대해 이야
기해 주었다.

 린은 그가 시키는 대로 호흡을 하며 서서히 안정을 찾아 갔
다. 손에 힘이 빠져 미끄러지자 그가 그녀의 손을 다정하게
잡고 자신의 가슴에 올렸다. 그의 심장 뛰는 소리가 쿵쿵 울
려왔다.

 "린, 그 박자에 맞춰서 숨을 내쉬어. 잘하고 있으니까."

 지호는 그녀의 이름을 나정하게 부르며 그녀의 상태를 살
폈다. 그녀는 어느 정도 시간이 지나 호흡이 안정되자 한숨을
길게 내쉬었다.

 "고마워요."

 "천만에. 하지만 왜 이런 일이 생긴 건지는 말해 줬으면 해."

 그의 말에 린은 무표정하게 그에게 이마를 댔다.

 "그냥 트라우마예요."

 지호는 아무 말도 하지 않고 그녀의 등을 쓸어 주었다.

 "이제 몸 일으킬 수 있겠어?"

 "네."

그는 흔들리는 그녀를 자신에게 기대게 했다.
"리셉션 참가 안 할 수는 없겠지?"
"일이라서요."
"내게 기대서 가도록 해. 앉을 수 있는 자리가 나올 때까지."
"고마워요."
그는 미소를 보였다.
"의사가 이럴 때 필요한 거지, 뭐."

린의 불안한 걸음. 많이 힘들 것이 분명한데 악착같이 자신의 일을 마치겠다는 그녀를 보니 뭔가 안된 느낌이 들었다. 지호는 소리 없이 다가오는 윤슬을 보았다.
"이미 만났는가 보군요."
그는 윤슬을 곁눈질하고는 고개를 끄덕였다.
"내가 생각하는 사람을 물어보는 거라면 만났다고 해 두지."
윤슬은 걱정이 가득한 표정으로 린을 보고 있었다.
"알고 있나 보군."
"뭘 말씀이십니까."
그는 린을 턱짓으로 가리켰다.
"호흡곤란."
윤슬은 눈을 내리떴다.
"오너 일가에 대한 것은 아무것도 입을 열 수 없습니다. 그럼."
그는 윤슬이 멀어지는 모습을 보며 한숨을 쉬었다. 윤슬의 입을 통해 알아내기는 불가능할 것 같았다.

린이 자신을 향해 걸어오는 것을 보며 지호는 얼른 가서 그녀를 잡아 주었다.

"고마워요."

웃으며 말했지만 그녀가 몹시 지쳐 있다는 것을 알았다.

"이제 끝난 건가?"

"저기 다가오는 지겨운 인물만 빼면요."

그는 코를 벌름거리며 그들에게 다가오는 현수를 보았다.

"아하."

린은 한숨을 쉬었다.

"화장실 쪽으로 가서 들어가. 내가 잠시 이야기해 둘 테니."

그녀는 고개를 저었다.

"아니요 그냥 만날래요. 부인 때문일 테니까."

그는 현수가 다가와 아는 척하자 환하게 웃어 보이는 린을 보며 혀를 찼다. 현수는 그녀의 말처럼 부인과 그녀가 이야기할 수 있는 시간을 벌어 주려 했다. 현수는 지호의 옆으로 와서 서더니 피식 웃었다.

"참 최린이 대단은 해."

그는 그 말에 기분이 나빠졌지만 입을 다물었다.

"한때 최린이와 박민아가 나와 잘해 보겠다고 싸웠는데. 다 지나간 일이라니."

거들먹거리는 듯한 말에 지호는 인상을 찡그렸다.

"내가 형씨 걱정해서 하는 말이야. 최린 별명이 뭔 줄 알아? 악의 꽃이야. 악의 꽃."

이어지는 그 말에 지호는 인상을 쓰며 현수를 보았다.

"겁나는 여자야. 눈 하나 깜짝 안 하고 자신에게 거리끼는 아이들 정학 먹이는. 똑똑하고 예쁜데 출신 성분이 더럽다 보니 하는 행동이 좀 그랬지. 그쪽도 알지 않나? 혹시 모르고 있다면 나에게 감사해. 우리 학교 걸레라고 소문이 자자했어. 지 오빠는 일진 짱이고 동생은 걸레고. 집이 잘살지 않았다면 인간이나 됐을까?"

그는 현수의 말에 구역질이 날 것 같았다. 어떻게 힘없는 여자를 이토록 매도하는지.

"말이 심하시군요."

"심하긴. 몰라서 그런 거야. 예쁘게 불러서 악의 꽃이지. 나쁜 년. 걸레 같은 년. 죽일 년으로 통했어."

그는 그 말에 현수를 노려보았다. 정말 남자로서 상종 못 할 인간이었다.

"선배, 말은 바로 해야지. 나 좋다고 따라다니던 사람이 이렇게 험담이라니. 부인도 다 듣고 있는데 말이야."

현수는 얼굴이 파랗게 질려 뒤돌아봤다. 린의 얼굴은 미소가 가득했지만 눈은 사람을 얼려 죽일 만큼 차가워 보였다.

"선배가 나 좋다고 자살하겠다고 교정에서 난리도 피웠지. 우리 오빠가 흠씬 두들겨 주기 전에 내 체육복 훔쳐서 끌어안고 있던 사람이 누구였더라?"

"야, 최린!"

린은 그의 아내를 돌아보았다.

"저렇게 모함을 하는 사람을 남편으로 두신 분과 저희는 일하지 않습니다. 죄송하군요."

그녀는 지호의 손을 잡았다.

"가요, 우리."

그는 린의 손을 마주 잡고는 현수를 보았다.

"짝사랑이 잘 안 되었다고 그런 식으로 상대를 매도하다니, 비열하네요. 그딴 짓을 하면 멀쩡한 다른 남자까지 욕을 먹이는 겁니다. 그런 식의 험담은 린이 마음먹으면 명예훼손으로 고소될 수 있다는 것도 아셔야죠. 참 불쌍한 사람이군요. 정신과에 들러 검사 좀 하시죠. 의사로서 충고드리는 겁니다. 허언증도 정신질환이고, 고칠 수 있으니 말입니다."

지호는 그렇게 말하고는 린의 어깨를 끼고 리셉션장을 빠져나왔다.

윤슬은 밖에 서 있다가 린이 지호의 품 안에 안겨 나오는 것을 보며 경악한 표정이 되었다.

"이리로."

지호는 손을 내저었다.

"지금은 잠시 걸어요. 그리고 안아야 할 것 같으니 윤슬 씨는 무리야."

윤슬은 린의 창백한 얼굴을 보았다.

"무슨 일이라도 있었습니까?"

"됐어, 윤슬. 알려고 하지 마."

그녀는 차갑게 이야기했다. 하지만 목소리가 작아 힘이 실리지는 않았다.

"경호원들 보냈습니다."

"그러지 마."

"그러지 못할 것이 없습니다. 이건 모두 현수 선배가 불러들인 일이니까요."

"윤슬."

"지금은 업무 시간입니다. 이 일은 회장님께서 정하신 일입니다. 아가씨에게 위협이 될 만한 것은 모두 처리하라는."

린은 더 이상 말도 하지 못하고 그의 품에 기대었다.

"차로 가시죠."

린의 상태를 본 지호는 고개를 끄덕이고는 그녀를 번쩍 안아 들었다.

호텔로 돌아온 후 그는 린을 침대에 눕히고는 그녀의 맥박을 재었다.

"지금은 그냥 쇼크로 인한 탈진인 듯한데 아는 병원에서 처방 좀 받아 올게요. 윤슬 씨가 좀 지켜요."

"네. 알겠습니다."

지호는 윤슬의 차를 빌려 가까운 병원으로 가서 동료 의사에게 간단한 설명을 하고는 약을 받아 왔다.

그는 차에 앉아 잠시 아까 현수가 한 말을 생각했다. 악의 꽃. 그도 아는 시였다. 하지만 그것이 별명일 줄은 몰랐었다.

사생활이 어떤지 몰라도 그런 소문이 난 걸 보면 남자 몇은 있었을 것이다. 그래서 더 회장이 경호를 붙인 건지도 몰랐다.

하지만 자신의 소문에 대해 듣던 린은 정말 가여워 보였다. 그 상처가 가득한 눈을 보며 그녀를 욕할 수 있는 사람은 아무도 없을 것 같았다.

그는 민아와 그녀가 현수라는 남자를 두고 싸웠다는 이야기는 믿지 않았지만 민아까지 끼어 있는 이야기에 촉각이 곤두서기는 했다. 어디까지가 진실인지 알 수는 없지만 분명 그 남자도 민아를 안나는 것이었다.

그는 한숨을 쉬었다. 같은 학교니 알 것이다. 민아 이야기는 둘이 사이가 안 좋으니 그냥 한 말일지도 몰랐다.

허언증 있는 사내의 말이라 치부하며 지호는 한 귀로 흘려버리기로 마음먹었다. 지금은 쓰러져 있는 린이 더 큰 걱정이었다.

린은 천천히 눈을 뜨고 자신을 지켜보는 지호를 보았다.
"아. 정신이 들어?"
그는 그렇게 말하고는 밖을 보았다.

"윤슬은 지금 정기보고 중일 거예요."

"응. 몸은 어때?"

그녀는 자신의 팔을 흔들어 보였다.

"이런 것 안 놔 주셔도 되는데."

"그냥 단순 포도당이야. 너무 걱정하지는 마. 탈수 증세가 있어서 처방한 거니까."

"그렇군요. 고마워요. 너무 험한 꼴을 보여 드렸군요. 제가 초대하고는."

린의 힘없는 목소리에 지호는 고개를 저었다.

"아니. 괜찮아. 충분히 즐거웠어."

그녀는 눈을 감았다.

"많이 피곤하면 더 자도 좋고."

"아뇨. 잠은 충분히 잤어요. 괜찮아요. 링거 좀 빼 주세요."

지호는 그녀가 일어나려 하자 어깨를 눌렀다.

"아직은 아니야."

"여기서까지 의사 노릇은 그만해요."

앙칼진 린의 말에 지호는 그녀의 어깨를 지그시 눌렀다.

"의사가 어딜 가? 그냥 좀 있지."

그녀는 그를 노려보았다.

"조금만 더. 기력 좀 차리게."

그는 다정하게 이야기하며 그녀를 내려다보았다. 린을 이렇게 가까이에서 마주 보기는 그도 처음이었다. 그녀의 머리카락이 베개 위로 펼쳐져 있고 뺨은 약간 상기되어 있었다.

 그는 자신도 모르게 손을 올려 그녀의 이마를 짚었다. 서늘한 촉감에 린은 그를 올려다보았다. 둘의 시선이 얽히는 순간, 그녀도 그도 한순간 이성이 마비된 기분이었다.

 너무나도 가녀리고 부서질 듯 창백한 린. 마치 그녀에게 거부할 수 없는 끈이 연결되어 끌려가는 기분이 들었다. 그녀의 깊은 눈동자에 어린 눈물 젖은 속눈썹이 이슬을 머금은 듯 그렇게 가녀려 보였다. 그녀의 머리카락이 손끝에 감기며 살아 움직이는 양 그를 쥐고 놓지 않는 기분이 마치, 거부할 수 없는 그런 달콤한 덫에 걸린 듯했다. 덫이라고는 하지만 전혀 벗어나고 싶지 않은 그런 기분이 들면서 잡혀 버린 것도 모르고 유혹에 빠져버린 것처럼 그는 그저 그녀의 얼굴에서 시선을 뗄 수가 없었다.

 그녀의 뺨을 손으로 살짝 쓸어 내렸다. 린의 입술에 살짝 떨림이 지나갔다. 손끝에 감겨 오는 그녀의 부드러운 숨결이 그의 마음 깊숙한 곳을 어지럽혔다. 그럼에도 손을 떼지 못했다. 지금 그녀의 숨결을 느끼지 못한다면 그대로 무너질 것 같은 기분마저 들었다.

 그의 고개가 천천히 숙여지더니 그녀의 입술을 덮었다. 린은 놀람과 두려움으로 경직되었고 그는 자신이 하는 행동을 깨닫지도 못했다.

 린은 순간 눈앞이 깜깜한 기분이 들었다. 그 남자애들이 강제로 입술을 깨물고 혀를 들이밀던 것이 생각났고, 그것에 그녀는 숨이 막힐 것 같았다. 하지만 지호는 강제로 그녀를 어떻게 해 보려 하는 것이 아닌 입술 위에 입술을 포개었을 뿐이었다. 그의 입술이 여러 번 세세하게 그녀의 입술 위를 쓰다듬는 동안 그녀는 눈만 크게 뜨고 있었다. 그는 그녀를 잡고 있지도 않았고 그렇다고 강제적이지도 않았다.

그녀는 천천히 몸에서 긴장이 풀려 나가는 것을 느끼고 처음으로 키스를 받으며 눈을 감았다.

그의 부드러운 입술이 주는 감촉이 처음으로 괜찮다, 라는 생각이 들었던 것이다.

린이 천천히 그의 목에 팔을 둘렀다. 그날, 남학생들에게 강제로 범해질 뻔한 후 어느 누구에게도 허락하지 않았던 순간을 그가 마음대로 가져갔는데도 전혀 화가 나거나 역겨운 기분이 들지 않았다.

그녀는 그의 목에 팔을 감고 좀 더 적극적으로 그의 입술에 자신의 입술을 밀착했다. 도톰하고 부드러운 입술이 빈틈없이 짜릿하게 그녀의 입술을 덮었다.

강제적인 키스가 아닌 정말 조심스럽고 아껴 주는 듯한 키스에 린은 자신도 모르게 그에게 좀 더 다가가고 있었다.

린이 목을 안는 순간 그의 몸의 중심이 앞으로 쏠렸고, 그는 반은 그녀의 위를 내리누르듯 다가와 키스를 이어 가고 있었다. 그의 가슴에 닿는 이불 밑으로 그녀의 부드러운 육체가 천천히 숨을 쉬고 있었고 그도 그녀의 육체가 주는 부드러움을 느끼며 더한 것을 요구하고 싶은 욕망이 솟구쳐 올랐다.

그는 천천히 입술을 대고 다시 한 번 그녀의 입술에 자신의 입술을 포개었다. 살짝 벌어진 그녀의 입술에서 호흡을 앗아가듯 좀 더 그녀에게 다가가고 싶은 마음이 들어 그녀를 안고는 더욱 몸을 밀착시켰다. 순간 그는 자신이 지금 미친 듯이 키스를 하고 있는 여자가 누구인지를 기억해 내고는 움찔하고 말았다.

그는 천천히 입술을 떼고는 놀란 듯 뒤로 물러났다.

아픈 여자에게 그가 한 짓이 이런 짐승스러운 짓이라는 게 믿어지지 않았다. 그는 화들짝 놀라 침대에서 얼른 몸을 일으키고는 옷을 바로 했다. 변명의 여지가 없는 짓이었다. 세상에, 그가 단 한 번도 환자에게 하지 않았던 짓이었는데 아픈 린에게 이런 파렴치한 짓을 하고 만 것이다.

그는 시선을 돌려 그녀의 부어오른 입술을 보고는 어쩔 줄 몰라 했다. 내일 아침에 더 부어오르면 어쩌나 하는 고민과 그녀의 부드러운 입술이 줬던 그 흥분을 동시에 느끼며, 속으로는 계속해서 스스로가 짐승 같다고 욕을 해 댔다. 항상 스스로 냉정한 의사라 자부했는데 자신의 이성의 스위치가 린이라는 여자에 의해 감전되어 고장이 나 버린 것 같았다.

"미…… 미안. 내가 잠을 못 자서 정신이 어떻게 되었나 봐."

지호는 당혹스러워 한 발짝 뒤로 물러났다. 얼굴이 빨갛게 달아오른 그를 보며 그녀도 천천히 일어나 앉아 그를 흘끔 보았다. 그의 입술이 붉게 보였고 약간은 부어오른 듯이 보였다. 린은 뭐라 말을 하려 했지만 흠 하는 소리와 함께 목소리가 잘 나오지를 않았다. 그녀의 쉬어 버린 목소리에 지호는 더 놀란 듯이 눈을 질끈 감았다.

"쉬도록 해. 난 잠시 나갔다가……."

그는 말도 다 끝내지 못하고 얼른 방을 빠져나갔다. 린은 나직하게 숨을 몰아쉬며 침대에 스르르 기대어 누웠다.

"무슨 일입니까. 김 선생님이 저렇게 황급히 나가시다니."

"아직도 업무 시간이야?"

"네. 아직 보고가 남아 있습니다."

윤슬이 들어오자 린은 링거를 빼 달라고 했다.

"열납니까? 얼굴이 빨갛습니다."

"열?"

그녀는 그렇게 말하다가 입술을 깨물었다.

"조금 나는지도 몰라."

린은 그렇게 말하며 침대에 누워 몸을 돌려 버렸.

아직도 가슴이 쿵쾅거렸다. 입술에 닿았던 감촉이 남아 입술이 근질거리는 것 같았다. 하지만 물로 닦아 낼 만큼 더러운 기분은 아니었다.

윤슬은 그녀의 링거를 빼 주고 이불을 바로 해 주고는 밖으로 나가 버렸다.

참 이상한 일이었다. 다른 누구에게도 키스를 허락한 적이 없었다. 그날의 기억 때문에 더욱 그랬을지도 모른다. 하지만 그는 달랐다. 강압적이지 않아서일까?

린은 괜히 온몸이 간지러운 기분도 들었다. 어서 잊어버려야지. 이런 기분을 계속 느끼고 싶지 않았다.

당황해서 자신의 방으로 돌아온 지호는 입술을 손으로 가렸다.

어쩌자고 그런 짓을 한 건지. 어디 쥐구멍이라도 들어가고 싶었다. 린이 불쌍해 보였던 것이 오늘이 처음은 아니었지만 오늘처럼 가깝게 생각되기는 처음이었다.

그런 소리를 들어서일까? 어떤 소문 때문인지 모르지만, 집안의 부와 나쁜 소문은 비례하는 것이 분명했다. 현수라는 남자의 악의적인 말들이 린에게서 생기를 앗아 가는 것을 보고 있자니 그녀에 대한 연민이 가득해졌다. 하긴 고교 시절 린을 직접 보지는 못했지만 소문으로 익히 알고 있었다. 그 학교 퀸이라고, 연예 기획사에서 무던히도 그녀를 섭외하려 애를 쓴다는 것도 알고 있었다.

병원에 올 때면 여러 남자 인턴들이 몰려가 그녀를 구경할 정도로 예쁜 여자아이라 들었었다.

아마 저런 식으로 린에게 다가선 남자들도 많았을 것이다. 출신 성분이 더럽다라는 말에 그는 한숨을 푹 내쉬었다.

린의 어머니에 대해 모르는 사람은 거의 없을 것이다. 전대 회장의 두 번째 부인으로 마담 출신이라고 입방정을 떨었었다. 화려한 미녀로 유명하던 그 여자의 몰락은 너무나 충격적일 정도로 자세하게 보도되었었다.

회장이 둘을 어머니에게 딸려 보내지 않은 게 이상하다고 말할 정도로 사모님이 바람피운 사건은 유명했었다. 그는 가만히 있다가 뭔가 이상해서 핸드폰을 들어 검색을 했다.

린이 학교에서 그 소동이 일어난 기간이 바로 어머니의 기사가 도배되는 시기였었다.

그는 뭔가 꺼림칙한 기분을 느꼈다. 현수라는 남자가 그렇게 말하는 것으로 보아 분명 학교에서도 소문이 흉흉하게 돌았을 것이다.

가해자가 바뀐 걸까?

거기까지 생각하다 지호는 자살 미수로 들어왔던 민아를 떠올리고는 고개를 저었다.

말도 안 되는 소리였다. 그렇게 여리고 착한 민아가 나쁜 짓을 할 리 없다.

그는 민아에게 미안하단 생각을 하며 침대에 벌렁 누웠다. 하지만 이내 린의 창백하던 얼굴이 그리고 그에게 힘없이 기대 오던 모습이 머릿속에 가득할 뿐 더 이상 민아 생각은 나지 않았다.

그는 눈을 감았다. 부드러운 머리 감촉과 향긋한 향까지 어느 것 하나 그의 몸에 배이지 않은 것이 없었다.

연인이라고 몇 사귀어 보지 못했지만 그렇다고 아예 경험이 없는 것은 아니었다.

그는 자신의 이런 마음이 저급한 욕망이라고 생각했다. 그저 아름다운 여자가 잠시 기댄 것에 엉뚱한 마음을 먹는 그런 저급한 욕망. 순간 자신이 변태가 된 듯한 느낌에 지호는 인상을 구겼다.

동정심이 이런 식의 착각이 되어서는 안 되는 것이다. 그리고 자신이 벌였던 일로 당하는 죄책감이라면.

그는 거기까지 생각하다 고개를 저었다. 그녀가 벌인 일이라기보다 주위에서 그렇게 만든 것일지도 모른다는 생각이 들었다. 예민한 시기에 다른 이들의 시기의 대상이 된 여자아이라면 얼마나 그 생활이 힘들었을지 답답한 기분이 가득 퍼졌다.

민아에게 린에 대해 물어보는 것이 상처일 수 있지만 한 번은 물어봐야 할 것 같았다. 어쩌면 고교 시절 피치 못할 사정이 있을지도 몰랐다.

그는 다시 눈을 감았다. 린은 나쁜 아이라는 인식 때문일까. 나빠서 위험해 보이는 걸까.

여태 알던 여자들과는 완전히 다른 린 때문에 그의 머릿속은 뒤죽박죽으로 엉켜 있었다.

아침에 일어난 린은 눈을 게슴츠레 뜨고 자신의 앞 테이블에서 커피를 마시며 상념에 빠져 있는 윤슬을 보았다.

"무슨 이야길 하려고 그러는지 알고 싶은데."

윤슬은 무표정하게 자리에서 일어났다.

"일어나셨습니까. 돌아가실 비행기 편 때문에 서두르셔야 할 것 같습니다."

린은 윤슬이 자신에게 말을 하려 하지 않는다는 것을 알고는 그녀의 팔을 잡았다.

"말해. 지금 업무 중이라면 더 보고해야지. 날 친구로서 걱정하는 것이 아닌 보호해야 할 클라이언트로서 존중한다면 말해."

윤슬은 조용히 그녀에게 도착한 메일을 넘겼다.

"아직 확실한 물건이 아니라 완전하게 확인된 뒤에 열어 보셨으면 했을 뿐입니다."

그녀는 윤슬을 한 번 보고는 메일을 열어 보았다. 사진과 여러 가지 자료들이 그 안에 들어 있었다.

"절 통해서가 아닌 직접 명령하신 일들입니다. 박민아의 행적에 대한 것들입니다."

"넌 본 거야?"

윤슬은 대답을 하지 않았다.

"이미 본 거겠지."

"동정할 필요는 없을 것 같습니다."

차가운 목소리. 윤슬은 그녀처럼 차가운 사람이 아니었다. 린은 윤슬의 딱딱한 등을 보았다.

"보고 나갈게."

"지체할 시간이 없습니다. 서둘러 주십시오."

린은 윤슬이 나가자 사진 파일을 열었다. 과거 남자들의 사진부터 지방에서 학교 다닐 때, 미용실에서 일하는 모습. 그녀에 대한 평가. 동거했던 집들에 대한 간략한 보고에 속이 뒤틀리는 듯했다. 거기다 지금 사는 곳이 공교롭게도 누군가의 집과 일치했다.

그녀는 머리가 빙글거리는 기분이었다. 민아와 동거 중?

순간 속에서 뭔가 모르게 싸늘하면서도 불꽃같은 것이 확 퍼져 나갔다.

그녀는 전화를 걸었다.

"여기에 올라온 집 주소 확실한 거야?"

-네. 확실하게 조사했습니다. 물론 그 집에 들어갈 때 김 선생님은 부산 출장을 바로 가셔서 어떤 의미로 집을 내어 주신 건지 알 수 없습니다.

"지금부터 그 집 철저하게 감시하고, 무슨 사이인지도 알아봐요."

-네. 알겠습니다.

그녀는 눈을 가늘게 떴다. 박민아, 아직도 정신 못 차린 게 분명했다. 그때 박성찬이 그토록 무릎을 꿇고 빌 때 민아는 자신이 무슨 잘못을 했냐고 소리 지르며 울었었다.

억울하다고, 자기가 더 잃은 게 많다고. 기가 차는 그녀의 이기적인 심보에 린은 침대에서 내려가 자신이 들고 있던 책으로 머리를 후려갈겼었다.

아버지에게 그대로 경찰서에 보내라고, 봐줄 마음 전혀 없다고, 세상에 그녀가 당한 일이 단순한 교내 폭력이 아니라 '성추행'이었다는 것이 밝혀지는 한이 있어도 민아는 집어넣을 거라고.

하지만 아버지는 자신의 딸에게 붙을 추문을 용서할 수 없다며 사건을 단순 폭행 사건으로 마무리 지었었다.

숨이 막히거나 하지 않았다. 오히려 머리가 맑아지는 기분이었다. 또다시 자신의 옆으로 와서 자신의 소중한 사람들을 상처 입히려 하는 민아를 그냥 둘 수 없었다. 무슨 심보로 이러는 건지.

그녀는 천천히 샤워를 하고 화장을 하고 옷을 갈아입었다.
"가실 시간입니다."
"김지호 선생은?"
"오늘 밤에 출발하신다고 알고 있습니다."
"그래? 알았어."

린은 엘리베이터에 타며 자신을 보는 남자들의 시선을 철저히 무시했다.

머리가 맑아지고 보니 어떤 짓을 할지 계략을 꾸미기 시작했다. 본디 최린은 이런 인간이었다. 민아가 그녀의 소중한 사람들을 상처 입혔으니 그녀의 희망이라는 희망은 다 잘라 버릴 마음이었다.

린은 차에 타서 눈을 감고는 입을 열었다.

"김지호 선생의 오피스텔. 병원 거지?"

"네. 그렇습니다."

"관리가 엉망이군. 한번 청소를 해야 할 것 같은데."

"병원 관리부에 연락해서 바로 시행하겠습니다."

그녀는 눈을 뜨고 앞을 똑바로 노려보았다. 자신을 상처 입힌 건 어쩔 수 없었다지만 기후와 윤슬을 상처 입힌 것은 두고두고 후회하게 만들어 줄 것이다.

모든 민아가 원하는 것을 가로채고 빼앗아서라도.

린은 입가에 미소를 지었다.

"생각해 보니 내가 너무 바보 같았어. 아버지에게 일임하는 게 아니라 내가 나섰어야 했는데 말이야."

윤슬은 뭔가 껄끄러운지 린을 보았다.

"병원 예약해. 이제부터 적극적으로 치료할 거니까. 그리고 현수 선배 어떻게 처리했어? 단순 겁주기?"

윤슬은 고개를 끄덕였다.

"재미없지. 내가 그 사람 때문에 무슨 일을 겪었는데. 다들 날 욕하고 뒤에서 비웃는 동안 내가 너무 도망만 다녔어. 이제부터 다 돌려줘야지. 안 그래?"

윤슬은 고개를 숙이고 있었다. 린은 머릿속으로 빠르게 자신의 몸 상태와 다른 것을 체크하기 시작했다. 언제까지 악몽을 꾸며 살 수는 없었다. 한국에 돌아와서 살기로 작정한 거라면 자신의 악몽인 그자들을 모두 찾아서 죽을 정도의 고통을 안겨 줄 것이다.
"재미있겠다."
　윤슬은 아무 말도 하지 않았다.
"기후 오빠에게 말하지 마. 내가 알아서 해. 너도 나서지 마. 더 이상 나 때문에 너 다치는 것 원하지 않아."
　윤슬은 그녀의 말을 무시했다. 아마도 그녀가 다칠 일이 있다면 윤슬은 몸으로라도 막아설 것이다. 분명 그럴 것이다. 린은 윤슬의 손을 꽉 쥐었다.
　창백한 주제에 그런 소리를 하는 린을 보며 윤슬은 가슴 한 부분이 뻐근하게 아파 오는 것을 느꼈다.

제5장

악의 꽃

민아는 짐을 정리하고 집 안을 청소하기 시작했다. 내일이면 지호가 온다고 했다. 지호야 병원에서 생활할 생각이겠지만 민아는 그를 어떻게 해서든 집으로 끌어들일 마음이었다.

민아는 깨끗한 집 안을 보며 크게 숨을 들이켰다. 항상 초라한 원룸 아니면 월셋방을 전전했었다. 이제야 좀 사람답게 사는 기분에 그녀는 기지개를 쭉 켰다. 반찬거리를 사는 것도 그가 돈을 주고 간 덕에 넉넉하게 준비해서 그간 먹고 싶었던 것을 실컷 먹고 푹 잠을 잘 수 있었다.

조금 인간다워진 기분?

그녀는 피식 웃었다. 이제야 조금씩 그녀를 향해 행운의 여신이 미소를 지어 주는 기분이 들었다. 지호가 있는 한 그녀는 항상 여유로울 것이다. 말을 들어 보니 회장 집안의 주치의라고 하니 분명 원장까지 올라갈 수 있을 것이다.

그러다 순간 그녀의 얼굴에 어둠이 드리웠다. 만약 그와 결혼할 여자가 박민아라는 사실을 안다면 회장이 그를 원장으로 두려 할까? 이미 예전에 끝난 일을 또 들추고 그럴까? 린은 저렇게 성공해서 승승장구하는데 이제는 잊어버리지 않았을까?

그녀는 조금은 두려운 기분이 들었다. 지호가 탐이 나면서도 혹시 지난 일들이 알려져 지호가 실직이라도 당한다면 그녀를 원망하지 않을까 하는 생각마저 들었다.

민아는 고개를 저었다. 어린 시절 장난 한 번에 죽자고 달려든다면 그 사람들이 이상한 것이라고 치부하며 그녀는 침대 위에 누워 깊은 잠에 빠져들었다.

린은 집을 가만히 보았다.
"바로 오실 줄은 몰랐습니다."
"아직 정리할 필요 없어."
"네?"
"김 선생 오고 정리해도 늦지 않아. 무슨 생각으로 저 집에 죽치고 있는지 알아야겠어."
윤슬은 린이 씹어뱉듯 하는 말을 들으며 가만히 있었다.
"창으로 언뜻 보이는 모습을 보니 꽤나 행복한 모양이군."

그녀는 차갑게 이야기하고는 차를 출발시켰다.

"많이 행복해하라고 해. 내가 하나하나 다 박살 내 줄 테니까."

린은 이를 갈 듯이 말하고는 차 안 깊숙이 앉았다.

"회장님이 들르라고 하시는데요."

"정운 본사로 가. 나도 오빠와 만나야겠으니까."

린은 눈을 감았다. 박민아의 생각이 눈에 보이는 것 같았다. 저런 시궁창 쥐 같은 생활을 끝내고 싶어서 전도유망한 남자에게 무임승차 하려는 것이 뻔했다.

그냥 두고 보기에 그 무임승차 당할 남자가 불쌍하기는 했다. 민아가 원한다면 그녀가 빼앗으면 그만이었다. 자신의 고등학교 시절을 빼앗은 민아인데 그토록 원하는 안락한 생활쯤은 그녀에게 빼앗겨야지 타산이 맞을 것 같다는 생각이 들었다.

린은 눈을 내리뜨고는 한동안 가만히 있었다. 오빠가 지호의 움직임을 모르고 그녀를 그냥 부산에 보낼 사람이 아니라는 것을 그녀도 알고 있었다.

아버지와 오빠는 같은 생각인 것이다. 둘 다 무슨 이유인지 그와 그녀를 이어 주지 못해 안달들이었다.

결혼까지는 필요 없다. 민아라는 해충이 끼어들지 못하게 그를 옭아매기만 하면 그만이니까.

이게 다 불쌍한 한 남자 구해 주려는 그녀의 약간의 수고스러움일 뿐이었다. 린은 민아의 행복해 보이는 미소를 생각하고는 비웃듯 입술 어귀를 비틀었다.

 그 웃음이 일그러지는 날 아주 기분 좋게 잠들 수 있을 것 같았다.

 지후는 뭔가 분위기가 바뀐 린을 보았다.
 "부산에서 기분 나쁜 녀석을 만났다더니."
 "만났어. 그런데 오빠 덕에 무사했어."
 그는 아무 말도 안 했다.
 "지호 씨 가는 것 오빠도 알았지?"
 "모를 리가 없지. 네 행동, 주변 상황은 다 파악하고 있으니까."
 지후는 숨기려 하지도 않았다. 그녀는 오빠를 가만히 보았다.
 "좀 알고 싶어. 왜 오빠까지 아빠의 계획에 동조하는지."
 그는 숨을 내쉬고는 그녀의 앞에 와서 앉았다.
 "아버지 계획이 달갑지는 않아. 나도 당해 봐서 아니까."
 그는 그렇게 말하며 넥타이를 당겨서 풀었다.
 "그래. 그런 오빠까지 동참하게 된 이유가 대체 뭔지 나는 몹시 궁금해."
 "김지호 선생, 괜찮은 사람이야. 그리고 이제 너도 더 이상 그렇게 힘들게 사는 것 원하지 않고. 정착했으면 하는 마음도 들어. 괜히 집안 대 집안 결혼에 널 팔려 가게 하고 싶지도 않고."

린은 지후를 한참 보았다.

"오빠 의견이 그런 거야?"

그는 그녀를 한참 보았다.

"그 사람이라면 너의 아픈 부분도 안아 줄 거라 생각했어."

그녀는 고개를 숙이고는 웃어 보였다.

"오빠가 그렇게 생각한다면 나도 피하지 않고 진지하게 생각해 볼게."

그는 인상을 찡그리며 자신의 동생을 보았다. 이렇게 쉽게 수긍할 아이가 아니었던 것이다.

"뭔가 꿍꿍이속이 있는 거지."

그녀는 웃어 보였다.

"물론 있지. 하지만 지금은 말 안 할래."

"린."

그녀는 고개를 저었다.

"결혼을 하겠다는 건 아니야. 만나 보겠다는 거지. 더 이상 내 몸을 핑계로 엮이고 싶지 않아. 자리 마련해서 정식으로 소개시켜 줘. 그래야 그 사람도 눈치채겠지."

그녀는 그렇게 말하고는 서류를 꺼냈다.

"이건 이번에 부산에서 새로이 만난 디자이너들의 대표작이야. 오빠가 한 번은 봐야 할 것 같아서."

"린, 정식으로 널 승진시키려 하는데."

"그 일은 조금 미뤄. 나중에 해도 되는 거야. 가족끼리 다 해 먹는다고 손가락질 받는 것 싫어."

린은 자리에서 일어났다.

"나 퇴근. 너무 피곤해."

그는 일어나 린의 손을 잡아 주었다.

"가기 전보다 힘이 넘쳐 보이는군."

그녀는 미소를 지었다.

"할 일이 생각났어. 그뿐이야."

그는 마주 미소 지어 보였다. 둘 다 서로 무슨 꿍꿍이 중인지를 가늠하느라 머릿속이 터질 지경이었다.

린이 도착했을 때 윤슬은 집을 비운 상황이었다.

"팀장 언제 나간 겁니까?"

다른 경호원이 인사를 했다.

"어디 가신다는 이야기 없이 전화를 받고 바로 출발하셨습니다. 나중에 설명드린다고요."

린은 고개를 끄덕이더니 다른 사람들에게 나가 보라고 말했다.

도우미 아주머니는 윤슬이 올 때까지 다른 경호원들과 퇴근하지 말라는 명령을 받았다며 그녀의 식사부터 해결하려고 안간힘이었다.

린은 샤워를 하고 식사를 하면서 윤슬이 전화 한 통에 달려 나갈 사람들을 생각해 보았다. 지후 오빠가 분명 그녀의 의도가 궁금해서 연락을 취했든가, 아니면 기후가 무슨 짓을 했든가 둘 중 하나일 것이다.

그녀는 식사를 마치고 침실로 들어가 책을 보며 머리를 정리하기 시작했다.

밑에서는 무슨 일인지 수선스럽게 왔다 갔다 하는 소리가 들렸다.

린이 인상을 쓰고 아래로 향했다.

"무슨 일이죠?"

그녀는 피가 여기저기 묻은 채 도착한 윤슬을 보고 놀라서 달려갔다.

"슬아! 무슨 일이야."

윤슬은 얼굴은 창백했지만 침착했다.

"제가 다친 것 아닙니다. 괜찮습니다."

"기후 오빠니?"

"네. 조금 전에 병원에 입원하셨습니다."

"무슨 일인데."

윤슬은 아무 말도 하지 않았다.

"윤슬."

"죄송합니다. 직접 들으세요."

윤슬은 그렇게 말하더니 넥타이를 풀며 안으로 들어가 버렸다. 뭔가에 단단히 화가 난 것이 분명했다. 기후가 어디 쉽게 다칠 사람인가?

그녀는 거기까지 생각하다 또 기후가 자해를 한 건 아닌가 걱정이 앞서기 시작했다.

"병원으로 가야겠어. 기사 좀 불러 줘요."

"네, 부장님."

그녀는 서둘러 옷을 갈아입고 병원으로 향했다. 윤슬은 끝까지 따라오지 않았고, 린은 둘 사이에 분명 무슨 일이 있었음을 짐작할 수 있었다.

린이 병원에 도착하자 지금 수술 준비 중이라는 말만 들을 수 있었다.

"수술?"

그녀는 조용히 자리에 앉아 수술이 끝나길 기다렸다. 무슨 일로 수술을 하는 건지 얼마만큼 다친 건지 알 수 없지만, 지금은 다른 사람들에게 물어볼 수가 없었다.

"김지호 씨 서울에 도착했나?"

경호원은 얼른 전화를 들어 확인을 했다.

"네. 기사가 병원으로 모시고 가다가 집에 잠시 들르신다 해서 그쪽으로 이동 중이라고 합니다."

그녀는 알겠다고 대답하고는 전화를 들었다.

"지금 저희 오빠 수술실 들어가죠? 수술 범위는요?"

그녀는 흉부외과 과장의 다급한 말소리를 듣고 고개를 끄덕이고는 그에게 집안 주치의인 김지호 선생을 호출해 줄 것을 부탁했다.

오빠의 사고가 이런 식으로 그녀에게 기회를 줄지는 몰랐지만, 최대한 이 기회를 잡아야 할 것 같았다. 그가 민아를 만나기 전에 그녀가 먼저 만나서 손을 써 두는 게 더 좋을 것 같았다.

부산에서 올라와 집에 들르려던 참에 한 통의 전화가 급하게 걸려 왔다. 통화를 마친 뒤 지호는 바로 방향을 틀어 병원으로 향해야 했다.

서두른 덕분에 금방 병원에 도착한 그는 수술실로 떠어가며 이야기를 들었다.

"성명 최기후. 실탄 사고입니다. 갈비뼈에 총알이 박혀 있는 상황입니다. 실려 올 때까지 의식은 있었고 다른 장기 손상은 없어 보였습니다."

그는 아연실색해서 수술실로 들어갔다. 수술은 벌써 시작되어 있었다. 이미 개복을 마친 상황에서 도착한 그는 실탄이 박힌 갈비뼈의 위치를 확인하고 먼저 수술을 결정한 의사와 함께 이야기 중이었다.

"이 정도 근육이 아니었으면 바로 사망감이야."

회장 일가가 수술한다는 소리를 듣고 황급하게 수술실로 들어온 병원장은 그렇게 이야기하며 과장과 지호를 보았다. 과장은 개복 후에 원장의 이야기를 듣는 중이었다.

"뼛조각이 잔잔하게 흉부에 퍼져 있어. 처치는 김 선생이 맡아서 하도록. 과장은 총알 제거하면서 다른 문제 생기지 않게 주의해요. 우리 오너 일가이신데 조금이라도 문제가 생기면 안 돼. 알겠지."

"예. 알겠습니다."

지호는 과장이 잔뜩 긴장한 상태로 수술을 집도하는 모습을 보며 보조를 맞췄다. 그러면서도 머릿속으로는 대한민국에서 총기 사건이 났는데 이토록 조용한 이유에 대해 궁금해하고 있었다.

"수술실 밖에 대기 중인 보호자에게 알려. 수술 시간과 상태에 대해."

조수를 보던 다른 의사가 얼른 대답을 하고는 달려 나갔다.

그는 잠시 수술을 보고 총알이 제거되는 것을 확인하고 다음 수술에 들어갔다. 최기후가 이런 상태라니, 어쩌다 이렇게 된 건지. 지금 린이 얼마나 걱정을 하고 있을지 그도 신경이 곤두서기 시작했다.

린은 조용히 지금 나와 설명하는 것을 들었다.

"오빠 보조는 어디 갔지?"

"모르겠습니다."

"사고에 대해 설명할 사람은 없나?"

"경찰이 개입되어 발포한 사람을 잡았지만 바로 훈방 조치되었습니다."

그녀는 그 말에 고개를 획 들었다.

"훈방? 누구 마음대로."

"최기후 이사님이 그렇게 말씀하셨습니다."

"미쳤군. 회장님은?"

"알리지 말라고 하셨습니다."

그녀는 조용히 눈을 감고 생각에 빠졌다.

"수술은 언제 마치지?"

"한 시간 정도 더 걸릴 겁니다."

"알았어."

일단 눈을 감고 수술이 끝나기를 기다렸다. 한참의 시간이 지나고 수술실 문이 열리더니 그녀의 앞에 수술 집도 의사가 나왔다.

"아직도 기다리고 계셨군요. 수술은 무사히 마쳤습니다. 5번 갈비뼈에 박힌 총알도 무사히 적출했습니다. 흉부 쪽에 산개해 박혀 있던 뼛조각도 말끔하게 적출한 상황입니다."

그녀는 눈을 뜨고 천천히 일어났다.

"두 분 수고가 많으셨습니다. 이 늦은 시간에."

"아닙니다. 당연히 해야 하는 수술이었습니다."

과장은 기분이 좋아 보였다. 하긴 흉부외과 쪽에서 이런 수술이라니. 오너 일가의 인정을 받는 일인데 어떻게 좋지 않을 수 있을까.

"오늘의 수술 기억해 두겠습니다."

"감사합니다, 부장님."

그녀는 인사를 하고 뒤에 땀에 젖은 두건을 벗는 지호를 보았다.

"지호 씨, 잠시 이야기 가능하죠?"

과장은 놀란 듯 지호를 보고는 싹싹한 미소를 지었다. 지호는 좀 어물거리다 고개를 끄덕였다.

"수술 후라 좀 그럴 건데. 옷만 갈아입고 와도 될까?"

"네. 병실에서 보죠."

그는 고개를 끄덕이고는 다시 수술실 안으로 사라졌다.

린은 자리에서 일어나 병실로 향했다. 속이 부글거렸다. 총에 관한 사고라면 생각나는 사람은 단 한 명뿐이었다.

"경호원 중 한 명 보내서 이아린 잡아 와. 아무래도 그 녀석 짓이야. 이건."

그녀는 아직 수술실에서 올라오지 못한 기후를 기다리며 이를 갈았다.

지호는 얼른 샤워를 하고는 옷을 갈아입고 위로 올라갔다.

아직 수술실에서 처치 중인 기후는 병실에 도착하지 않은 상황이었다. 그는 린을 보았다.

"괜찮아?"

그녀는 그를 돌아보았다. 눈물이 그렁거리는 눈으로 자신을 보는 린을 보니 마음 한구석이 찡하니 아파 왔다. 지호는 다가가 그녀의 어깨를 잡아 주었다. 약간 놀라는 듯하던 그녀는 이내 그에게 기대섰다.

"크게 다치진 않았어. 워낙에 튼튼해서 그 정도로 많이 다친 건 아니야. 놀랐지?"

그녀는 고개를 저으며 그의 품에 안겼다. 지호는 당황하면서도 그녀를 품에 안고 다독여 주었다. 다른 때라면 싫었을 텐데 이상하게도 린이 안기는 이 기분이 싫지가 않았다.

"오빠가 워낙에 사고를 많이 당해서 괜찮을 줄 알았는데 총기 사고는 이번이 처음이라……."

그는 그녀의 어깨를 손으로 쓸어 주었다.

"진정해. 괜찮아. 지난번처럼 숨이 차오르거나 한 것 아니야?"

린은 고개를 젓고 눈물이 흐른 얼굴을 들어 그를 보았다.

"괜찮아요."

눈물에 젖은 그녀의 커다란 눈망울을 보며 지호는 천천히 손을 들어 그녀의 뺨을 쓸어 주었다. 그의 손끝에 전해지는 그녀의 눈물방울이 가슴속에도 점을 찍듯이 젖어 드는 것 같았다.

그녀의 살짝 떨리는 입술이라든가 약하게 뱉어 내는 호흡이 그의 이성을 점점 흐리게 만들었다. 이번에는 천천히 입술을 살짝 쓸어 주었다. 부드러운 입술을 스치는 그의 손끝이 살짝 떨려 왔다.

"혼자 있기 무서워요. 잠시 있어 주실 수 있죠?"

린의 간절한 목소리에 지호는 자신도 모르게 고개를 끄덕이고 있었다. 곧장 부산에서 올라와서 피곤하고 그녀에게 키스를 해서 어색한데도 그녀가 부탁을 하니 그대로 들어줄 수밖에 없었다.

그는 그녀를 다독이며 그대로 서 있었고, 린은 눈을 내리뜨며 속으로 빠르게 계산을 했다.

기후가 잠들어 있는 모습을 보고 그녀는 지호와 이야기를 나눴다.

"부산에서 오신 지 얼마 안 되었을 텐데 제가 지호 씨를 찾았어요."

"아, 그랬어?"

그녀는 고개를 끄덕였다.

"마음이 놓이지 않아서요. 다른 사람들이 보기에는 오너 일가이고 두려울 게 없어 보일지 모르지만, 아무래도 친오빠가 다치는 건 두렵고 무서워요."

그녀답지 않은 약한 목소리에 지호는 놀라는 중이었다. 항상 자유분방하고 독설만 하는 여자인 줄 알았는데 이렇게 나

굿나굿하게 말할 수 있는 여자일 거라고는 생각도 못 했던 것이다.

"그런데 회장님은?"

"놀라실까 봐 아직 연락 안 했어요. 기사화되는 건 막아 뒀고요. 몸 안 좋으신 회장님까지 아시게 만드는 건 안 될 것 같아서요."

그는 고개를 끄덕였다. 말을 들어 보니 최기후가 입원한 건 오늘 야간에 있었던 몇몇만 아는 사실이라고 했다. 비상문을 통해 앰뷸런스도 타지 않고 경호원 한 명과 들어왔다는 이야기뿐이었다.

"그렇군."

그녀는 웃으며 지호를 보았다.

"고마워요. 피곤할 텐데."

그는 웃어 보이고는 기후가 실려 들어오는 것을 보았다. 어느 정도 마취가 깬 것으로 보였다.

"최기후 씨, 제 목소리 들립니까?"

기후는 그를 흘긋 보았다. 이미 정신은 들어 있는 것처럼 보였다.

그는 기후를 침대로 옮기는 다른 간호사를 도와 침대 정리를 하고는 그의 눈에 빛을 비추어 보았다.

"의식은 돌아왔습니다. 다른 분들은 이제 가서 쉬십시오. 제가 돌보겠습니다."

간호사는 아쉬운 듯하다가 미소를 지었다.

"감사합니다, 김 선생님."

남자 간호사들은 침대를 마저 정리하고 나섰다. 지호는 기후의 링거와 바이탈 기계들을 정리하고는 그녀를 보았다.

"오늘은 내가 있을 테니 들어가 쉬어."

"네. 오빠랑 잠시 이야기할게요."

"그럼 삼십 분만 있어 줄 수 있어? 아직 식전이라."

"어머, 죄송해요."

그녀는 상냥하게 이야기하고는 그에게 다녀오라고 이야기했다. 그녀는 기후를 노려보았다.

"고개만 끄덕여. 말하기 힘들 테니."

기후는 그녀를 볼 뿐 아무 말도 하지 않았다.

"총 쏜 거, 아린이지."

그는 아무 말도 안 했다.

"기사화시킬까? 아님 윤슬을 데리고 다른 데로 가 버릴까?"

그의 눈이 사납게 변했다.

"아린이지?"

끄덕.

"여자관계 정리하려 한 거니?"

그는 다시 고개를 끄덕였다. 린은 한참 동안 앞을 보았다.

"위험하다고 가까이 두지 말라고 했는데 말 안 듣더니. 정말 고소 안 할 거야?"

그는 다시 고개를 끄덕였다.

"미친."

그녀는 기가 찰 뿐이었다. 그러다 그가 뭔가를 찾는 것을 보았다.

"윤슬이라면 안 와. 무척 화가 났으니까. 슬이 그렇게 화난 것 나도 처음이야."

그는 눈을 감았다.

린은 조용히 일어나 창가로 갔다. 지호가 오늘 중으로, 아니 오빠가 입원해 있는 동안은 집으로 돌아갈 일이 없을 것이다. 그녀는 전화를 들어 회사로 가서 지호의 사이즈에 맞는 옷으로 가져다줄 것을 부탁했다. 그가 집으로 돌아갈 구실은 남겨두지 않을 생각이니까.

린은 앞에 앉은 아린을 보았다. 차가운 얼굴이 여전했다. 유학 시절 만난 이아린은 보이는 것처럼 만만한 상대는 아니었다. 아버지가 일본의 야쿠자 조직의 오야봉이었고 그 딸도 아버지 못지않게 잔인한 여자였다.

"여전하네, 아린."

"할 말 해."

"왜 쏜 거니? 너 오빠 사랑하잖아."

아린은 표독한 표정으로 그녀를 쏘아보았다.

"그 괴물이 사랑이 뭔 줄 알기나 하니? 너도 알지 않아?"

"알아. 너는 오빠가 섹스 파트너로 가까이하는 여자 중 하나라는 것. 여태 다른 여자와 오빠 잘 공유하더니."

아린은 입술을 악물었다.

"간섭하면 끝이니까."

"그럼 왜 쏜 거야?"

"그 여자들 버리고 오기만 기다렸어. 그런데 날 버리더라."

린은 한심하다는 표정을 지었다.

"오빠가 감정이 없는 괴물인 것 알면서 사귄 거 아니야? 사냥 간 첫날 오빠에게 달려든 건 너야. 오빠가 아무것도 약속 못 한다고 이야기했는데도 안겨든 건 너라고. 이제 와 뭘 탓해?"

아린은 아무 말도 하지 않았다.

"오빠 그런 남자라고 내가 가까이하지 말라고 이야기했지. 우리 오빠 상처 내지 말라고, 너도 상처받지 말라고. 그런데 우리 오빠를 총으로 쏴서 어쩌자는 거야? 정말 죽일 셈이었어?"

아린은 주먹을 부르르 떨었다.

"죽여 버리고 싶었어. 그런데 죽이려던 건 기후가 아니었어. 기후가 끼어든 거야. 알겠어!"

린은 아무 말도 하지 않았다. 그러고는 자리에서 천천히 일어났다.

"다행인 줄 알아. 기후가 아닌 처음 계획한 사람이 총을 맞왔다면 내가 널 죽여 버렸을 거니까. 그만 가 봐. 두 번 다시 우리 곁에 나타나지 말고."

아린은 자리에서 차갑게 일어났다.

"아, 그리고 널 괴롭힌 남자 하나 벌써 반병신 만들어 버렸어. 그건 나에게 고마워해."

린은 그 말에 고개를 번쩍 들었다. 아린은 사진을 한 장 던져 주었다.

"날 괴롭힌 남자라니? 누구?"

아린은 코웃음을 치더니 사진 속의 남자 하나를 손가락질했다.

"김범태라는 더러운 자식. 변호인단 꾸려 뒀지? 그 망할 자식 날 고소했어. 네가 알아서 날 빼내. 널 위해 목숨만 붙어 눈 거니까."

그녀는 떨리는 손으로 사진을 보았다. 이 얼굴을 어떻게 잊을까. 그녀가 자신을 이렇게 만든 남자들을 추격해서 얻어 낸 사진인데. 그중 김범태라는 녀석은 그녀를 범하려고 시도했던 녀석이었다. 그날의 끈적하게 다리 사이에 와 닿던 그 더러운 감촉을 그녀는 지옥처럼 기억하고 있었다.

"난 너에게 이런 사진 보여 준 적 없어."

그녀는 천천히 팔을 쓸었다.

"기후가 가지고 있었어. 네가 당한 고통 그대로 느끼게 만들어 줬어. 영원히 남자구실 못하게, 영원히 고통 속에 살아가게 만들었으니까 보상해."

린은 그 사진을 한참 보았다.

"알았어. 그 점은 고마워."

"천만해. 기후 때문에 벌인 일이야. 너 때문이 아니라."

아린은 그렇게 말하고 그대로 집을 빠져나가 버렸다. 린은 한참을 있다가 윤슬의 방으로 갔다.

"기후가 아린에게 부탁한 것 너도 알았지."

"몰랐어. 알았다면 막았어."

"이러려고 아린이 가까이한 거니, 기후는?"

윤슬은 아무 말도 하지 않고 돌아누워 있었다.

"내 부탁 좀 들어줘. 지호 씨 옷 좀 가져다줘. 기후 병실에 있어."

윤슬은 몸을 천천히 일으켰다.

"부탁이야, 명령이야."

"명령. 부탁이면 안 갈 거잖아."

윤슬은 아무 말 없이 자리에서 일어났다.

※

긴박한 수술 후로 계속 응급에 걸려 있던 지호는 일주일이 지나고야 겨우 자신의 진료실로 돌아와 한숨 돌릴 수 있었다.

"아이고, 선배님. 그 사건 들으셨습니까?"

"무슨 사건? 요즘 일에 치여서 신문은커녕 뉴스도 본 적이 없다."

"하긴 바쁘셨죠? 이것 좀 보십시오."

그는 신문을 보며 인상을 썼다.

"무서운 세상 아닙니까? 그런데 우리 오너 일가 변호인단이 구명하네요? 참."

창현은 고개를 저으며 이야기했다.

"이 남자가 여자에게 추근거린 게 문제였구만. 여자 별장까지 따라가서 성추행하려다가 당한 건데 남자가 고소라니. 하여튼 그냥 경찰에 처음부터 넘겨야 했었는데 말이야."

"그 남자도 잘못이죠. 별장까지 따라가서 강간 미수라니. 아니, 그래도 총질이라니요, 총질. 아무리 정당방위라 해도 대한민국에서 총질은 좀 아니지 않습니까? 총은 어디에서 나서······. 게다가 목숨은 붙어 있기는 하지만 어휴, 남자로서 생명은 완전 아작났더만요. 어떻게 거길 쏠 수가 있지?"

창현은 몸을 부르르 떨었다.

"하여튼 무서워요."

지호도 그 기사를 보며 인상을 썼다. 총상이라는 게 걸리는 걸까? 그 기사에 난 충격적인 소식보다 총상이라는 것에 더욱 마음이 쓰였다. 기사에 난 총상과 최기후 이사의 총상. 묘하게 시기가 겹치는 느낌이 드는 것은 그저 그의 기우일까. 왜인지 지호는 그 사건을 그냥 지나치기 힘들다는 생각이 들었다.

그러고 보니 기후가 입원한 뒤로 린을 자주 보지 못한 것이 떠올랐다. 지난주 새벽 나절 지호의 옷을 들고 윤슬이 찾아와 린이 직접 오고 싶어 했지만 일이 생겨 못 왔다며 미안하다고 전해 달라고 했었다. 그 후 종종 윤슬이 들러 옷을 전해 주고 기후의 상태를 물어보고 가곤 했다. 그는 자신이 입고 있는 옷을 손으로 쓸어 보고는 한숨을 쉬었다.

"아아아."

"왜."

"사실대로 말하십시오."

"뭐가."

"그 아름다운 미의 여신 최린 님과 어디까지 진도 나간 겁니까."

창현의 말에 지호는 귀까지 빨갛게 달아올랐다.

"뭐라는 거냐."

"아아, 수술 날 둘이 안고 있었다고 소문 파다합니다."

"아니야. 울고 있어서 달래 준 것뿐이지."

지호는 볼멘소리로 그렇게 말하고는 자리를 옮겨 버렸다. 괜히 가슴이 두근거렸다. 린에 대한 선입견이 점점 사라지면서 그저 린을 한 명의 여자로 인식하고 있는 자신을 발견하고 보니 뭐라 말할 수 없는 기분이 들었다.

"아, 김 선생님."

그는 놀라 고개를 들었다.

"안녕하십니까, 회장님."

바쁜 와중에도 역시 동생이 걱정된 건지 최지후가 직접 병원을 찾았다. 지후의 뒤에는 린이 함께 서 있었다. 린은 그를 향해 웃어 보였고 그 모습을 많은 병원 관계자들이 바라보고 있었다.

"수술 건에 대해 들을 말이 있어서 왔는데, 과장이 병실에서 같이 만나자고 하더군. 만난 김에 같이 올라가지. 일을 처리하느라 좀 늦었는데 기후 상태가 좋아진 건지 궁금하군."

"예. 알겠습니다. 이쪽으로 가시죠."

지호는 린을 흘긋 보았다. 크림색 원피스를 입은 그녀는 남자들이 말하는 여신처럼 아름다웠다. 저런 여자가 자신의 품 안에서 눈물을 떨구며 기댔다는 것이 믿어지지 않았다.

"내 동생이 신세를 졌다고 하더군. 저녁에 시간이 비는데 같이 식사나 하지."

"네? 예. 그렇게 하겠습니다."

지호는 미소를 보이는 린을 보며 같이 웃어 주었다.

기후는 이미 일어나 앉아 있었고 그의 곁에는 경호원 하나가 인상을 구기고 앉아 있었다.

"윤슬은."

첫마디가 윤슬을 찾는 말에 지호는 눈을 가늘게 떴다.

"안 와. 오빠 보고 싶지 않대."

기후는 아무 말도 안 했다.

지후는 엄하게 기후를 야단치고는 두 명의 의사들에게 감사의 뜻을 전했다. 그리고 오늘 저녁에 식사를 대접하고 싶다며 둘 다 초대했다.

"최린 부장, 그쪽도 시간 비워요."

"네. 그렇게 하겠습니다, 회장님."

그녀는 깍듯하게 말하고는 뭔가를 생각하고 있었다.

식사는 좋았지만 조금은 불편한 자리였다. 과장은 그저 흉부외과의 발전을 약속받기에 급급했고 회장은 능구렁이처럼 대답을 요리조리 피하고 있었다.

지호는 이런 사업가적인 마인드가 필요한 자리는 정말이지 자신에게 맞지 않는다는 것을 다시 한 번 느끼며 한숨을 쉬었다.

"참, 우리 린, 김지호 선생이 보기에는 어떤가."

"네?"

지호는 되물어보며 린을 보았다. 린이 살짝 얼굴을 붉히는 모습에 그는 심장이 두근거리기 시작했다. 왜 저렇게 예쁘게 구는지 그는 얼른 시선을 돌렸다.

"난 두 사람이 참 잘 어울려 보이는데. 안 그래요, 윤 과장?"

"예? 예. 그렇지요! 둘이 정말 잘 어울립니다."

지호는 놀라서 회장을 보았다.

"두 사람 정식으로 교제해 보는 건 어떨까. 물론 강압은 아니야. 린이 싫다면 난 그럴 마음이 없으니까."

지호는 난감한 표정으로 회장을 보았다. 린이 좋다고 말을 할 리가 없었다.

"오빠, 그건 남자가 마음에 들어야죠. 여자가 어떻게 말을 해요."

최지후는 껄껄 웃었다.

"이럴 때만 남자 여자지. 안 그래?"

린의 말에 지호는 머뭇거리며 그녀를 보았다.

"오늘 당장 답변 안 해도 돼. 한번 생각해 보도록."

그는 지후의 말에 겨우 고개를 숙여 보였다.

"사귀는 사람 있어요?"

둘만 따로 남게 되자 린이 먼저 물어보았다.

"아니. 아니야."

"그런데 왜 그렇게 난감해해요. 제가 마음에 안 들어요?"

그 말에 지호는 어찌할 바를 몰랐다. 오늘따라 더 예쁘게 꾸미고 나타나서 그런 말을 하니 뭐라 말을 할 수가 없었다. 분명 나쁜 점도 많은데 이 아름다움에 그 말도 사라지고 말았다.

"아니."

그녀는 웃으며 지호의 팔을 살짝 잡았다.

"사람이 만지는 것 싫어하는 거 아니었어?"

지호가 손을 보며 물어보자 그녀가 움찔하고는 고개를 끄덕였다.

"네. 싫어해요. 자꾸만 추근대는 사람들이 많았으니까. 어릴 때부터 주위에 그런 사람들이 너무 많았어요. 납치당할 뻔도 하고, 추행당할 뻔도 하고. 그러다 보니 남자가 다가오는 게 무서웠나 봐요."

그녀의 말에 미안함을 느낀 지호가 그녀의 손에 자신의 손을 부드럽게 포개었다.

"싫으면 다가가지 않아."

린은 그의 부드러운 말에 반쯤은 그가 넘어왔다는 것을 알게 되었다.

"사귀는 사람 서로 없으니 한번 만나 보는 것도 좋겠죠. 그럼 제가 먼저 줄 섰습니다, 김 선생님."

귀엽게 웃으며 말하는 그녀를 보며 지호는 자신도 모르게 웃어 줬다.

그는 그녀와 나란히 길을 걸으면서 그녀의 뒤를 따라 경호원들이 차를 몰고 오는 것도 모르고 있었다. 린은 양심 한편으로는 이런 계략을 꾸미고 의도적으로 그를 붙잡으려는 행동이 걸리면서도, 다른 한편으로는 민아의 마수로부터 그를 구하는 것이라는 생각으로 정당성을 부여하고 있었다.

아마 지호는 영원히 모르게 될 것이다. 민아가 떠나고 나면 그를 놔주면 그만이니까.

"그런데 최기후 이사님은 어쩌다 그렇게 된 거지? 정말 경찰에 신고 안 해도 되는 거야?"

린은 눈을 내리떴다.

"오빠 사생활이라 말을 할 수 없어요. 오빠가 말하지 않는 한은."

그는 고개를 끄덕였다. 간밤에 기후를 보느라 몇 번 자리를 움직였는데 아프다는 말도 그 어떠한 말도 들을 수가 없었다.

"그런데 늘 보이던 윤슬 씨가 보이지 않군."

"윤슬에게 관심 가지지 말아요. 정말 큰일 나요."

린의 말에 그는 이상하다는 듯이 고개를 갸웃했다.

"정말이에요. 그 이상은 슬이가 싫어하니까 말하지 않을게요."

그는 코에 주름을 잡았다.

"정말 비밀이 많군. 하여튼 지금은 병원으로 돌아가야 하니까."

"차에 타요. 모셔다 드릴게요."

그녀는 상냥하게 말하며 지호의 손을 잡아끌었다.

민아는 그가 중요한 수술로 오지 못한다는 연락을 듣고 집에서 짜증을 내고 있었다. 그가 오길 기다리며 음식도 만들었는데 오지 못한다는 말을 듣고는 그대로 쓰레기통에 버렸었다.

집에 오지 못하는 수술이라면 할 말은 없지만, 이렇게 차

일피일 미루다가 그에게 여자라도 생기면 어쩌나 불안해졌던 것이다.

그녀는 한동안 자신의 뺨을 톡톡 치고는 그가 갈아입을 옷가지를 챙겼다. 찾아가서 그녀의 존재에 대해 알릴 필요는 있어 보였다. 어느 간호사라도 그에게 눈독을 들일 수 없게 손을 써야 할 것 같았다.

민아는 그의 옷가지를 챙기고 야식을 싸서 가벼운 마음으로 병원으로 향했다. 하지만 지호는 자리에 없었다. 그녀는 지호와 가까운 간호사를 보며 억지 미소를 지었다.

"야근하신다고 알고 있는데 자리에 안 계신가요?"

간호사는 미소를 지어 보였다.

"오늘 회장님이 식사 초대하셔서 외출했습니다. 오시려면 시간 좀 걸릴 겁니다."

"네."

민아는 우물거리며 그곳을 빠져나왔다. 회장 집안과 관계된 사람의 수술이었던가 보다. 아버지도 예전에 수술을 잘 마치고 나면 종종 회장님과 식사를 하곤 했었다.

그녀는 인사를 하고는 터덜거리며 밖으로 향했다. 기다렸다가 얼굴을 보고 물건을 전해 줘야 할 것 같아서 조심스럽게 정문 쪽의 기둥 뒤에 자리를 잡고 앉아 있었다.

얼마나 시간이 지났을까. 고급스러워 보이는 차가 들어오더니 검은 옷의 경호원이 내려 문을 열어 주는 모습이 보였다. 그리고 그 차 안에서 늘씬하고 키가 큰 여자 한 명과 지호가 나왔다.

"고마워. 데려다줘서."

"별말씀을요. 저도 들렀다 가야 해요."

그와 그 여자는 다정하게 팔짱을 끼고 병원 안으로 들어갔다. 민아는 얼어붙은 채로 그 둘을 봤다. 옆으로 비친 그 여자의 얼굴은 그녀가 꿈에도 잊어 본 적이 없는 얼굴이었다.

"최린."

그녀는 눈을 부릅뜨며 린과 지호가 같이 엘리베이터를 타는 모습을 보았다. 어떻게 둘이 온 건지 모를 일이었지만, 설마 회장 집에서 아무것도 없는 고아 출신 지호를 사위로 맞이할 일은 없을 것이다.

그녀는 이를 갈며 눈을 감았다. 최린이 가고 난 뒤 지호를 만나야 한다는 생각만 머릿속에 가득했다.

린이 기후에게 가고 나자 지호는 자신의 방으로 들어갔다.

"아, 김 선생님. 아까 지난번 입원했던 아가씨가 선생님 찾아왔었어요."

"네? 정말요? 언제요?"

"한 사십 분 정도?"

지호는 한달음에 밖으로 향했다. 집에 전화를 안 받는 것으로 보아 근처에서 기다리는 것이 분명했다.

"민아야?"

그는 정문 앞에 우두커니 앉은 민아를 보고는 이름을 불렀다.

"오빠."

"어떻게 된 거야. 왔으면 왔다고 하지."

그는 웃으며 이야기하다가, 어쩌면 민아가 린과 그가 함께 있는 것을 봤을 거라는 생각을 하게 되었다.

"그냥 오빠 들어가길래 바쁜 것 같아서."

"아는 척해도 되는데."

민아는 아무 말 없이 그에게 뭔가를 내밀었다.

"집에 일주일이나 들르지 않아서 오빠 옷 좀 챙겨 왔어."

그는 머쓱하게 그것을 받아 들었다.

"아, 고마워."

민아는 멀끔하게 옷을 입은 그를 보며 이미 그가 옷을 갈아입은 후라는 것을 알게 되었다.

"내가 괜히 오지랖이 넓었나 봐."

"아니야."

그는 웃으며 이야기했다. 민아는 그의 얼굴을 한참 보다가 고개를 떨구었다.

"오빠 회장 집안과 많이 친한가 봐."

지호는 민아의 말에 아무 말도 하지 않았다. 민아는 초조한 듯 손가락을 비틀더니 그를 올려다보았다.

"그 사람들 너무 믿지 마. 진심이 없는 사람들이야. 오빠가 너무 몰라서 그래. 우리 아빠도 그 집안에 당했어."

그는 민아의 말에 미안한 기분이 들었다.

"민아야."

"진짜야. 그 사람들, 특히 최린 조심해, 오빠. 예쁜 얼굴로 사람 유혹하고 지 오빠 이용해 버리는 여자야. 그 여자는 자기 오빠만 사랑해. 알겠어? 속지 마."

그는 민아의 말에 인상을 찡그렸다.

"민아야, 왜 그렇게 생각하지?"

민아는 입술을 깨물었다.

"나중에 말할게. 나 지금은 집에 갈게. 미안해, 오빠."

지호는 민아가 뛰어가는 것을 보며 잡지 않았다. 민아와 린 사이의 일을 알지 못하는 그로서는 어느 누구의 편도 들어줄 수가 없었기 때문이었다.

지호는 린 때문에 흔들리면서도 민아의 모습을 보고 나니 미안한 기분이 들었다. 민아가 린을 오해하는 것이 분명했다. 부산에서의 린의 모습을 봤다면 민아도 생각이 바뀌었을 것이다.

그는 한숨을 푹푹 내쉬었다.

"아이고, 선배님."

"왜."

창현이 실실 웃으며 그에게 다가왔다.
"소문이 그냥 쫙쫙 퍼졌지 뭡니까."
"소문?"
그는 대수롭지 않게 이야기하며 창현을 보았다.
"무슨 소문."
"아, 글쎄. 회장님 외동 따님과 묘한 기류가 흐른다나?"
창현의 말에 지호는 인상을 찡그렸다.
"소문에 너무 민감하게 굴지 마. 그냥 저녁 식사에 같이 초대된 것뿐이야. 그런 소문나면 회장님도 싫어하실 거야."
그는 아무렇지 않게 이야기했지만 사실은 그 말에 엄청 신경이 쓰이고 있었다. 린과는 그저 만나 보기로 한 사이라고 둘러댈 수 있을까? 그는 한숨을 내쉬었다. 어제도 하루 종일 린만 생각했다. 아무리 민아와의 일에 대해 린이 나쁜 짓을 했다고 말을 하려 해도 그녀의 달콤한 언행에 모두 잊을 판국이었다.
"저기, 선배."
"응?"
"전화 들어옵니다."
그는 놀라서 전화를 받았다.
"응. 오늘? 아, 일정은 없어. 오늘내일은 오프고."
그는 괜히 후배보고 나가라고 손짓을 했다. 연애 처음 하는 것도 아닌데 별의별 사소한 것이 이다지도 신경 쓰일 수가 없었다.

린은 전화를 끊고는 미소를 지었다.
"전대 회장님이 기뻐하시겠군요."
그녀는 김 비서를 흘긋 보았다.
"왜 감시를 다 오셨어요?"
"기후 도련님 일도 있고, 린 아가씨도 살피라고 하셔서입니다. 그나저나 윤슬이 휴가를 내다니 별일이군요."
린도 고개를 숙였다.
"너무 힘들어해서요. 잠시 휴가 준 거예요."
"회장님은 알고 계십니까?"
"그냥 놔둬 주시겠어요?"
"아무 일도 꾸미지 말라고 말씀 전하라고 하셨습니다. 그냥 두면 알아서 정리하신다구요."
순간 린은 움찔했다. 이미 아버지가 알고 계신 것일까?
"글쎄요. 무슨 말인지."
김 비서는 미소를 보였다.
"나서지 마시라고 하시더군요. 일을 꾸미는 건 전대 회장님으로 족하다고 그냥 가만히 있으시라는 전갈입니다."
그녀는 더 이상 아무 말도 하지 않았다. 아마도 아버지는 이미 민아가 서울에 돌아와 있다는 것을 알고 계신 것이다. 그녀는 주먹을 부르르 떨었다.

"아, 그리고 부산 건도 걱정하지 마십시오. 이미 싹을 잘라 버렸습니다."

그녀는 고개를 끄덕였다. 김 비서는 웃는 얼굴로 자리에서 일어났다.

"그럼 전대 회장님께는 좋은 소식만 전하겠습니다. 가 보겠습니다."

"네, 김 비서님."

그녀는 이를 바닥바닥 갈았다. 도대체 얼마나 알고 어디까지 손을 써 둔 걸까. 지호와 그녀의 사이에 끼어든다면 그녀의 생각대로 그냥 만나는 정도로 끝내지 못할지도 몰랐다. 그녀는 주먹을 움켜쥐고는 부들부들 떨었다. 내일은 병원 근처로는 그를 데리고 가지 않을 작정이었다.

그녀는 시계를 본 후 공들여 치장하고는 밖으로 향했다.

"오늘은 경호하지 않아도 돼요."

"하지만."

"멀리서."

"네."

린은 직접 차를 몰고 나섰다. 지호를 데리러 가기 전에 오빠의 얼굴도 봐 둬야 했기에 그녀는 조금 빨리 움직였다.

"정말 예쁘지 않습니까? 오늘은 검은색으로 바지 정장인데 아주 섹시합니다."

지호는 후배의 말에 이마를 때려 주었다.

"너 그만해라."

린이 과장과 이야기를 하다 그를 보며 웃어 보였다. 후배는 눈을 커다랗게 뜨고 그를 찔렀다.

"저렇게 웃기도 하는 줄 누가 알았을까요. 와, 진짜 눈이 호강입니다."

지호는 후배를 째려보고는 그녀를 보았다. 정말 예쁘게도 꾸미고 나타났다. 그녀 주위의 여자들은 모두 빛이 바래 보일 정도로. 그런 린을 보니 좀 그녀를 가려 주고 싶은 기분도 들었다. 과장도 후배도 다른 동료 의사들도 모두 그녀만 바라보고 있었다. 그들의 머릿속에 어떤 생각들이 오갈지 눈에 보이듯 하니 지호는 더욱 화가 치밀었다.

"오늘 진료 끝나셨죠?"

"음."

린은 웃으며 창현을 보았다.

"이 사람 빌려 갈게요."

"네? 아, 예. 그러십시오."

그녀는 웃으며 지호의 손을 잡았다.

"가요. 배고파요."

지호는 흠흠, 기침을 하고는 그녀의 손을 마주 잡고 자신의 룸으로 걸어 들어갔다.

문이 닫히자 린이 지호의 허리를 가만히 안았다. 놀라기는 오히려 그가 더 놀란 것 같았다.

"린?"

"그냥요. 좀 피곤해서."

그녀는 나른하게 이야기하고는 그의 등에 얼굴을 기댔다. 싫지 않은 느낌이었다. 그의 소독약 냄새가 밴 체취가 그녀의 몸에 하나하나 배어드는 기분이었다.

"음."

"곤란해요?"

"아니."

지호는 몸을 돌려 그녀를 안아 주었다. 뭔가 딱딱하게 굳어 있는 듯한 느낌이더니 그녀의 얼굴을 봤다.

"여긴 직장인데."

"그럼 안 돼요?"

웃으며 말하는 그녀의 얼굴을 한동안 보더니 그가 손을 내려 그녀의 뺨을 쓸었다. 그리고 조심스럽게 입술을 겹쳐 왔다. 린은 처음에는 바짝 긴장했지만 이내 그가 부드럽게 키스를 반복하자 긴장을 풀고 그에게 기댔다. 그의 입술이 부드럽게 움직이더니 그녀의 입술을 살짝 벌렸다. 린은 그가 입술 안으로 침범하기 시작하자 갑자기 온몸이 얼어붙는 것 같았다. 하지만 이내 자신을 타이르며 그에게 더 기댔다.

그때를 기억하면 안 된다고 다짐하며 그의 어깨를 꼭 붙잡았다. 순간 지호가 고개를 들었다.

"미안. 이런 키스 싫어하는 것 아는데."

그 말에 그녀가 지호의 뺨을 쓰다듬었다.

"아니요. 당신은 좋아요."

지호는 아무 말 없이 그녀를 풀어 주고는 가운을 벗고 상의를 들었다. 그녀는 그가 나가려 하자 손을 들어 그의 입술을 쓸었다.

"립스틱."

지호는 그녀의 손가락 끝에 키스를 남기더니 웃어 보였다.

"나가지."

식사를 하는 내내 재미있었다. 그는 다정한 사람이라 이야기하면 편한 부분이 많았다. 그의 부모님에 대한 이야기는 일부러 피하고 있었고, 그도 될 수 있는 한 가족에 대한 이야기는 하지 않았다.

지호도 린도 그저 서로의 이야기만 할 뿐이었다.

"그런데 궁금한 게 하나 있어."

린은 괜히 민감해지는 걸 누르며 그의 다음 말을 기다렸다.

"내가 인턴 때 린이 입원한 적이 있어."

린은 입이 바짝 마르는 듯했지만 웃어 보였다.

"그랬던가요? 그해는 워낙 여러 가지 일이 있어서."

그는 얼버무리는 그녀를 예리하게 지켜봤다.

"그해 안 좋은 일이 많았나 보군."

린은 대화를 거부하고 있었다. 계속 얼버무리기 일쑤였다. 그는 더 이상 말을 꺼내지 않기로 했다. 그는 그녀의 모든 것을 예의 주시 중이었다.

"조금 더 먹어. 너무 마른 여자 매력 없어."

그녀는 그의 말에 피식 웃었다.

"알았어요."

여느 연인들과 다를 바는 없었다. 그가 하는 행동도 그녀가 하는 행동도. 하지만 속을 따지고 들어가면 참 이상한 커플이었다.

린은 술잔을 기울이는 그를 보며 눈을 내리떴다. 그는 그녀가 무슨 속셈으로 자신에게 이렇게 호의적인지 모를 거다.

"왜 입원한 건지 말해 줄 수 없어?"

그녀는 그의 말에 거짓 미소를 지어 보였다.

"오빠 차 사고가 나서요. 제가 그 차를 타고 있었거든요."

지호는 그녀의 사고 기록을 모두 알고 있었다. 같은 해 사건임에는 사실이지만 그가 알고 싶었던 사건은 아니었다.

"그래. 차 사고였군."

그녀는 그가 자신이 말하려 하지 않는다는 것을 알고 말을 돌리는 것을 알 수 있었지만, 억지로 바로잡아 주려고는 하지 않았다.

"외국에 유학은 왜 간 거지? 성적도 좋았다고 하던데."

그녀는 가만히 술잔을 보다가 고개를 들어 그를 봤다.

"주위 시선 때문에 견딜 수가 없어서요."

간단한 대답이지만 그것만큼 그 당시를 이해시킬 수 있는 대답도 없었을 것이다.

린은 술잔을 빙글 돌리더니 한숨을 쉬었다.

"여러 가지로 너무 힘들었거든요."

지호는 그녀를 가만히 보다가 술을 마셨다.

"그런데 어떻게 의사가 될 생각을 하신 거예요?"

그는 피식 웃었다.

"사실 수의과가 목표였어."

그녀는 의외라는 듯이 그를 보았다.

"동물원에 취직하고 싶었거든."

"동물원요?"

그는 추억에 젖은 듯이 앞을 한참 보았다.

"보육원에서 자라면서 동물원을 가 보지 못했어. 학교에 가면 아이들은 어린이날이다 무슨 날이다 하면 동물원과 놀이공원 다녀온 이야기를 하는데, 난 학교 소풍 때에도 거긴 가 보질 못했거든."

그의 말에 뭔가 기분이 묘해졌다.

"TV로만 봤지. 그땐 아, 수의사가 되면 돈도 안 내고 동물원을 마음껏 들어갈 수 있겠구나 생각한 거야. 그래서 꼭 수의사가 되고 싶었지."

"그래도 대단한걸요. 수의사가 취직이 그런 쪽으로 된다는 것도 알았다니."

그는 웃어 보이며 턱을 괴고는 그녀를 보았다.

"그러다 은사를 만난 거야. 그분에게 반해 의사가 되겠다고 마음먹었지. 열심히 공부를 했고 좌절할 수 있는 나에게 사비를 대어 주며 공부를 시켜 주신 분이지. 난 잘할 수 있을 거라고 정말 물심양면으로 도와주셨어."

가만히 그의 이야기를 듣는 동안 그가 말하는 은사가 누구일지 짐작이 갔다. 그녀는 술을 마저 마셨다.

"은사님이 좋아하시겠군요. 이렇게 성공한 당신을 보면."

그는 고개를 숙였다.

"모르겠어."

그녀는 손을 뻗어 그의 머리카락을 넘겨 주었다.

"분명 자랑스러워하실 거예요."

그녀는 그렇게 말하고는 눈을 반짝였다.

"내일 오프죠?"

"음."

"그럼 그 시간 나에게 줄 수 있어요?"

지호는 무슨 말을 하는 건지 몰라 그녀를 한참 보았다.

아침부터 뭔가 소란스러웠다.

"아, 선배님. 어서 일어나셔야죠. 집 놔두고 무슨 고생이십니까. 꼭 여기서 주무셔야 합니까?"

지호는 자신을 졸라 대는 창현을 보았다. 어제 그녀와 데이트 후에 바로 기후를 보러 달려왔었던 것이다. 오늘은 오프 날인데 왜 이렇게 깨워 대는지 알 수 없었다.

"어서 준비하고 가세요. 지금 밖에 회장님 댁 경호원들이 기다리고 있습니다. 어서요!"

그는 깜짝 놀랐다. 혹시 회장의 몸에 무슨 이상이 생긴 건 아닌가 하는 생각에 더 빨리 옷을 갈아입고 준비를 해서 밖으로 후다닥 튀어나갔다.

"어서 타십시오."

"네. 무슨 일입니까? 회장님께 무슨 일이라도……."

경호원은 미소를 보였다.

"아닙니다. 저희는 부장님의 분부로 선생님을 모시러 온 겁니다."

그 말에 지호는 영문을 몰라 하며 까치집같이 일어난 머리를 손으로 긁어 내렸다.

그리고 잠시 후. 그는 자신이 도착한 곳을 못 믿을 시선으로 보며 주위를 보았다. 반대쪽 차 문이 열리더니 린이 내리는 모습이 보였다. 그는 차에서 내려 그녀를 보았다.

"무슨 일이야? 여기는 어떻게……."

린이 지호의 손을 끌며 앞장섰다.

"왜 여기를……?"

그는 이상하다는 듯이 그녀를 보았다.

"지호 씨가 좋아하는 동물원."

"……."

"저도 안 와 봤어요. 아버지는 항상 바쁘고 어머니는 늘 밖으로 도셨고 지후 오빠는 어려웠으니까. 기후와 난 이런 곳에 올 수도 없었죠. 와도 경호원들이 싸고돌아 구경도 할 수 없었고요."

그녀가 입장권을 건네었다.

"지호 씨가 있으니까 경호원 없이 이런 곳도 올 수 있는 거죠."

그는 이상한 기분이 들었다.

동물원쯤이야 입만 열면 아버지가 백번이라도 데려다줬을 것 같은 린이 한 번도 와 본 적이 없다니. 지호가 조심스럽게 입을 열었다.

"아버지가 동물원을 싫어하신 거야?"

그녀는 웃어 보였다.

"말했잖아요. 두 분 다 항상 바쁘셨다고. 아버지는 어머니와 다녀온 줄 알았지만 실상은……."

그녀가 말을 더 이상 하지 않는 것을 보며 어머니가 왜 바쁜 건지 대충은 이해가 갔다. 아마도 다른 젊은 남자들과 바람을 피우는 핑곗거리로 자식을 이용한 것 같았다. 그는 어색한 분위기를 풀어 보려 웃어 보였다.

"와! 이런 동물원 오면 뭐부터 해야 하는 거야?"

그녀는 어린아이 같은 미소를 보였다.
"사자를 봐야죠!"
"사자?"
그녀는 고개를 끄덕이고는 그의 손을 끌었다.
"사파리 투어버스 탈 거예요. 어서 가요, 우리."
지호는 그녀가 우리라고 하며 그의 손을 잡아끄는 그 모습이 마치, 영화 속 한 장면을 사진 찍듯 뇌리에 강렬한 그림으로 자리 잡는 것을 느꼈다.

사파리 투어 차에 타고 얼마 후, 사자가 어슬렁거리며 걸어가다 사파리 카에 달려들자 그녀가 그에게 딱 달라붙어 사자를 보며 비명을 질러 댔다. 즐거운 듯한 그 비명 소리에 그도 모르게 웃으며 그녀를 보듬어 안아 주었다. 서로가 깔깔거리고 설명을 들으며 진지하게 이야기를 나누었다. 거기 차에 탄 사람 중 아이가 없는 유일한 커플이었지만 그녀와 그는 그런 건 상관없이 즐거운 시간을 보냈다.
"아쉬워라."
린이 한숨처럼 이야기하더니 지호를 흘긋 보았다.
"안 그래요?"
"음, 안 그래."
호응해 주지 않는 그의 대답에 린은 입술을 삐죽 내밀었다.
"두 번 타면 사자한테 심장마비 당할 것 같아."
지호의 말에 그녀가 웃음을 터트렸다. 진짜 즐거운 듯 웃는 소리에 지나가던 사람들이 그녀를 돌아보며 같이 미소를 지어 주었다.

이렇게 사랑스럽고 맑게 웃는 린을 본 적이 있었던가. 지호는 그런 그녀가 신기해 한참을 보았다.

지호가 오랫동안 쳐다보자 린이 어색한 듯 한마디 했다.

"이상해요?"

그는 고개를 저었다.

"아니. 예뻐서."

그녀의 얼굴이 확 붉어졌다. 지호는 그녀를 기다리라 하고는 뭘 좀 사 오겠다고 멀어졌다.

린은 그의 말에 가슴이 두근거려 한참 동안 숨을 참았다가 몰아쉬었다. 과호흡 증상은 아닌데 왠지 숨이 차는 듯한 기분이 들었던 것이다. 그녀는 얼굴을 손으로 부채질하며 그 자리에 가만히 앉아 있었다.

지호와 린, 두 사람은 동물원을 돌면서 여기저기 구경을 하고 놀이동산에 들러 고속으로 지나가는 롤러코스터를 보았다.

"저건 어때?"

그녀는 도리질을 했다.

"못 타요. 무서워요."

그는 미소를 보이더니 개구쟁이 같은 표정으로 그녀의 손을 끌었다.

"재미있을 거야. 가 보자."

그녀는 지호에게서 손을 빼려고 고개를 저으며 반항하다가 그에게 끌려 탑승을 했다. 하지만 그의 예상과 반대로 너무 즐거워서 또 타고 싶어진 건 린이었고 지호는 얼굴이 하얗게 질려 다시는 안 타고 싶다고 했다.

린은 키득거리며 그를 보았다.

"어머나? 아까의 멋진 남자는 어디로 가셨을까?"

그는 그녀를 보더니 피식 웃었다.

"아! 이럴 때 멋있어 보여야 하는데 안 되겠어. 너무 돌았더니 어지러워."

린이 그의 옆에 앉아 등을 부드럽게 쓸어 주었다.

"속 많이 불편해요?"

사실 속은 불편하지 않았다. 그녀가 등을 쓰다듬는 손길에 다른 곳이 불편해지기 시작했다. 지호는 얼른 웃으며 몸을 돌려 그녀의 손을 잡았다.

"괜찮아. 고마워."

린은 그에게 손을 잡히자 괜히 얼굴을 붉히더니 얼른 빼고는 다른 놀이기구를 가리켰다. 지호는 속이 좋지 못했지만 그녀가 아이처럼 웃는 모습에 그녀의 손에 끌려 다른 놀이기구에 탑승하고 있었다. 생각보다 스스럼없는 그녀의 행동에 놀라면서 그는 뭔가 그녀가 가질 수 없다 생각했던 공통된 부분이 있다는 것을 알게 되었다.

"우리만 나이 많은 것 같아."

그녀가 중얼거리는 소리에 그는 그녀를 보았다. 그녀는 코에 주름을 잡으며 그를 보았다.

"왠지 이상해."

그녀는 그를 올려다봤다. 지호는 그녀의 손을 꽉 쥐고 그녀를 내려다보더니 미소를 지었다.

"우리 둘 다 나이가 들어서야 겨우 이런 곳을 와 보다니. 둘 다 이상해."

그녀는 그를 한참 보았다.

"그렇죠?"

"그래도 같이 와 줘서 고마워. 아주 오랜 시간 기억에 남을 것 같아."

린은 그의 손을 꽉 쥐고는 흔들어 보였다. 사실 그가 그렇게 말하지 않아도 그녀 역시 아주 오랜 시간을 기억할 것 같았다. 그저 오늘 그가 오프라는 말에 집에 들어가지 못하게 하려고 꾸민 일인데, 그가 이렇게 마음을 열고 자신을 봐 주니 미안한 기분과 함께 그의 마음을 이대로 사로잡고 싶었다.

나쁜 의도로 데이트하자고 한 건데 이렇게 즐거워해도 되는 건지, 그녀는 불안한 기분이 들었다.

"오늘 저녁은 내가 사고 싶은데."

"네. 고마워요."

그는 미소를 지어 보이더니 그녀의 손을 깍지 껴 잡고는 풍선을 들고 걸었다. 린은 그의 그런 모습을 한참 동안 봤다. 처음으로 편안하다는 생각이 들었다. 매일 일과 다른 것에 정신이 팔려 살았는데 이렇게 햇빛을 쐬고 경호원도 없이, 오빠가 아닌 남자와 길을 걸어갈 수 있다는 것도 신기했다.

"먹고 싶은 거 있어?"

"그냥 알아서 데려가 주세요. 고르는 것도 힘들어요."

지호는 웃으며 그녀를 끌고 다른 곳으로 이동했다. 그녀는 병원 앞에 도달해서야 그가 말한 것이 뭔지 알게 되었다.

"포장마차."

그는 피식 웃었다.

"응. 포장마차 와 본 적 없지?"

그녀는 미소를 지으며 그를 보았다.

"아니요. 저 포장마차 완전 좋아해요. 단지 자주 못 올 뿐이죠."

린이 웃으며 이야기하더니 그와 함께 테이블에 앉았다. 완벽한 화장으로 한껏 치장을 한 여자가 허름한 포장마차에 앉아 있는데 그게 얼마나 부자연스러운지 다른 사람들이 계속 그녀를 흘끔거렸다.

"의외인데? 누구와 와 본 거야?"

"남자는 아니에요."

"응?"

그녀는 미소를 보였다.

"서연 언니요."

그는 예상외의 말에 눈을 크게 떴다.

"언니 덕에 오빠가 정말 자주 포장마차에 혼자 앉아 있었죠."

"왜?"

그녀는 피식 웃었다.

"집안 이야기이니 다는 말 못 하고요. 잠시 둘이 헤어진 적이 있었는데, 오빠가 서연 언니 따라다닐 때 포장마차에 같이 간 적이 있었나 봐요. 그 후 헤어지고 서연 언니와 함께 간 포장마차에 가만히 앉아 있는 게 오빠의 주된 시간 때우기였어요. 많이 그리워했으니까."

아니, 그 피도 안 통할 것 같은 최 회장에게 그런 면이 있을 줄 누가 알았을까.

"전혀 예상 밖이군."

"후후, 확 깨죠? 그런데 아니었어요. 오빠 그런 모습이 난 너무 좋았으니까."

그녀는 부럽다는 듯이 이야기했다. 지호는 린을 한참 바라보았다. 파란색 싸구려 플라스틱 의자에 앉아 여기저기 얼룩진 비닐이 깔린 테이블 위에 턱을 괴고 앉은 린의 모습은 부조화라 더욱 인상적이었다.

그런 사소한 것이 부러운 이 여자의 속도 궁금하고, 그에게 왜 호감을 보이는지도 의심스러웠었다. 그런데 그녀의 이런 평범한 모습이 그의 머릿속에 남으며, 그녀가 지호를 택한 이유가 아마도 이런 평범함이 아닌가 하는 생각이 들었다.

"린은 자주 못 오나 보지?"

그녀는 웃어 보였다.

"기후가 질색을 해요. 혼자서 생각하기에 포장마차는 이별한 연인들의 장소라고 여기는 거죠. 이별이 운명이라나요? 그래서 포장마차 정말 싫어하거든요."

그는 그 이상한 말에 웃음을 터트렸다.

"다 큰 남자 입에서 나온 말치고는 좀 그렇군."

그녀도 그의 말에 웃어 보였다.

"그렇죠. 그런데 생각보다 우리 오빠 미신을 좀 좋아해요."

그녀는 기후를 험담하고는 가락국수가 나오자 나무젓가락을 꺼내 들었다. 그녀의 그런 소탈해 보이는 모습에 지호는 다시 한 번 마음에 따스한 감정이 고이는 기분이 들었다.

민아는 오프 날에 집에 들르지 않은 지호를 원망하며 밖을 보았다. 오늘 분명 오프라고 들었는데 아직도 그놈의 환자 시중을 얼마나 들어야 하는 건지. 회장 직계라는 말만 들었으니 알 수가 없었다.

그녀는 옷을 입고는 병원으로 향했다. 오프라고 하는데 고생하고 있을 지호를 위해 한 번은 찾아가 봐야 할 것 같았다.

병원에 도착해 보니 이미 어둑한 시간이었다. 그녀는 병원에 한참을 머무르다 간호사들이 하는 이야기를 들었다.

"어머, 진짜? 그럼 어떻게 되는 거야? 이사님 퇴원하시는 거야? 아이, 어떻게 해. 그 잘생긴 얼굴 이제 못 보는 거야?"

"쉿. 아직 결정 나지는 않았대. 오늘 부장님 오면 이야기한다나 봐. 그나저나 정말 어쩜 그렇게 잘생겼을까."

"위험해 보여서 더 그런가?"

간호사들은 큭큭거리며 음담패설을 하고 있었다. 그녀는 그 이사라는 사람이 아마 지호의 환자라는 생각이 들었다.

그녀는 의자에 앉아 간호사들의 이야기를 경청하다가 자신의 앞에 누군가 와서 서 있다는 것을 알지 못했다.

"간호사분들, 오너 일가에 대한 음담패설은 삼가 주십시오."

순간 들린 냉정한 목소리에 민아의 등골이 오싹해졌다. 잊지 못할 목소리였다. 간호사들은 주춤대며 일어났다.

"어머, 이 팀장님. 죄송해요."

하지만 그녀의 눈은 민아를 향하고 있었다. 차가운 그 눈. 원망이 가득한 그 눈을 보며 민아는 몸이 얼어붙는 것 같았다.

"넌……."

"네가 나타날 곳이 아니지, 여기는. 안 그래, 박민아?"

민아는 엉거주춤하며 자리에서 일어났다. 그녀가 돌아서자 검은 옷을 입은 남자 둘이 그녀의 팔을 잡았다.

"끌어내세요."

"네, 팀장님."

민아는 놔달라고 말했지만 그들은 억세게 그녀를 잡아 밖으로 끌고 나갔다. 민아는 문밖에 나와서야 그 남자들이 풀어 줘서 뒤돌아볼 수 있었다.

"네까짓 게 뭐라고 날 이런 취급하는 거야, 이윤슬? 그래, 부잣집에 붙어먹어 사니까 눈에 뵈는 게 없지?"

윤슬은 차갑게 민아를 보고 있었다. 민아는 바락바락 소리를 지르며 윤슬을 모욕했다.

"시끄러워."

짧게 내뱉는 윤슬의 목소리가 너무도 차가워 민아는 일순 주춤했다.

"그런 짓을 하고도 이 병원에 드나드는 넌 이 정도로 봐주는 걸 다행으로 여겨. 아니면 아직도 미련이 남은 거야?"

"뭐?"

윤슬은 한 발 앞으로 다가와 그 큰 키를 숙여 그녀의 귓가에 속삭였다.

"최기후."

민아는 얼굴을 붉혔다.

"현수 선배는 그저 핑곗거리였지. 네가 그 저질스런 짓을 했던 이유는 현수 선배가 린을 좋아해서가 아니었어. 기후에게 네 속마음을 들키고 차인 것에 대한 앙갚음이었지."

"닥쳐!"

윤슬은 자신을 향해 손을 날리는 민아의 팔을 가볍게 움켜쥐고는 차갑게 입을 열었다.

"또 기후 상처 입히려 나쁜 짓을 시도하고, 린을 상처 입히기 위해 모략을 짠다면 이번에는 나도 가만두지 않아."

민아는 입술을 악물었다.

"왜 자꾸만 날 모함하는 건데. 아니야! 아니라고!"

윤슬은 더욱 거칠게 민아의 팔을 잡아당겼다.

"모함을 하다니? 아니지. 그건 네 전공이잖아? 네가 모함해서 죽인 정란이가 그 말을 들으면 얼마나 억울하겠어? 그때 기후를 막지 말았어야 했어. 그랬다면 최소한 정란이는 살아 있었겠지."

민아는 부들부들 떨었다. 어떻게 윤슬이 그런 것까지 알고 있는지 모르지만, 지금 누군가 지호에게 사실을 말하면 안 될 거라는 정도는 알 수 있었다.

"꺼져. 두 번 다시 내 눈에 띄지 마."

민아는 후들거리는 다리로 겨우 도망칠 수 있었다. 윤슬은 민아를 바라보지도 않고 앞만 보고 있었다. 얼굴을 마주하고 이야기하는데 정말 때리고 싶은 것을 참느라고 이토록 힘이 든 건 처음 있는 일이었다.

지호는 병원으로 들어서다 어둠 속에서 다투는 두 사람을 보았다. 한쪽은 분명 민아였고 다른 한쪽은 검은 정장의 남자로 보였다. 그는 린이 잠시 다른 경호원과 이야기하는 사이 근처로 다가갔다.

차가운 목소리로 두 사람이 주고받는 말 중에 알아들을 수 있는 것이 거의 없었다.

민아가 떠는 모습이 보였다. 그리고 나직한 꺼지, 라는 말투에 민아가 눈물을 떨구며 도망치는 것을 보며 그는 앞으로 나서려 했다. 하지만 달빛에 드러나는 윤슬의 얼굴을 보고는 그 자리에서 멈추었다.

너무나 차가운 분노가 가득 담긴 얼굴. 지호는 의아했다. 민아와 윤슬이 왜 서로 얼굴을 붉힌 건지 알 수가 없었다.

"지호 씨."

약간은 조심스러운 목소리에 그는 뒤에서 자신을 부르는 린을 돌아보았다.

"누가 있어요?"

그는 그녀의 웃음이 거짓임을 알 수 있었다. 긴장한 것이 얼굴에 역력하게 드러나는 모습에 그는 고개를 돌렸다.

"윤슬 씨가 이야기 중이었군."

그는 민아의 이름은 뺀 채 이야기했다. 그녀는 어색하게 웃어 보였다.

"아무래도 병원이니까 아는 사람 한둘은 보겠죠. 그렇죠?"

웃으며 고개를 끄덕였지만 어딘지 어색한 린의 얼굴에서 뭔가 수상함을 느껴야 했다.

그녀와 이야기 후에 고개를 돌려 보니 이미 윤슬은 사라진 후였다. 나중에 윤슬을 만난다면 민아에 대해 물어봐야 할 것 같았다.

"오프인데 바로 병원에 와서 어떻게 해요?"

그는 차마 민아가 자신의 집에 있다는 말을 할 수가 없어 웃어 보였다.

"워낙에 병원에서 있은 지 오래라 집보다 편해. 너무 걱정하지 마."

그녀는 웃으며 자신은 오빠의 병실로 가겠다고 이야기했다.

"그럼 내일 뵐게요."

"그렇게 해. 참, 최 이사 좀 설득해. 아직 이 주일도 안 되는데 퇴원하겠다고 고집 중이야. 상처는 아물어야 하니까 안 된다고 말 좀 해."

"알았어요. 그럼."

린은 웃으며 말하고는 먼저 병원으로 들어갔다. 지호는 민아가 사라진 쪽을 바라보며 한숨을 쉬었다. 그리고 돌아서자 어느새 병원 안에서 자신을 보고 있는 윤슬을 볼 수 있었다. 그녀는 얼마 전보다 말라 보이는 얼굴로 그를 보더니 가볍게 묵례를 하고 린의 뒤를 따라 사라져 버렸다.

윤슬에게 물어보고 싶은 말은 많았지만 린과 거의 떨어져 있는 일도 없고, 떨어졌다 해도 연락처도 모르는 관계로 아무

것도 알아낼 수 없었다.
 내일 시간이 날 때 민아와 이야기를 나눠 봐야 할 것 같았다.
그는 조용히 한숨을 쉬고는 병원 안으로 들어갔다.

제6장

악의 꽃

 윤슬의 이야기를 듣고 병실로 올라가며 린은 눈을 가늘게 떴다. 지호는 별다른 생각이 없는 것처럼 보였다. 그저 오갈 곳 없는 민아가 불쌍해 집을 빌려 주는 정도가 아닐까 하는 생각마저 들었다.

 지호가 아까 분명 민아를 본 것은 확실했다. 하지만 왜인지 그녀에게 민아에 대한 이야기를 하지 않았다.

 그녀는 눈을 내리뜨고 자신의 손을 보았다.

 그가 모든 것을 아는 건 아닐 것이다. 하지만 민아가 연관되었다는 것을 알게 되었을지도 몰랐다.

 여태 그는 민아가 동창이라는 것을 알았을 뿐 다른 이야기는 없었다. 민아가 학교를 그만둔 사건과 그녀가 병원에 입원한 사건을 연결해서 기억하지 못할지도 몰랐다. 아니, 그 당시 그가 여기 레지던트였다면 민아와 그녀가 동시에 입원했다는 것을 알지도 몰랐다. 그가 두 사람 사이의 일을 어디까지 알고 있는지 알 수가 없었다. 그저 연결시키지 못하길 바랄 뿐이었다.

윤슬의 말처럼 먼저 이야기를 해야 한다고는 생각지 않았다. 입이 찢어진다 해도 그런 식의 추행을 당한 걸 다른 이에게 쉽게 말할 수는 없었다.

그녀는 병실 문을 열고 들어서며 잠이 든 기후를 보았다.

정말 윤슬의 보고처럼 민아 그 앙큼한 것이 기후를 따랐다는 게 사실일까? 예상외의 말이었다. 그렇게 그들 집안을 싫다고 공공연히 말한 것도 기후의 환심을 사기 위한 방법이었다니. 왜 기후는 말하지 않았을까. 왜 모두 자신의 탓이라 여긴 걸까?

그녀는 기후의 얼굴을 빤히 보았다.

"바보 멍청아. 너 때문이 아니야. 어떻게 모든 게 너 때문이야. 왜 날 보호해야 하는 건데. 너도 그렇게 다치면서. 이 바보야."

그녀는 조용히 이야기하며 기후의 손등을 때렸다. 기후가 순간 눈을 천천히 뜨고는 린을 봤다.

"너 오빠라고 경칭 안 썼어."

그녀는 기가 차서 기후를 봤다.

"이제 연기도 하니?"

그는 한 팔을 들어 그녀에게 와서 안기라는 듯한 포즈를 취했다.

"다친 사람에겐 안기지 않아."

"난 안고 싶은데."

그녀는 한숨을 쉬고는 기후의 품에 안겼다. 기후는 그녀의 어깨를 토닥여 주었다.

"넌 내 동생이야. 그러니까 그러는 거야."

린은 아무 말도 하지 않았다. 이런 바보스러운 사람이 자신의 오빠였다. 그녀는 기후의 뺨에 키스해 주었다.

"사랑해, 오빠."

"응. 그러니까 부탁은 들어줘야지."

그녀는 눈살을 찌푸리며 그의 품에서 벗어났다.

"뭐?"

기후는 그녀의 머리카락을 쓸어 넘겨 주더니 미소를 보였다.

"부탁, 들어 달라고."

린은 아마도 자신의 예상대로일 거라 생각하면서도 티를 내지 않고 기후를 봤다.

"그래서."

"퇴원."

그녀는 고개를 저었다. 아니나 다를까, 아까 지호가 한 말을 반복하고 있는 것이다.

"불가능해. 아직 이 주일도 안 됐으니 얌전하게 있어."

"집에서 쉬어도 되니까."

린은 고개를 숙이고 한참을 있다가 한숨을 쉬며 기후를 봤다. 이 성격에 도망을 치고도 남을 것이다.

지호는 오빠의 성격을 모르니 그녀에게 설득해 달라고 했지만 기후가 그런 말을 들을 사람도 아니고, 기후를 컨트롤할 수 있는 유일한 한 사람은 기후 보기 싫다고 피하는 중이었다.

"좋아. 그럼 내일 지호 씨 만나서 이야기해 볼게. 우리 집으로 와. 오빠 혼자 있으면 무리야. 그러다 또 다른 여자가 와서 오빠 덮치면 오빠는 그걸 그대로 받아 줄 거고, 또 수술 부위 터질 테니까."

기후는 아무 말도 하지 않았다.

"그럼 내가 내일 말해 볼게."

"무슨 꿍꿍이야."

"그러는 오빠는 무슨 꿍꿍이기에 아린에게 그 사진 보인 거야. 아린 부추겨 살인이라도 하게 하려 했어?"

"……."

"이제 두려운 것 따윈 없어. 그러니까 오빠도 그만해."

그녀는 그렇게 말하고는 뒤돌아섰다.

"퇴원할 수 있게 조치해 볼게. 기다려."

그녀는 그렇게 말하고는 밖으로 나갔다.

두렵지 않냐고 물어보는 듯한 그 눈을 마주 본다면 두렵다고 말을 할지도 몰랐다.

두려웠다. 무섭고 싫었다. 그녀는 아린처럼 잔인하지 못하고, 그저 비아냥거릴 뿐이었다. 그 남자아이들의 이름과 주소 모두 알면서도 그들이 자신에게 다가오지 못하도록 그저 감시했을 뿐 그들에게 보복하려는 생각은 해 본 적도 없었던 것이다.

하지만 기후는 달랐다. 린을 괴롭힌 모두가 똑같은 고통을 당해야 한다고 여기는 것이 분명했다.

두 괴물을 붙여 준 것이 실수였을지도 몰랐다. 하지만 그들이 행동으로 옮기고 그녀도 알게 되었다. 이렇게 그녀가 움츠러든 이유는 그녀 자신에게 있다는 것을. 이겨 보려 하지 않고 그대로 덮어 두려 한 자신의 잘못이었던 것이다. 민아를 피할 게 아니라 밟아 버렸어야 했다.

그랬다면 공포에 떨 사람은 그녀가 아니라 민아였을 것이다.

이제부터는 오빠의 손을 빌리지 않을 것이고 정운의 뒤로 숨지도 않을 것이다. 그들이 자신을 악의 꽃이나 미친년이라 부른다면 그녀도 그들에게 똑같이 해 주면 그만이었다.

린은 고개를 들고 앞을 똑바로 봤다. 지긋지긋한 자신의 과호흡증도 이제는 고쳐 볼 마음이었다. 악몽에 떠는 밤들도 지워 볼 것이다.

 지호가 향한 곳은 자신의 오피스텔이었다. 우선 민아와 이야기를 해야 할 부분도 있었고 민아를 설득해 박성찬에게 보낼 생각이었다.
 그가 문을 열자 민아가 그를 보고는 너무나 반갑게 달려왔다.
 "오빠 왔구나. 오늘 오프라고 해서 오빠 많이 기다렸어."
 민아의 환한 얼굴을 보니 그는 미안한 기분이 들었다.
 "음. 병원에 일도 있고 만나지 못한 사람들도 만나야 하니까."
 민아는 그를 슬쩍 눈치 봤다. 그의 캐주얼한 차림으로 보아 어딜 놀러 다녀온 사람 같았다.
 "혹시 데이트?"
 그는 민아의 말에 얼굴을 약간 찡그렸다.
 "그 비슷한 것."
 민아는 그의 손을 잡아끌었다.
 "여기 서서 이야기하지 말고 들어가자, 오빠."
 민아는 그를 끌고 소파에 앉았다.
 "민아야, 오늘."
 "응?"
 민아는 밝게 이야기했다.

"오늘 병원에 왔었지."

민아의 얼굴이 일순 어두워졌다.

"아니. 안 갔는데."

그는 민아의 거짓말에 미소를 보였다.

"나에게 거짓말하지 않아도 된다니까. 널 치료하기 위한 방법이야."

민아는 그가 자신의 심리치료 운운했던 것을 기억하고는 눈을 내리떠 표정을 숨겼다.

"내가 왜 거짓을 말해. 안 갔어."

그는 민아의 거부반응에 그녀를 가만히 보았다. 하얗게 움켜쥔 두 손만 부자연스럽지 민아는 아무렇지 않게 거짓을 말하고 있었다.

"그래? 내가 잘못 봤나 보다. 그런데 민아야, 너 윤슬이라고 아니?"

민아는 눈에 띄게 몸이 움츠러들었다.

"글쎄. 잘 기억이 안 나는데? 같은 반이 아니었나 보다."

민아가 얼버무리는 말에 그는 한숨을 쉬었다.

"같은 반이 아니라는 건 기억하는 걸 보니 고등학교 때 친구인 건 기억하는구나."

민아는 일순 자신이 말실수했다는 것을 알고는 입을 다물어 버렸다.

"민아야."

민아는 입술을 잘근거리더니 손을 들었다.

"알아. 펜싱 하던 아이야."

그는 펜싱이라는 말에 고개를 갸웃했다.

"펜싱?"

민아는 될 수 있으면 말을 하지 않으려는 것 같았다.

"그냥 펜싱 하던 아이로 아는 거야, 아니면 다른 일이 있는 거야."

민아는 화를 내며 자리에서 일어났다.

"무슨 말이 하고 싶은 거야. 내가 친하지도 않은 여자애 이야기를 왜 하는데."

그는 더 이상 말을 하지 않고는 자리에서 일어났다.

"네 아버지가 널 걱정하고 계실 거야."

"난 아직 안 돌아가."

그는 민아의 고집스러운 얼굴을 보았다.

"민아야, 널 걱정하는 사람들이 기다리는 곳이야."

민아는 그를 올려다보았다.

"오빠 최린 때문에 그러는 거야? 왜, 린이 날 쫓아내라고 그래?"

그는 눈을 가늘게 떴다. 왜 린이 그런 말을 했을 거라 여기는지 궁금해 그냥 오해하게 두었다.

"린이 원하는 건 뭐든 되지."

그녀는 중얼거리듯 이야기했다.

"민아야, 린은 그런 말 한 적 없어."

"뭐?"

그는 한숨을 쉬었다.

"그녀는 네가 여기 있는지도 몰라. 왜 린에 대해 그렇게 반감을 가지고 있는지 모르지만, 린도 너도 이제는 성인이잖아."

민아의 눈에 눈물이 넘실거렸다. 그 여우같은 계집애가 이제는 그녀가 원하는 지호까지 훔친 게 분명했다.

"린의 화려한 외모에 속지 마. 내가 전에도 말했잖아. 린은 정말 나쁜 년이라고. 오빠가 린을 원한다고 해도 그년이 오빠를 정말 원할 것 같아? 아니야. 린이 사랑하는 건 자기 오빠뿐이야."

그 말에 지호는 인상을 찡그렸다.

"남매야."

"그래. 남매지. 린과 기후는 남매야. 그런데 둘이 사랑한단 말이야. 모르겠어? 린이 기후 일이면 사색이 되는 것. 그리고 기후도 린이라면 사색이 되는 것."

그는 민아가 떠들어 대는 말에 아무 대꾸도 하지 못하고 그녀를 보았다.

"내가 이 꼴이 된 모든 원흉이 그 린이라는 계집애야. 오빠, 속지 마."

민아는 지호의 손을 잡고는 그의 목을 안았다.

"정말 린에게 속지 마. 그 애의 아름다운 얼굴에 오빠는 속고 있는 거야. 진짜 오빠를 소중하게 생각하는 사람을 모르는 거라고."

지호는 민아가 자신에게 기대어 펑펑 울자 그녀의 등을 토닥거려 주었다.

뭔가 뒤틀린 생각을 가지고 있는 민아를 이대로 둔다면 무슨 짓을 할지 걱정이 앞서, 그는 그저 아무 말 없이 민아를 다독여 주기만 했다.

민아가 이렇게 망가진 것이 린의 잘못 때문일 수도 있다. 하지만 린도 그때는 어렸고 지금은 그날의 일로 많은 부분 뉘우치는 것처럼 보였다.

과거는 민아와 린 두 사람이 풀어야 하는 부분일지도 모른다. 하지만 둘 다 상처가 너무 커서 마주하고 싶어 하지를 않고 있는 것 같았다.

지호는 린도 민아도 가여운 생각이 들었다. 민아가 린을 다시 만나 이야기를 해 본다면 린이 얼마나 변했는지 알 수 있을 텐데. 그런 아쉬움과 함께, 그렇게 아끼던 은사의 딸인 민아보다 린이 먼저 가슴에 들어온다는 것이 지호는 당황스러웠다.

지호는 린이 자신을 찾는다는 말에 얼른 자신의 방으로 들어섰다.

"미안. 기다렸어?"

"네. 어디 다녀오셨나 봐요?"

그녀는 웃으며 말하고는 그의 앞에 섰다. 그의 구겨진 옷과 젖은 듯 보이는 셔츠 위를 보고 그녀가 얼른 시선을 돌렸다. 그는 가운을 입으며 돌아섰다.

"오빠가 퇴원하고 싶어 해서요. 제가 오빠를 설득하는 데 실패했어요."

그는 고개를 저었다.

"그건 좀 무리일 것 같은데. 입원한 지 겨우 육 일 정도인데. 수술하고 체력을 회복하는 것도 그렇고."

지호가 안 된다고 돌려 말하자 린은 한숨을 푹 쉬었다.

"집으로 가고 싶어요. 여기에 오래 머물면 기사가 날지도 모르니까요. 지호 씨가 수고스럽지만 체크하러 와 주세요. 상주 간호사는 준비시킬게요."

그녀의 말에 지호는 한숨을 쉬고는 차트를 훑어보았다.

"흥분하거나 소리 지르면 안 되는데. 아직 뼈에 금이 가 있는 상태고 총알을 뽑아 낸 곳은 합금으로 붙여 고정시킨 거라."

"조심시킬게요. 오빠 성격상 소리 지르는 사람도 아니니까요."

그는 몇 가지 주의를 더 주고는 약을 조제하는 동안 기다리라고 말했다.

그녀는 그의 옆에 앉아 조용히 차를 마셨다.

"오빠가 걱정이 많이 되나 보군."

그녀는 쓰게 웃었다.

"내가 사랑하는 몇 안 되는 사람이니까요."

그는 일순 민아가 했던 말이 귀에 들리는 것 같아 움찔했다. 린은 오빠만 사랑한다는.

파티장에서 다른 사람들이 수근거릴 정도로 붙어 있던 둘의 모습과 병원에 검사 때문에 입원했을 당시 껴안고 있던 모습 등이 주마등처럼 지나갔다.

"아아."

그는 단발성 말만 하고는 더 이상 아무 말도 하지 않았다. 민아가 심어 둔 말 한마디가 그의 가슴속에 의심의 싹을 터트려 버린 것이었다.

기후가 퇴원하고 자연스럽게 지호가 집에 찾게 되자 둘의 사이는 금방 좋아졌다.

"너 무슨 꿍꿍이야. 정말 아버지 말대로 결혼이라도 할 셈이야?"

린은 기후를 흘긋 보았다.

"진지하게 만나 보는 중이야. 아버지가 바라시는 게 뭔지 모르니까."

기후는 가만히 린의 얼굴을 보았다.

"다른 뜻이 있는 건 아니고?"

린은 미소만 짓고는 일어나 그에게 다가갔다.

"오빠 이틀 후면 우리 집에서도 나간다. 그치."

"그래."

그녀는 문으로 걸어갔다.

"슬이 휴가는 삼 일 후에 끝나. 얼굴 못 보겠다."

그는 아무 말도 하지 않았다.

"김지호, 괜찮은 거야?"

린은 입을 꾹 다물었다가 겨우 입을 열었다.

"무섭지는 않아. 좋은 사람이야."

기후는 눈썹을 휘며 나가는 린의 뒷모습을 보았다. 형도 자신도 아닌 남자에게 저렇게 말하는 것은 처음이었다. 그가 모르는 뭔가가 린의 마음속에서 변화를 일으키고 있는 것이 분명했다.

그는 지호가 다시 방으로 들어서는 것을 보았다.

"아직 실밥은 풀 수 없습니다. 하지만 운동은 조금씩 하셔도 좋을 것 같습니다."

그는 고개를 끄덕이고는 지호의 얼굴을 면밀히 관찰했다. 남자가 보기에도 지호는 말쑥하게 생긴 타입이었다. 전형적인 우등생 타입. 약간 고리타분해 보일 수 있지만 그렇다고 답답해 보이는 것은 아니었다. 깔끔하고 정돈된 느낌의 남자. 여태 린이 보던 남자들과 다르기는 했다.

"이런 타입인가?"

나직한 목소리에 지호는 인상을 찡그렸다.

"내 동생 울리지 마."

지호는 그 말에 놀라서 기후를 보았다. 처음으로 하는 이야기에 놀라면서도 첫 대화가 이런 말이라는 것에 좀 실망스럽기도 했다.

"장난이거나 야심으로 만나는 거라면 치워."

위협적인 목소리에 지호는 미소를 지었다. 뭐라 말을 할 수 없는 그저 정말 만나는 사이라는 것이 문제일 뿐이었다.

기후는 옷을 바로 하고는 그를 보았다.

"내 말 명심해. 난 아버지도 형도 아니니까."

그는 고개만 끄덕여 주고는 거실에서 기다리는 린을 찾아 나섰다.

"오빠가 좀 위협적이죠?"

그녀가 부드럽게 물어봤다.

"좀. 그래도 처음이군. 자신의 이야기를 하기는."

"많이 친해졌나 보군요."

그녀가 웃으며 이야기하더니 그에게 다가가 넥타이를 바로 해 주었다.

"흐트러졌어요."

그녀의 부드럽게 그려진 곡선을 보다가 지호는 자신도 모르게 고개를 숙였다. 그저 단순한 키스였을 뿐이었지만 린은 피하지 않았다. 몇 번 이런 식의 키스에 익숙해진 건지 린도 더 이상 긴장이 되거나 하지 않았다.

그는 부드럽게 미소 지어 보였다.

"오빠 보면 난리 날걸요?"

그녀가 장난스럽게 이야기하자 지호는 이마를 찡그렸다. 그저 사이좋은 남매인데 한번 곡해하고 보니 모든 게 이상하게 보이는 듯했다.

지호는 자신의 이마를 손바닥으로 눌렀다.

"오늘은 몇 시까지 돌아가야 해요? 식사 전이지 않아요?"

그는 웃어 보였다.

"식전이기는 하지."

"그럼 식사하고 가세요."

그녀는 웃으며 그의 손을 잡아끌었다. 그는 그녀에게 끌려 식당으로 들어섰다.

"뭐야. 식사도 같이 하나?"

삐딱한 말투였다. 뭔가에 화가 난 듯한 목소리. 지호는 그녀와 손을 잡고 있어서 그런가 하는 의심이 들었다.

"응. 내가 초대한 거니까 오빠는 아무 말도 하지 마."

기후는 그를 흘긋 보고는 더 이상 아무 말도 하지 않았다. 식사 동안 대화는 주로 그와 린이 주도하는 쪽이었고 기후는 그저 시큰둥하게 응, 아니, 만을 반복하고 있었다.

그 잘생긴 얼굴 밑에 혹시 기계가 숨은 것은 아닌가 싶을 정도로 표정도 감정도 없어 보였다.

"혹시 제가 식사 시간에 껴서 이사님이 불편하신 건 아닌지 모르겠군요."

지호가 슬쩍 운을 떼자 기후는 무표정하게 밥만 먹을 뿐 말이 없었다.

"오빠 지금 화나서 그래요."

저 얼굴 어디가 화가 난 건지, 린은 어떻게 아는지 궁금할 지경이었다. 기후는 다시 린을 흘긋 보더니 입을 열었다.

"네가 좋으면 괜찮아."

기후는 건조하게 이야기하더니 식사를 마치고 자리에서 일어났다.

"아버지가 그쪽 이야기해 달라고 하는데 뭐라 말할까."

그는 대뜸 물어보는 기후를 보았다.

"그건 내가 알아서 해, 오빠. 그만해."

그녀의 말에 기후는 다가와 린의 이마에 키스해 주고는 휙 나가 버렸다.

"심술을 저렇게 내요. 우리 오빠는."

린이 대수롭지 않게 이야기했지만 지호는 그 모습에 가시가 솟아나는 기분을 느껴야 했다.

민아는 지호의 침대에 앉아 앞을 노려보고 있었다. 또 최린 때문에 모든 것을 빼앗기게 생겼다.

아마 지호 오빠도 그 여우에게 홀린 것이 분명했다. 아니면 집안이 탐난 걸까?

그녀는 갑자기 비참함을 느꼈다. 아무리 어머니 출신이 어떻다 해도 최린은 정운글로벌 인터내셔널의 외동딸이었다.

한때 그녀 또한 그 꿈을 꿨었다. 아무리 유혹을 해도 그냥 멀뚱히 바라만 보던 최기후가 그 대상이었다.

여자들과 잘 어울리는 건 아니었지만 여자들은 그에게 매달렸었다. 학교에서도 그를 노리는 여자들은 많았었다. 본디 잘생긴 얼굴에 위험한 분위기 그리고 접근할 수 없는 묘한 기운이 그를 더욱 탐나게 만든 것인지도 몰랐다. 웃지 않는 그 얼굴이 모든 여자들을 설레게 했고 달아오르게 만들었다.

민아는 오래전부터 그를 알았기에 기후를 자신이 차지할 수 있을 거라 생각했다. 아무에게도 관심이 없던 그를 가지기 위해 오만 가지 짓을 다 하기도 했었다.

하지만 그를 향한 사랑이 미움으로 변하는 건 순식간의 일이었다. 언제나 기후의 마음속에는 린이 있었고 린을 지우지 못하는 이상 기후가 자신을 돌아봐 줄 일이 없다는 것도 알고 있었다.

기후를 포기하려 해도 그것이 쉽지 않았었다. 그 일을 꾸며 기후에게 들켜서 기후가 자신을 의자로 내려찍으려 할 때까지는 말이다.

민아는 고개를 저었다. 현수 선배가 그런 말만 안 했어도 린에게 그런 짓을 할 마음은 없었었다. 하지만 모두가 린이 나빠서라고 그녀는 치부했다.

민아는 린이 분명 자신이 이곳에 있다는 것을 알 거라 여겼다. 만약 그런 것을 안다면 지호가 그녀와 같은 집에서 하루만 보낸다 해도 린은 지호를 버릴 것이 분명했다.

민아는 커튼을 밀치고 무슨 핑계를 대야 지호를 집으로 불러들일 수 있을지 고민에 빠지기 시작했다.

■ X ■

요즘 들어 통 부르는 일이 없던 회장이 갑자기 몸에 이상이 있다고 불러들인 것은 린과 만나기 시작한 후 한 달 만이었다.

지호는 최만후 회장을 진료 중이었다.

"요즘 우리 린과 잘 지낸다지?"

순간 목구멍에 뭔가가 걸린 것 같았다. 최만후는 씩 웃어 보였다.

"우리 린은 참 속이 깊은 아이지. 안 그런가, 김 비서?"

"그렇습니다, 회장님."

지호는 긴장한 채 최만후 회장을 봤다. 회장은 입가에 미소를 드리우고 있었다.

"박성찬 선생과 인연이 깊다고 했는데, 요즘 잘 지내는가?"

지호는 긴장한 채 미소를 지었다.

"잘 계십니다."

"은사를 아주 위하는 청년이군."

최만후는 미소 지어 보였다.

"그런데 그 집 딸이랑은 사이가 어떤지 모르겠군."

그는 살짝 인상을 썼다.

"무슨 말씀인지 모르겠습니다."

최만후의 입가에 미소가 사라졌다.

"은혜를 모르는 그 여자아이를 말하는 거지."

그는 그 말에 입을 다물었다.

"그렇게 봐주었더니 병원에 숨어들었더군."

"숨어든 것이 아니라, 치료가 필요한 응급환자였습니다."

최만후 회장은 눈을 가늘게 떴다.

"아무리 응급이라도 우리 병원에 오는 것은 아니지."

최만후는 김 비서에게 고갯짓을 했다.

"김 비서, 아무래도 우리 병원 의사들을 위한 오피스텔의 개보축 공사를 당겨야겠군."

"네, 회장님. 이미 준비해 뒀습니다."

그는 그 말을 들으며 민아가 자신의 집에 있다는 것을 회장이 안다는 걸 알게 되었다.

"회장님."

"마음에 안 드는 건 치워 버리면 그만이지만, 여러 문제가 있다는 걸 알게 되면 그냥 둘 수가 없게 되지."

최만후의 목소리는 싸늘하고 몰인정했다. 그의 눈은 지호를 차갑게 노려보고 있었다.

"난 말이야. 내 딸을 아주 아끼고 있어. 내 딸의 말이라면 뭐든 해 주고 싶을 정도로 말이야. 하지만 그 아이는 내게 바라는 게 별로 없지. 난 내가 해 줄 수 있는 거라면 뭐든 해 줄 마음이야."

그는 이 말이 의미하는 바를 파악하기 위해 노력했다.

"병원 안에서의 입지도 생각해야지. 안 그런가?"

그는 순간 등골로 서늘한 것이 지나가는 느낌을 받았다. 뭘 말하고 싶어서 회장이 저러는지 짐작이 가기 시작했다.

김 비서는 흥분하지 마시라고, 젊은 사람이니 알아서 잘 대처할 거라는 이야기만 했다.

최만후는 흠흠, 기침을 하고 그를 보더니 린을 위해 줄 것을 당부했다.

지호는 뭔가 머릿속이 엉킨 기분이었다. 단순한 연애 놀음은 가당치 않은 것이다. 지금 최만후 회장은 그녀와 그의 관계를 명확하게 하라고 말하고 있었다.

린도 이런 사실을 알고 있었던 걸까? 이런 부담감을 가지고 그를 봐 온 것일까?

그는 머리를 저었다. 최만후 회장이 그를 사위로 생각할 리가 없었다. 그는 다른 이들처럼 사업으로 병원을 돌보지 않았다. 지금의 과장만 봐도 그런 사실은 명확하게 드러났다.

지금의 과장은 사업적 수완이 뛰어난 편이었다. 그는 수술도 등급을 두고 하는 사람이었다. 지호는 그런 과장을 보며 사업가가 운영하는 병원의 어쩔 수 없는 빛과 그림자라는 생각을 했었다.

그런 면에서 자신은 그냥 짜여져 온 스케줄대로 움직이면 되니 편안하다고 생각을 했었던 것이다. 그런데 그런 사업적 수완을 발휘해서 사위가 될 수 있는지를 보이라는 듯한 어투가 그를 당황하게 만들었다.

거기다 민아의 문제까지 들고 나오는 것으로 보아 민아에 대해 회장이 안 좋게 생각한다는 것도 당연하게 알게 되었다. 그저 아이들 싸움인데 회장은 정말 죽일 듯 굴고 있어 불안해졌다.

민아와 만나 이야기해서 이런 의문을 풀어 버릴 필요는 있었다. 그는 퇴근을 하면 오늘은 집에 꼭 들러 봐야겠다고 생각했다.

린이 회사 일을 마치고 집에 와 보니 윤슬은 앉아서 뭔가를 보고 있었다.

"무슨 일?"

"민아에 관한 것들이 더 도착해서 자료 분류 중이었습니다."

린은 윤슬이 분류한 사진들을 보았다.
"연도별로 스크랩 중인 거야?"
"네."
린은 그것을 하나하나 들춰 보다가 인상을 심하게 썼다.
"이런 보잘것없는 여자 하나가 내 인생을 이따위로 만들었다니 우스워."
"그리고 어머님 출소하셨습니다."
린의 어깨가 딱딱하게 굳었다.
"알 바 아니야."
그녀는 자리에서 일어나 매몰차게 자신의 방으로 들어가 버렸다.

민아가 무슨 짓을 하고 다녔는가에 대한 조사가 거의 막바지에 이르고 있었다.

방금 전에 아버지에게 불려가 결혼에 대한 이야기를 귀에 못이 박이도록 듣고 온 린은 힘겨운 숨을 토해 냈다. 아직 결혼까지는 생각도 하지 못한 일인데 아버지가 너무 앞서 나가서 제동을 좀 걸고 오는 길이었다.

아버지는 그런 그녀의 의견에 불편함을 토로했지만 그녀로서도 참을 만큼 참아 온 것이라 어쩔 수가 없었다.

아버지의 뻔한 의도를 알고도 지호를 가까이한 건 그저 민아 때문이라고 스스로에게 다시 말하며 그녀는 자신의 불안함을 숨겼다.

"민아에 관한 자료 보지 않으신다면 이만 물러가겠습니다."

그녀는 윤슬의 마른 얼굴을 보았다.

"더 살이 빠졌어. 왜 그런 거야? 휴가 기간 동안 누구랑 있었기에 이런 얼굴이 된 거야?"

윤슬은 아무 말도 하지 않았다. 린은 윤슬의 뺨에 손을 올리고 입술에 쪽 소리 나게 뽀뽀해 주었다.

"그런 얼굴 하지 마."

윤슬은 손을 들어 입술을 훔쳐 버렸다.

"그리고 상대 앞에서 입술도 훔치지 마. 기분 나빠지니까."

윤슬은 아무 말도 하지 않았다. 린은 그런 윤슬을 꼭 안아 주었다.

"다 괜찮아질 거야. 걱정하지 마. 이 자료 너무 신경 쓰지 마. 그냥 확인만 할 거니까."

"회장님이 결혼에 손을 쓰고 계십니다. 오늘도 김지호 선생님 댁으로 호출되었고요. 민아에 대한 이야기가 오간 듯합니다."

순간 린의 몸이 뻣뻣해졌다.

"아버지가 민아에 대해 이야기했다고?"

윤슬은 고개를 끄덕였다. 그녀는 옷을 갈아입으려던 걸 멈췄다.

"지호 씨 만나야겠다."

"모셔 드리겠습니다."

그녀는 윤슬을 제지하려다가 그만 멈추었다. 그러고는 초조하게 지호에게 전화를 했다.

민아는 집에 들러 보겠다는 지호의 말에 이때가 절호의 기회라고 생각했다.

그녀는 얼른 세수를 하고 화장을 연하게 한 뒤 눈물이 그렁거리는 표정을 만들었다.

그녀를 버리지 못하게 만들기 위해서라면 뭐라도 할 수 있었다. 민아는 저녁을 준비하고는 자리에 앉아 그가 오길 기다렸다. 들러만 준다면 하룻밤 잡아 두는 것은 식은 죽 먹기였다.

그녀가 밥을 다 하고 반찬을 만드는데 문이 열리는 소리가 나더니 지호가 들어왔다.

"어. 식전이었어?"

그의 말에 그녀는 웃으며 고개를 돌렸다.

"응. 오빠도 식전이지? 혼자 먹기 싫었는데 잘 된 것 같아. 이리 와서 오빠도 앉아."

그는 머뭇거리더니 안으로 들어서며 식탁에 앉았다.

"매일 식당 밥만 먹기는 힘들지 않아? 집에 들러서 같이 밥만 먹어도 좋을 텐데."

그는 민아의 상냥한 말에 억지 미소를 지었다.

"저기, 민아야."

"할 이야기는 밥 다 먹고 하자. 오빠가 집에 머물게 해 줬는데 난 아무것도 해 준 것도 없으니까 이렇게라도 해 주고 싶어."

그는 민아의 선한 웃음에 물어보려 하던 말을 입에 가두었다. 우선 민아의 정성을 봐서라도 식사는 마치고 이야기해야 할 것 같았다.

민아의 음식 솜씨는 그와 비슷한 수준이었다. 서툴게 한 요리를 보며 민아가 자신이 온다는 연락을 받고 무척 서둘러 만들었다는 것을 알게 되었다.

"이렇게까지 준비 안 해도 되는데 그랬어."

민아는 웃어 보였다.

"맛은 장담 못 해."

그는 장난스럽게 말하는 민아를 보며 웃어 주고는 식사를 했다.

민아는 그의 기분을 맞춰 주려 애쓰며 귀엽게 행동했다. 아무 소리 없이 썩 맛이 있지 않은 음식을 먹는 것을 보니 조금은 뜨끔하기는 했지만, 그래도 음식 하는 여자를 마다할 남자는 없을 거라는 생각이 들었다.

식사를 다 하고 나자 그녀는 설거지를 느릿하게 하고는 그가 기다리는 테이블로 갔다.

"하고 싶은 말이 뭐야?"

"예전에 최린하고 어떤 문제가 있었다는 것 나도 알아. 그

일 때문에 네가 학교를 그만둔 것도."

민아는 입술을 악물었다. 그 망할 계집애가 이야기를 한 걸까? 혹시 뭐라고 말을 해서 그가 이런 말을 하는지 알 수가 없었다.

"그때 무슨 사건이었는지 모르지만 이제 시간도 많이 지났고 너도 린도 나이가 들었으니 서로가 이야기해 보는 게 어떨까 싶은데."

민아는 그가 완전히 그 사건에 대해 모른다는 것을 간파하고 속으로 안도의 한숨을 쉬었다.

"오빠, 오빠가 뭘 생각하는지 모르지만 난 그 일을 잊을 수가 없어."

민아는 앙큼하게 울먹이며 이야기했다.

"단순한 오해였는데 린이 아버지에게 말해서 일방적으로 날 강제 퇴학시킨 거야. 난 그 탓에 인생이 꼬였어. 명망 높던 아버지는 그대로 병원에서도 쫓겨났고. 나도 엉망으로 망가져 버렸어. 그런데 내가 왜 린을 용서해야 하는데? 내가 일방적으로 당했는데. 이야기도 뭐도 할 필요가 없어. 린을 봐. 얼마나 호화찬란한지. 왜 린은 멀쩡한데 나만 이렇게 돼야 하는건데."

지호는 민아의 말에 입술을 꾹 다물었다.

"오해라니, 무슨 오해를 말하는 거지?"

"오빠 모르겠어? 린과 기후 사이? 남매면서 이상한 적이 한

두 번이야?"

그는 민아의 말에 자신도 모르게 흔들리는 기분을 느꼈다.

"그 둘의 소문이 난 거야. 난 그저 듣고 있던 죄뿐이었고. 린을 불러 그 이야기를 물어보는 기후의 애인을 불쌍하게 여긴 죄뿐이었다고."

그는 그 말에 고개를 저었다.

"두 사람은 사이가 좋은 것뿐이야. 그런 오해될 말은 하지 마."

민아는 일어나려는 그를 잡았다.

"오빠는 그 당시에 어떤 일이 일어났는지 몰라. 오빠가 날 정말 불쌍하게 여긴다면 내 이야기 들어 줄 수도 있지 않아? 린의 입장에서가 아닌 내 입장에서 한 번만 들어 봐 줘. 내가 왜 린을 미워하는지, 왜 용서할 수 없는지. 그리고 그날 그 사건에 누가 죽었는지."

그는 민아의 말에 주춤했다.

"죽다니?"

"기후 때문에 자살한 아이가 있어."

그는 아무 말도 할 수 없었다. 민아는 눈물을 짜내며 그를 붙잡았다. 그날 흐린 기억들 사이로 린과 기후와 윤슬, 그리고 민아의 모습이 한데 어우러져 있었다. 붙잡고 매달리는 민아를 뿌리치지 못한 채 그는 망연히 그녀를 내려다보았다.

자신의 이야기에 일순 지호가 흔들린 것을 눈치챈 민아는 혼란해 보이는 그를 똑바로 보았다.

그녀는 지호가 자신이 벌였던 과거의 사건에 린이 관여돼 있다는 것 정도만 안다는 사실을 확신하고는 안도하며 속으로 미소를 지었다.

지호는 공부만 하던 남자라 이런 일에는 좀 둔한 편이고 순진한 면도 있었다. 린이 관심을 보이는데 그녀를 이 집에서 묵게 해 줄 정도가 아닌가.

고아에 자신의 집에서 후원을 받다시피 하던 지호가 이제는 자신을 동정한다는 것이 이가 갈렸지만, 어쨌든 그는 이 집에서 그녀를 내보낼 리 없었다.

그녀는 지호를 더 자극하기 위해서 거짓 눈물을 뚝뚝 흘렸다.

"내 친한 친구가 기후 때문에 자살했단 말이야. 기후가 그 당시에 얼마나 많은 여자들에게 고백을 받았는지 몰라. 하지만 린이 한마디 하면 모두 거절했어. 린은 자기랑 친했던 친구가 기후를 좋아한다고 하니까 그 애까지 괴롭혔다고. 그래서 기후 때문에, 기후가 동생만 생각하고 자신을 봐 주지 않으니까, 그리고 자신의 말을 믿지 않는다는 이유로 자살했단 말이야."

그는 민아의 말을 믿지 못하고 고개를 저었다.

"비약이 심하다. 누굴 좋아하는데 고백해서 거절당했다고 죽을 정도라는 건 아닌 것 같다. 다른 이유가 있겠지. 그만하

자. 이런 이야기."

"오빠!"

그는 왠지 민아의 말을 듣기가 거북했다. 진실로 들리지도 않았고, 지난 부산에서 만났던 현수라는 사람처럼 억지스러운 이야기로 들렸다. 린이라는 여자를 죽이지 못해 안달하는 느낌. 그는 왠지 오싹한 기분마저 들어 서둘러 자신의 오피스텔에서 나왔다.

민아는 그런 그를 뒤따라 뛰어나왔다. 그녀는 누군가 그의 집 주변을 얼쩡거린다는 것을 알고 있었고 이런 기회를 그냥 보낼 수는 없었다.

"오빠."

민아는 그를 뒤에서 끌어안았다. 지호는 주춤대며 그 자리에 멈춰 섰다.

"오빠 사랑해서 그래. 오빠를 린에게 빼앗길까 봐."

민아의 고백에도 지호는 전혀 기쁘지 않았다. 그녀가 안고 있는 자신의 몸이 빈껍데기처럼 느껴졌고 그녀의 말이 마치 급박하게 뭔가를 잡으려는 거짓으로만 들렸다.

"민아야."

그는 민아를 떼어 놓기 위해 돌아섰다. 민아는 눈물을 뚝뚝 흘리며 그를 올려다보았다.

"왜 내 말을 믿지 않는 거야. 그렇게 린에게 빠진 거야? 린이 얼마나 나쁜 아이인지 잊은 거야?"

민아는 억지를 쓰듯 이야기했다.

"민아야, 그만하자. 이제는 성인이 되었으니 예전의 일은 그만 극복해야지."

민아는 그가 자신을 보는 시선 속에 그저 동생 이상의 감정이 없다는 것을 눈치채고는 그의 목을 꽉 끌어안고 매달렸다. 그리고 주위를 살짝 보았다. 민아는 주변을 감시하는 사람들이 린의 명령에 움직이는 사람이든 기자든 상관이 없었다. 어차피 그 잘난 집안에서 이런 사진은 사들일 것이 뻔하니까 말이다.

그녀는 울면서 그에게 매달려 있었다.

"민아야, 그만 울고."

민아는 촉촉한 눈을 들어 그를 보고는 그의 입술에 바로 키스했다. 놀란 지호는 어떤 반응도 하지 못하고 멈춰 있었지만 아무래도 상관없었다. 어차피 지호도 남자이고 그간 여자가 없었을 테니 이렇게라도 그를 잡아 둬야 한다는 생각뿐이었다.

지호가 퇴근을 했다는 말에 집으로 가 보았다. 린은 집에 불이 켜진 것을 확인하고 한참을 망설였다.

"민아와 함께일 겁니다. 아마도."

"아마도 그렇겠지."

그녀는 윤슬의 말에 바로 대답했다. 집에 옷을 가지러 간 걸

수도 있고 오늘 아버지에게 한 이야기 들었으니 민아에게 나가 달라고 말을 했을 수도 있었다.

그녀는 차분히 앉아 그를 기다렸다. 오늘 저녁에 당직이 없다고 했기에 그녀는 더욱 초조한 기분이 들었다.

민아와 무슨 이야기를 하는 걸까. 민아는 결코 그날의 일을 말하지 않을 것이다. 말을 한다고 해도 자기에게 유리한 쪽으로 할 것이다.

민아는 린이 누구에게건 차마 그날의 일을 말하지 못하리라는 점도 계산에 넣었을 것이 분명했다.

그녀는 가만히 그의 집을 보고 있다가 시계를 보고는 고개를 떨구었다.

"그만 가지."

"네."

윤슬은 짧게 대답하고는 누군가에게 고갯짓을 했다.

"누구에게 말하는 거지?"

"지난번 사진 촬영시킨 사람들입니다. 계속 촬영하라고 이야기했습니다."

린은 고개를 끄떡이며 시트에 몸을 기댔다. 그가 무슨 짓을 하든 상관없다고, 결혼 따위는 안 할 거라고, 그저 민아에게 주기 싫어 이러는 거라고 자신에게 다시 되뇌어 봤다.

하지만 그러면 그럴수록 더 화가 치밀었다. 민아가 가지지 못하게 하기 위해서라면 결혼도 불사하고 싶은 기분마저 들었다.

그녀는 눈을 가늘게 뜨고는 창밖을 보았다. 못할 짓도 없었다. 아버지도 원하고 민아도 주기 싫으니까.

그녀는 주먹을 틀어쥐고는 눈을 감아 버렸다.

당직실로 들어선 지호는 피곤함을 느꼈다. 민아의 이야기를 믿을 수는 없지만 그렇게 설명을 하지 않는다면 답도 나오지 않는 결과였다.

최 회장이라면 분명 자신의 아이들을 위해서라도 그러고도 남을 사람이라는 것을 알고 있었다.

린은 사랑스럽고 아름답지만 그 안으로 어떤 마음을 키우고 있는지는 그도 알 수가 없었다.

최 회장이 정말 자신의 딸을 위해 그를 이용하려는 걸지도 몰랐다. 그는 한숨이 나왔다. 린은 그런 것을 원하지 않는다고 이야기했었다. 분명 그녀도 아버지의 강압에 웃어넘기고 있을 것이다.

린과 함께하면 즐겁고 좋지만 그와의 차이가 어마어마해서 차마 결혼은 생각도 하지 못했고 아직 그럴 관계도 아니라고 생각했었다.

그는 머리를 저었다. 민아가 뭔가 착각을 한 것이리라. 하지만 그런 착각 때문에 민아가 퇴학의 위기에 놓였다가 강제 전학을 당했다는 건 뭔가 이상한 부분이었다.

그날 그 사건을 기억해 보려 머리를 짜냈지만 역시 기억나는 건 린의 병실 밖에서 울고 있던 기후와 기후를 안아 주던 윤슬. 그리고 두들겨 맞아 들어온 남자아이의 외침뿐이었다.

린의 의료 기록은 그가 접근 불가한 부분이 많았는데 특히 그날의 기록은 그조차 볼 수도 없는 기록들이었다. 그날 사건에 대해 린에게 물어봐야 할까? 만약 그녀는 모르는 일이고 아버지가 일사천리로 해결한 거라면 아버지의 과보호지 결코 그녀의 잘못은 아닐 것이다.

그는 한숨을 몰아쉬었다. 민아가 불쌍하고 안타깝지만 린에 대해 나쁜 생각을 하고 싶지는 않았다. 그녀의 약한 부분과 강한 척하는 모습 모두를 보고 나서는 더더욱 그랬다. 더 이상 민아의 말에 흔들리는 바보짓은 하지 않을 것이다.

비록 너무 먼 존재라 잡을 수도 그 이상도 바랄 수 없는 상대이지만, 그 둘 사이에는 신뢰와 우정 그리고 호감이 있다고 믿고 싶었다.

그녀는 사람을 이용하는 사람이 아니라 진심으로 대하는 사람이기에 그에게도 스스럼없이 다가온 것이라고 그는 생각했다. 민아가 한 악담이 결코 린의 실체일 리는 없었다.

그는 한숨을 쉬며 눈을 감았다. 일그러진 마음이 투영된 민아의 모습이 마치 거울을 보듯이 또렷하게 보이는 것 같아 마음이 아팠다.

린이 저런 시기와 질투 속에 학교를 다녔다면 아버지로서 최 회장이 뭐라도 해 주고 싶었을 것이다. 부유한 환경, 특출난 외모, 똑똑한 머리. 모두가 그들에게는 시기의 대상이었으리라. 린의 상처받은 부분을 이미 눈으로 확인한 그로서는 그들의 그런 이유 모를 비난이 가슴 아프게 느껴졌다.

보육원에 있을 때 그저 똑똑한 머리 하나로 원감의 눈에 들어 공부를 하게 된 그로서는 공부를 하지 않으면 살아남을 수 없다는 생각으로 열심히 했었다. 냉방에서 생활하며 나이가 들어 자립할 수 있게 될 때까지 그리고 장학금을 받을 수 있을 때까지 공부 아닌 다른 것을 상상할 수가 없었다.

대학을 진학하고 나니 보육원 원감이 그의 학비에 대해 모금을 했고, 그는 지역신문을 통해 '똑똑한 고아'라는 딱지를 붙이고 학교를 다니게 되었다. 학교를 다니면서 아르바이트와 학업을 병행하다 쓰러진 그를 위해 도와준 게 민아의 아버지였다. 그가 은사로서 존경하게 된 분. 그를 이 병원으로 불러 준 분. 그는 한숨을 쉬었다.

민아의 과외 선생님이 되었던 그였기에 그 당시 민아가 톡톡 튀는 아이라는 것은 알고 있었다. 박성찬 과장의 하나뿐인 외동딸. 여자 친구 하나 사귀지 못했던 그에게 처음으로 여자아이와의 설렘을 알게 만든 소녀이기도 했다.

박성찬 과장이 떠나고 나서 남은 병원에서 그는 그 따스하던 기분을 잃어버리고 외따로 떨어진 상실감을 느껴야 했다. 시간이 지나 그 아픔이 무뎌질 때쯤 린이 나타난 것이다. 마음속에 가라앉은 분노가 린을 향했었는데 린도 그날의 일로 상처를 입은 사실을 알고는 그 미움이라는 것이 사라진 것이다.

자기 마음대로 박성찬 과장의 일로 린을 원망하고 미워한 것이다. 사건의 전말도 모르면서 그녀를 탓할 수는 없는 것이었다. 그리고 그토록 아파하는 사람이 그런 짓을 할 리가 없을 것이라 그는 믿고 싶었다.

린은 조용히 사진을 보았다. 바로바로 전송된 사진을 통해 민아가 그에게 안겨 있는 모습을 보게 되었다. 아파트 창을 통해 촬영된 사진 속의 그들은 정말 뜨거운 연인처럼 보였다. 괜히 가슴 한 부분이 쿡 히고 찔러 들어오는 기분을 느꼈다.

"린."

그녀는 사진을 뒤로 넘겼다. 다음 사진을 보며 그녀는 민아와 키스하는 그를 보았다. 괜히 구역질이 일 것 같았다.

"보지 말지 그랬어."

린은 인상을 찡그릴 뿐 아무 말도 하지 않았다. 윤슬은 그녀에게서 노트북을 빼앗아 들었다.

"김지호 씨는 그 후 한 시간여 있었고 바로 병원으로 돌아갔어."

린은 아무 말도 하지 않았다.

"회장님 명령으로 만났던 사람이라면 이대로 정리해도 되잖아. 눈앞에서 치워 버리고 싶다면 민아 일에 대해 이야기하면 회장님이 알아서 처리해 주실 거야."

"너, 오빠에게 아무 말도 하지 마. 아버지는 이미 민아와의 관계 아는 것 같지만 오빠는 몰라."

윤슬은 눈썹을 휘며 린을 보았다.

"그럼 그대로 둬도 좋아?"

린은 조용히 자리에서 일어났다.

"정말 그게 바라는 바야?"

"응. 기후에게도 말하지 마."

윤슬은 아무 말도 하지 않았다.

"나 샤워할 건데 같이 할까?"

"싫어. 혼자 해. 내가 밖에서 기다릴게."

"응."

린은 힘없이 말하고는 안으로 들어가 버렸다.

윤슬은 가만히 사진을 정리하다 뭔가 이상한 것을 발견했다. 왜 민아가 이쪽을 보고 있는 듯한 기분이 드는 건지 그녀는 눈을 가늘게 뜨고는 생각에 빠졌다. 혹시 이 여우같은 계집애가 그들이 사진을 찍고 있다는 것을 알아차린 것일까? 다시 린에게 상처를 주려고 그러는 것일까? 그런 의문이 들자 윤슬의 어깨는 뻣뻣하게 굳어져 갔다.

린은 옷을 벗고 샤워기 앞에 섰다. 민아가 저러는 이유를 알 수 없었다. 민아의 욕심으로 보아 지호가 아닌 다른 남자를 노려야 하는 건데 왜 하필 그 사람일까. 민아는 무엇을 노리고 있을까.

예전부터 민아에게 진심 따위는 없었다. 민아가 얼마나 욕심이 가득했었는지 그녀는 알고 있었다. 민아의 허영심은 병원이 자신의 아버지의 소유라고 거짓말할 때부터 이미 그 크기가 커져 있었다. 후에 병원의 실소유주가 누구인지 알려지고 나서 많은 아이들이 그녀에게 욕을 하기는 했었다.

별로 중요한 일도 아니라 여겨 그저 놔두었던 민아의 거짓말이 밝혀진 뒤, 민아는 진짜 병원의 주인이라 알려진 린을 눈에 띄게 경계했다. 남보다 더 높은 자리를 꿈꾸던 민아는 제가 있어야 할 자리를 차지한 린을 시기하고 있었다. 그런 민아가 왜 갑자기 저렇게 지호에게 매달리는 걸까. 물론 지호가 의사이고 매력이 있는 것은 인정하지만 예전의 민아라면 그냥 웃고 넘길 남자였다. 그런데 왜?

린은 샤워를 하다가 문득 민아가 원하는 것은 그를 통한 자신의 신분 상승이라는 것을 생각하게 되었다. 가족에게 인정받기 위해 그를 이용하는 것이다.

지금처럼 갈 곳도 없고 집에도 돌아가지 못할 정도라면 우선은 그녀의 아버지 박성찬에게 용서받아야 할 것이다. 아버지가 인정할 만한 남자를 찾아 용서를 받고 앞으로 그가 이룰 것들을 자신이 공유하려는 것이다.

오빠도 그를 인정하고 집안의 주치의로 확정하는 분위기였고 그의 앞길에 승진은 이제 당연한 자리가 되어 있었던 것이다. 아마 그는 병원장이 될 수 있을지도 몰랐다.

병원에 입원해서 그를 주의 깊게 봤다면 박성찬의 전례가 있는 민아는 그의 앞길을 미리 내다봤을 것이다. 물론 자신이라는 변수가 있을지 몰라도 다른 병원으로 간다 해도 그는 그 정도의 실력이 되는 의사였던 것이다. 그 음흉한 민아라면 그런 것을 생각하고도 남음이다. 분명 그가 혼자인 것을 파악하고 이용하기 손쉬운 먹잇감으로 여긴 것이겠지.

린은 화가 치밀었다. 민아에게 그런 취급을 당할 사람이 아닌데. 그런 먹잇감이 된 줄도 모르고 민아를 집에 있게 해 주는 그에게 짜증이 치밀었다.

그녀는 샤워를 마치고는 가운을 입고 방 안으로 들어서며 생각에 잠긴 윤슬을 보았다.

"윤슬, 지호 씨 어렸을 때부터의 기록이 필요해."

"준비하겠습니다."

그녀는 고개를 끄덕이고는 침대로 다가갔다.

"혼자 자기 싫어."

윤슬은 한숨을 쉬었다.

"옷 갈아입고 올게."

윤슬의 말에 미소를 보인 린은 그녀가 나간 후에야 한숨을 쉬며 눈을 감았다.

새벽까지 잠이 들지 못한 린을 보며 윤슬은 한숨을 쉬었다.

"잠들지 못한 것 알아. 무슨 생각하는 거야? 요즘 잘 자더니."

린은 윤슬의 말에 고개를 들었다.

"내가 요즘 너무 감정적이었다는 생각. 난 그런 애가 아닌데 말이야."

윤슬은 살짝 인상을 찡그리며 린을 보았다.

"난 요즘의 린이 더 좋다고 생각하는데. 그날 이전의 모습 같아서."

린은 고개를 저었다.

"아니. 좀 당황했었어. 내 아픈 부분까지 바라볼 사람이 나타난 것에 신기하기두 했고. 그런데 가만히 생각해 보면 아버지가 그 사람을 나에게 소개한 것, 어찌 보면 내 입지를 다지게 하기 위한 거란 생각도 들어."

윤슬은 무슨 말도 안 되는 소리냐는 듯이 린을 보았다.

"그 사람 욕심 없어. 지난번에 말해서 알 듯이. 그리고 배경도 없어."

"그런데."

린은 피식 웃었다.

"그 사람이 원장이 되어도, 그 병원은 여전히 우리 것이라는 거지. 아무리 내 아이가 다른 성을 쓰게 된다 해도 우리 최씨 집안의 것이라는 거야."

윤슬은 머리를 쥐었다.

"생각을 해도 징그럽게 한다. 설마 그러실까? 너무 비약하지 마."

린은 고개를 젓고는 천장을 보았다.

"너무 정에 이끌리면 안 된다는 것 잊었었어. 누구나 날 벗겨먹을 생각만 하는데 말이야. 벗겨진다면 적어도 나도 이득을 취할 수 있는 사람이 좋겠지. 그리고 빼앗으려면 진짜 피눈물 나게 만들어 주는 것도 나쁠 것 같지 않아."

윤슬은 린의 말을 들으며 입을 다물어 버렸다. 민아에 대한 미움과 원망에 린이 망가져 버릴 것 같은 기분이 들었다.

김지호가 나쁜 것은 아니다. 하지만 자신의 감정도 모르고 저런 식으로 합리화시키는 린을 보니 김지호 선생과는 그만 이 관계를 끝내는 게 좋을지도 몰랐다.

"린, 그냥 외국 지사로 가는 건 어때."

린은 고개를 저었다.

"아니. 안 그럴 거야. 그깟 과거의 망령에 휘둘리지 않아. 엄마에게도 이제 두 번 다시 휘둘리지 않아."

린은 딱 잘라 말하고는 눈을 감았다.

"내가 어떻게 된다 해도 넌 내 경호원이야. 떠날 생각은 하지 마."

윤슬은 아무 말도 하지 않고 린의 이불을 바로 해 주고는 어둠을 노려보았다.

■ ✕ ■

 린은 아침부터 일찍 일어나 호흡을 가다듬었다. 오늘은 아버지와 오빠에게 폭탄을 던질 딱 좋은 날이었던 것이다. 가족끼리 모여 식사를 하는 이번 주 아침처럼 좋은 날이 또 있을까.

 그녀는 지호와 민아의 사진을 본 근 삼 일간 머릿속으로 고민 또 고민을 했었다. 그냥 두기에는 무슨 포식자 앞의 토끼 같은 꼴이고, 자신이 가지기에는 그녀의 트라우마가 문제였다. 그녀의 그런 고민의 시간도 모르고 그 토끼처럼 순진한 남자는 그녀의 전화 한 통에도 웃어 주곤 했다. 린은 고민 고민을 하다가 이렇게 착한 남자를 그런 여자에게 줄 수 없다는 결론에 이르렀고, 오늘 아침부터 아버지의 심장에 무리를 줄 작정이었다.

 잠시 후, 모든 채비를 마치고 본가로 향했다. 본가에서는 이미 지후와 기후까지 모여 있었고 아버지도 늦은 그녀를 나무라듯 보고 있었다.

 "식사 시간은 좀 지키도록 해. 한 달에 한 번 모이는 아침이 아니냐."

 린은 방긋 웃으며 아버지의 뺨에 키스를 해 주었다.

 "아버지 들으면 좋은 소식 전하려고 온 건데, 이러면 그 소식 말 안 해요."

최만후가 린의 말에 뭐냐는 듯이 올려다보았다. 린은 웃으며 자리에 앉아 이야기할 타이밍을 고르다가 겨우 입을 열었다.

린의 말에 놀란 건 기후도 지후도 아닌 아버지인 최만후였다.

"뭐라고 말한 거냐?"

린은 아무 말 없이 국을 먹었다.

"린, 생각해 보고 말하는 거냐?"

지후가 물어보자 그녀는 고개를 들어 그를 보았다.

"내가 없는 말 할 건 없잖아."

"그럴 마음이 생겼다는 게 더 놀라운 거지."

아버지는 웃으며 만족스럽게 이야기했다. 린은 아무 표정 없이 밥을 먹고 있었다. 기후는 떨떠름한 표정으로 린을 보았다.

"식사나 하시죠. 제가 폭탄을 던진 것도 아니고."

"음, 그렇지. 식사를 마저 하자꾸나."

최만후는 기분이 좋은지 미소를 띠며 린을 보았다. 식사 시간 동안은 조용했다. 어느 누구도 입을 열려 하지 않았고 수다스러운 최만후까지도 아무 말이 없었다.

겨우 한 이야기라고는 서연이 출장 중이라 아쉽다, 아이들을 보는 보모가 잘 하는지 걱정된다라는 말도 안 되는 소리가 이어졌다.

식사가 끝나고 린이 자리를 뜨려 하자 기후가 와서 그녀를 잡았다.

"이야기 좀 하자."

"아까 했잖아."

"정말 그렇게 결정해도 되는 거야?"

"오빠 나 이렇게 잡으면 상처 다시 터질지도 몰라."

"이미 한 번 터졌어."

린은 인상을 썼다. 누구 때문에 터진 건지는 말을 안 해도 알 것 같았다.

"정말 네 결정이냐."

"그럼, 내가 결정하지 누가 결정해 주겠어."

"아버지. 넌 아버지 말에는 꼼짝 못 하니까."

린은 눈을 내리뜨고는 웃어 보였다.

"누가? 내가? 웃긴 소리 하지 마. 내가 누구라고 생각해. 나 최린이야. 오빠 동생 최린. 그런 내가 누구 결정 따라갈 그런 애로 보여?"

기후는 한참을 보더니 고개를 끄덕였다.

"알았어. 네 의견 존중해."

그녀는 기후의 머리카락을 넘겨 주었다.

"내 의견 존중한다니 고마운걸?"

기후가 그녀의 허리에 손을 올리고는 귀에 나직하게 속삭였다.

"살이 좀 찐 것 보니 다행이다."

린은 미소를 지으며 그의 귀에 속삭였다.

"하나도 안 쪘거든."

"내기할까?"

그는 눈을 가늘게 뜨고는 린의 뺨에 장난스럽게 키스해 주었다. 순간 뒤에서 흠흠, 소리가 나고서야 그녀는 뒤돌아보았다.

"어머, 지호 씨? 언제부터 와 있었어요?"

지호가 불편한 시선으로 둘을 보더니 그녀에게 다가와 손을 끌어 기후와 떼어 놓았다.

"방금 전에."

기후는 그런 지호를 한참 보더니 무시하듯 나가 버렸다.

"어라, 질투해요? 오빠랑 나 사이?"

린의 놀리듯 하는 말에 지호는 그녀의 손을 놔주고는 고개를 돌렸다.

"상식이야."

그녀는 입술을 비죽 내밀고는 웃어 보였다.

"남매인데 뭘 상식이에요. 우리에게는 그게 상식인데."

지호는 그녀의 태연한 대답에 살짝 화가 났다. 저런 식으로 다른 이를 생각하지 않는 시선이 그녀를 어떤 소문 속에 던져 놓는지 린은 정말 모르는 것이다.

린은 그런 지호를 한참 보았다. 이 사람도 다른 사람과 마찬가지인데 그녀가 다른 상상을 했을지도 모른다. 속물처럼 그녀와 오빠의 관계를 오해하고 다른 사람들의 입에서 나오는 말을 믿고 있는지도 몰랐다.

린은 머리카락을 넘기며 피식 웃었다. 다들 같은 것이다. 인간이란 누군가를 밟고 일어나기 위해서라면 그 간악하고 간사한 혀를 그냥 두지 않는다.

아마 가장 추한 인물인 민아라면 그녀를 깎아 내리기 위해 모든 방법을 동원했을 것이다.

"오빠와 난 피를 나눈 남매예요. 우리에게는 그저 일상의 행동일 뿐 이 그이상도 그 이하도 아니에요."

약간은 차갑게 이야기하고 린은 그를 뒤로한 채 나가 버렸다. 출근 때문에 그녀가 간다는 것을 그도 알고는 있었지만 왠지 뭔가 꼬여 버린 기분이 들었다.

그는 돌아서서 린을 부르려 했지만 자신을 부르는 회장의 목소리에 그만 그대로 서 있을 뿐이었다.

지호는 망연자실한 채 두 명의 회장을 바라보았다. 전대 회장이 저러는 것도 믿기 힘든 일인데 최지후 회장까지 저런 말을 하는 것을 보니 그가 꿈을, 그것도 악몽을 꾸는 것이 분명했다.

"무슨 말씀이신지."

최만후는 싱긋이 웃어 보였다.

"하고 싶은 공부가 남아 있었지 않은가?"

그는 아무 말도 할 수 없었다. 사실 좀 더 공부하고 싶었던 건 사실이었다. 외국 저명 병원에서 수술에 대한 새로운 방법에 대해 공부해 보고 싶었던 것이다.

"하지만."

"그 공부 할 수 있게 도와주지. 교환 선생으로 보내 준다는 말이야."

지호는 믿을 수 없는 얼굴로 최만후를 보았다. 어딘지 모르게 최지후 사장의 얼굴은 불편해 보였다.

"내 딸과 결혼하게 될 남자가 그저 전문의로 머문다면 내 딸의 얼굴이 살지 않아. 그래서 이번에 일 년여 교환 프로그램을 다녀오고 나면 과장으로 승진은 보장되는 거지."

지호는 그 말에 자신의 귀를 의심했다.

"결혼이요?"

최만후가 싱글거리며 고개를 끄덕였다. 그는 최지후를 돌아보았다.

"너도 준비하고 보도자료 발표해. 쇠뿔도 단김에 빼는 거니까."

"잠깐만요. 우린 아직 결혼에 대해 이야기해 본 적도 없습니다. 서로가 그런 건 생각도 하지 못했고 그저 편안하게……."

최만후는 고개를 저으며 그의 앞에 사진을 내밀었다. 바로 부산에서 그들이 함께 있던 사진들이었다.

"어떻게 된 겁니까."

"기사화되려는 것을 막은 사진이지. 여태 내 딸은 이런 추문 한 번 없는 아이였어. 그런데 이런 기사가 뜨면 누가 욕을 먹을 것 같나? 물론 우리 딸도 자네를 좋아하고 자네도 우리 딸이 괜찮다면 약혼 기간을 가지면서 둘이 보내는 것도 좋겠지. 안 그런가?"

최지후는 고개를 저었다.

"저는 반대입니다, 아버님. 두 남녀가 그저 약혼으로 시간을 보내다니요. 그냥 바로 식을 올리는 것이 이런 소문을 잠재우기에는 좋을 겁니다."

최만후는 고개를 슥 돌려 아들을 보고는 씩 웃어 보였다.

"하긴, 난 이미 한 번 실수했지. 네 첫 번째 약혼 말이다. 시간을 너무 오래 끌었어. 하지만 그 여자는 내가 며느리로 들일 생각이 없던 아이이니 네가 파투를 내도 용서한 거야. 하지만 우리 김 선생의 경우는 다르지. 내가 눈여겨봐 둔 내 사위니까 말이야."

지호는 얼굴이 창백해지는 것 같았다. 생각지도 못 한 일이 하나둘씩 그의 발밑에 똬리를 틀고 그를 괴롭히는 기분이 들었다.

그저 여자로서 린을 아끼고 있다. 하지만 이들이 말하는 그런 거래를 하는 듯한 결혼은 아니었다. 그녀와 사랑을 하고 결혼을 한다 해도, 그저 사위를 위해 실력으로 인정받지 못하고 과장이 되는 자리는 원하지 않았다.

"주위 정리는 우리가 알아서 할 테니 나서지 말게. 기사는 내일 조간부터 올라올 거야. 처음에는 열애 중이라고 기사가 날 것이고, 그러고 나서 결혼 발표를 할 테니 그냥 따라오면 되는 거야."

그는 머리가 텅 비는 느낌이었다. 이렇게 자신의 인생이 남에 의해 마음대로 결정 나고 흔들릴 거라고는 상상도 하지 못했다.

예전 할머니가 그를 보육원 앞에 두고 도망칠 때처럼 막막하고 아무것도 할 수 없는 기분에 힘이 빠져 버리는 것은 이번이 처음이었다.

민아는 예상외의 손님에 당황했다.

"오래간만이다, 박민아."

민아는 떨리는 입술을 꾹 깨물었다.

"어쩐 일이야. 이런 곳에?"

린은 환하게 웃어 보였다.

"당연한 거 아니야? 여기 찾아오는 건?"

"뭐가?"

린은 알 듯 모를 듯 웃음을 지으며 민아를 내려다보았다.

"결혼할 사이인 사람 집에 오는 게 무슨 큰일이라고."

민아의 눈에 나타나는 충격을 하나하나 보는 린의 입가에는 짜릿한 기쁨의 미소가 흘렀다. 손에 잡힐 것처럼 보이는 민아의 공포가 그녀를 기쁘게 만들었다.

"말도 안 되는 소리 마. 네가 왜 지호 오빠와……."

"지호 오빠. 그렇게 부르나 보지?"

린은 간드러지게 이야기하고는 소파에 앉았다.

"그런데 넌 이 집에서 뭐 해? 아, 갈 곳이 없어서 그런 거야? 어쩌다 그렇게 된 거야? 그런 것도 생각도 안 하고 사고를 칠 만큼 머리가 나쁜 아이는 아니었는데 말이야."

민아는 주먹이 부들거리는 느낌을 받았다.

"내가 이 집에서 뭘 할 것 같아?"

린은 웃으며 민아를 보았다.

"식모? 아니면 구걸?"

비꼬는 목소리에 민아는 고개를 빳빳하게 들고 린을 쏘아보았다. 모든 게 엉망이 되어 버린 건 다 린 탓이었다.

"말도 안 되는 소리 하지 마. 내가 뭐가 모자라서."

린은 비웃듯 민아를 보았다.

"많아 보이는데."

"궁금해?"

민아는 눈을 가늘게 뜨고 화가 난 채 이야기했다.

"뭐, 궁금까지야. 금방 정리될 건데 말이야."

민아는 이를 악물었다.

"오빠와 동거 중이야. 그런데 너와 결혼한다고. 그럴 리가 없지. 오빠는 날 사랑하니까."

린은 그저 웃고 있었다. 민아는 린이 무너지는 모습이 보고 싶었지만, 어디를 찔러도 피 한 방울 나올 것 같지 않은 표정으로 그녀를 내려다보며 웃을 뿐이었다.

"사랑이 무슨 대수야. 그런 사랑도 권력 앞에 금방 사라지는데."

"오빠는 그럴 리가 없어."

린은 어깨를 으쓱했다.

"마음대로 생각해."

"오빠가 널 택한다면 차기 과장이나 원장을 노리는 거야. 아무리 잘나도 남자들은 널 보는 게 아니야. 너희 집 돈을 보는 거지."

린은 미소를 지었다.

"나도 알아. 그것도 모르면 무뇌아지. 너처럼 말이야."

민아가 화가 나서 입을 열려고 하자 린이 아주 오래된 핸드폰 하나를 꺼내 들었다. 순간 민아는 혀가 입안에서 굳어 버린 듯 아무 말도 할 수 없었다.

"기억하나 보다? 이 폰. 그 당시 증거 자료로 제출하지 않고 내가 가지고 있었어. 여기는 네 악행이 모두 들어 있어. 너도 알지?"

민아는 린의 손에서 그 핸드폰을 빼앗으려고 했지만 순식간에 윤슬에 의해 팔목이 잡혀 버렸다.

"넌 언제 들어온 거야."

민아가 헐떡거리며 이야기하자 린은 조용히 입을 열었다.

"처음부터 대기 중이었지만 모르더군."

린은 화사하게 웃었다.

"이 핸드폰의 동영상이 공개되면 그 사랑하는 지호 오빠가 너를 좀 다르게 볼까?"

민아의 얼굴이 창백해지다가 다시 그녀를 보았다.

"하지만 밝혀지면 너의 치부도 드러나."

린은 미소를 지으며 고개를 저었다.

"더 이상 내가 뭘 두려워하겠어? 소문? 나라고 해. 내가 피해자인 게 알려지면 너에게 향했던 동정심들이 모두 비난이 되겠지. 부디 그렇게 하라고 말해 줄까?"

민아는 대꾸도 못 하고 덜덜 떨며 그대로 서 있었다.

"난 참을성이 별로야, 민아야. 다시 한 번 말하는데 한 번만 더 내 앞에서 알짱대면 너에게 더한 지옥을 맛보게 해 줄 거야. 그것만 기억해."

차가운 말에 민아는 두려운 눈으로 린을 보았다. 예전과 달라진 것이 있다. 그건 린이 예전의 그녀에게 당하던 고교생이 아니라는 것이다. 이미 사회적으로 성공을 거둔 여성으로 그녀보다 당당하고 힘 있는 여성이었다.

민아는 후들거리는 다리로 바닥에 풀썩 주저앉았다. 린과 마주하는 것이 이렇게 겁이 날 줄이야. 예전 최 회장을 마주

하던 느낌을 그대로 린에게서 느낄 수 있다는 게 놀라울 지경이었다.

민아는 부들거리는 다리로 일어서서 린이 그녀를 내려다보는 시선을 그대로 바라보았다.

"나라고 그냥 당하지는 않아."

린은 미소를 보였다.

"마음대로."

린은 방을 나오며 민아를 뒤돌아보았다.

"다음번에도 여기서 만난다면 널 갈아 버릴 거야. 각오해."

린은 차갑게 이야기하고는 그대로 집을 나가 버렸다. 민아는 부들거리다 아직도 윤슬이 나가지 않은 것을 알고는 움찔해 그녀를 보았다. 아무런 감정도 보이지 않는 얼음 같은 두 눈을 보며 처음으로 윤슬과 둘만 남겨진 것에 대한 두려움이 일었다.

"넌 뭐야. 부잣집 아가씨 경호나 하니까 간덩이가 부었어?"

민아가 괜히 으름장을 놓듯이 이야기하자 조용한 걸음으로 윤슬이 다가와 섰다. 175가 넘는 장신이 자신을 내려다보며 표정 하나 없는 그 얼굴에 공포심이 느껴졌다.

"쓸데없는 수작 부리지 말고 꺼져. 지금 린이 저렇게 말하니까 널 그냥 봐주는 거야. 아마 내가 경호원이 아니었다면 넌 지금쯤 병원에서 죽지도 못한 채 살아가게 됐을 거야. 내 말 명심해. 난 린이 아니야. 널 보면 정란이가 생각나서 죽여 버리고 싶으니까."

민아는 한기를 느끼며 윤슬을 보았다. 무표정한 얼굴로 이야기하는 윤슬의 모습은 린보다 더 두려운 것이었다.

"네…… 네가 정란이랑 무슨 관계인데."

윤슬은 가만히 민아를 내려다봤다.

"내 유일한 친구였고, 너 때문에 자살한 아이니까."

민아는 아무 말도 할 수 없었다. 정란이를 협박한 사실은 아무도 모를 텐데 어떻게 윤슬이 알고 있는지 알 수가 없었다.

"한 번만 더 린이나 다른 사람 눈에 피눈물 나게 하면, 너 가만 안 둘 거야."

윤슬은 협박하듯이 말하고는 린을 따라 집을 나가 버렸다. 민아는 다리가 풀썩 꺾여 자리에 주저앉았다. 설마 지호와 결혼하려 할 줄은 몰랐다. 역시 지난번 감시가 붙을 때부터 의심한 대로 지호를 염두에 두고 있다기보다 그녀에게서 빼앗기 위해 결혼을 감행하는 것 같았다.

민아는 주먹을 쥐고 땅을 내리쳤다. 분하고 억울하고 화가 치밀었다.

지호는 다른 사람과 당직을 바꾸고는 린을 찾아 나섰다. 하지만 린을 만날 수가 없었다. 그는 한숨을 쉬며 자신의 오피스텔로 발걸음을 옮기다가 그곳에서 나오는 린과 마주쳤다.

"린, 어떻게 이곳에 온 거지?"

린은 아침처럼 웃는 얼굴이 아니었다. 그녀의 입에 걸린 딱딱한 미소에 그는 인상을 찡그렸다.

"안 그래도 만나고 싶었어. 회장님이……."

"결혼식은 한 달 뒤예요."

그녀의 차가운 말투에 지호가 움찔해서 그녀를 보았다. 이미 알고 있었던 걸까? 회장이 자신과 결혼시키려 한다는 것을?

"린, 이건 우리가 원하던 것이 아니지 않아? 당신이나 나나 결혼까지는 생각하지 않았잖아. 우리의 의지에 반대되는 거라고."

린의 눈썹이 일그러지는 것 같았다. 그녀는 다시 차갑게 고개를 돌려 내려오는 윤슬을 보았다.

"의지에 반대되는 건 없어요."

린의 낯선 목소리에 움찔했다. 뭐가 이렇게 그녀를 차갑게 변하게 만든 건지 알 수가 없었다.

"우린 결혼해요. 한 달 뒤에. 이미 아버지가 모든 준비를 마치셨어요."

린의 차갑고 형식적인 말에 지호가 입을 딱 벌렸다. 그녀가 이런 식으로 말을 할 줄이야. 그저 부모가 시켜서 이러는 거라면 그도 그녀를 말리고 싶었다. 지호는 머리를 짚었다.

"린, 그런 사진 한 장으로 결혼은 무리라고 생각해. 당신이 원하지 않는다면."

"아니요. 전 좋아요."

지호는 그녀를 보았다. 린은 고개를 돌려 그를 똑바로 마주 보았다.

"아버지가 원하는 사람과의 결혼, 저도 좋아요. 그리고 동거 중이라 하지만 저를 위해 정리해 주실 거라 믿어요. 그럼 나중에 뵙죠."

지호는 린의 말에 마음 한구석이 난자당한 느낌이었다. 아버지가 마음에 들어 그를 선택했다니. 순간 그녀에게서 허탈감과 실망 그리고 아픔을 동시에 맛볼 수 있었다.

린이 보였던 호의는 모두가 아버지 마음에 들기 위한 수단이었을지도 모른다.

지호는 씁쓸함과 함께 분노가 일었다. 최 회장은 린의 건강을 걱정해 그를 린의 옆에 붙여 둔 것이고 린은 아버지를 위해 그를 선택한 것뿐이었다.

지호는 린에게 품었던 자신의 감정이 소리 없이 무너지는 것을 느끼며 조용히 뒤돌아섰다. 린이 걸어가는 발걸음이 어두워 보이는 것은 자신의 착각이라 여기며 그도 단호하게 돌아섰다.

린은 조용히 차에 올랐다. 저렇게 실망한 얼굴을 보일 줄이야. 그녀가 그와의 결혼을 당연히 싫어할 거라 여긴 이유를 물어보고 싶었다. 같은 기분일 거라니.

린은 자신의 얼굴을 차창을 통해 봤다. 다른 사람들이 아무리 아름답다고 칭송해도 그에게 린은 그저 회장의 딸일 뿐인 것이다.

린은 허탈한 웃음을 지었다. 결혼? 뭐가 어려워서 피한단 말인가. 어차피 아버지가 알아서 그에게 합당한 보상을 내릴 것이다. 아버지도 이미 알고 있을 것이다. 그녀가 남자와의 관계가 불가하다는 것을. 그래서 동성애를 한다, 남매간의 금지된 사랑에 빠져 있다 등의 소문을 지우기 위해서라도 결혼을 강행하려 할 것이다.

린은 눈을 감았다. 그도 불쌍한 것이다. 민아만 끼지 않았다면 그녀 같은 불감증 여자를 아내로 맞이할 일은 없었을 테니 말이다.

아마 아버지가 그에게 좋은 자리를 제안하고 그녀를 떠넘기려 할 것이 분명하다.

"그렇게 싫으면 거부하면 되는 거 아니야? 돈도 많고 직장도 있는데 왜 아버지 말에 흔들리는 거야."

윤슬의 약간은 신경질적인 목소리에 린은 미소를 지었다.

"내 아버지니까. 그러니까 말을 듣는 거야."

"최지후 회장님은 말 듣지 않던데."

린은 쓸쓸하게 웃었다.

"난 오빠 같은 정통성이 없어. 그러니까 아버지에게 어긋나는 딸이 되고 싶지 않은 거야. 그건 기후도 마찬가지야."

윤슬은 입술을 꾹 다물었다.
"바람이 뜨거워진다."
린은 쓸쓸하게 말하고는 눈을 감았다.

제7장

악의 꽃

 민아는 지호가 린과 결혼하려 한다는 생각을 했다. 아마 조만간 그렇게 기사도 나올 것이다. 그녀는 자신의 처지를 생각했다. 갈 곳도 없고 돈도 얼마 없었다. 처음부터 남자들과 동거하며 살아 집이라는 것이 있을 리가 없었던 것이다. 다시 미용실 일을 하고 밤에는 가요주점에서 일을 하는 생활도 이제는 진절머리가 났다.

 그녀는 전단지를 들고 길을 나섰다. 최만후가 결코 그녀를 용서할 리가 없다는 것을 알고 있었다. 린이 알고 있는데 그녀의 아버지가 모를 리는 없을 것이니 그에게 봉변을 당하기 전에 얼른 이곳을 뜨는 게 가장 좋은 방법일 것이다.

 그녀는 예전 트렁크에서 가져온 전화번호를 들고 공중전화에 동전을 넣은 뒤 조심스럽게 눌렀다. 몇 번의 신호음 후에 누군가 잔뜩 잠에 취한 목소리가 들렸다.

-네. 미나입니다.

"나야."

-나 누구?

"나라고. 나 몰라? 민아."

-어머, 민아야! 어쩐 일이야? 송장 돼서 나갔다더니만?

"미친. 어느 개자식이 그런 소리야. 멀쩡한데."

수화기 너머에서 킥킥대는 소리가 들려왔다.

-하여튼 살아있으니 된 거지. 그런데 무슨 일?

"나 잠 좀 재워 주라."

-미안. 안 되겠어.

"왜? 동거 중이야?"

-아니거든. 지금 일하는 곳에서 집을 대 준 거라 친구를 데려가도 되는지 나도 몰라.

"합숙?"

-뭐, 그런 거지. 기도가 관리하는 곳이야. 여기선 잡손님 받지 못하게.

순간 민아는 그곳이 어떤 곳인지 대충 짐작을 했다. 그녀는 눈을 내리뜨고 한동안 침묵했다.

"혹시 취직할 수 있어?"

미나는 놀란 듯 킥킥거렸다.

-야, 여기가 아무나 들어오는 덴 줄 알아? 여기도 면접이라는 게 있거든.

"그 면접 나도 좀 보게 해 주라."

-너 대학도 안 나왔잖아? 여기는 대학생 아니면 몸매 좋고 젊은 애들 위주라고.

"그래도 한번 보는 게 나쁠 건 없지 않아?"

미나는 한동안 구시렁거리더니 알겠다고 이야기했다.

기철은 수금을 하러 나섰다가 미나가 데리고 온다는 신참을 흘긋 보았다.

"야, 야, 물만 흐려지게 어디서 노닭을."

"아유, 형님. 저도 몰랐습니다. 돌려보낼 겁니다. 매력이 없어요. 그냥 비쩍 말라서."

그는 지나치려다가 그 여자를 다시 보았다. 어디선가 한 번 본 듯한 얼굴.

"야, 잠깐. 저 여자 사진 찍어서 전송 좀 해라. 아직 가라 소리 말고. 사장님께 물어봐야 한다고 둘러대고 사진 좀 보내봐."

"예? 아, 알겠습니다, 형님."

기철은 눈을 가늘게 뜨고 그 비쩍 마른 여자를 보았다. 사실 저 눈매가 그의 기억에 남았던 것이다. 비슷한 건지 아닌지를 알아야 하니 우선은 아린에게 문자를 전송했다. 그는 곧 전화로 한 명 확인해 달라고 했다.

잠시 후, 기철은 아린의 문자를 보고는 고개를 끄덕였다.

"야, 영칠아."

"예, 형님. 미나 년이 데리고 온 물건 받아 줘라."

"예? 아니, 왜 저런 것을."

"손님 받는 건 지 마음이고 사장님이 허락하셨으니 받아 줘."

영칠은 머뭇거리다가 그렇게 하겠다고 하고 여자들이 있는 방으로 사라졌다.

저 여자는 지금 자신이 들어오는 이곳에 얼마의 빚을 지는 건지도 모를 것이다. 그는 고개를 저었다.

처음 눈에 확 들어오는 그 오피스텔부터 빚의 시작이라는 것을, 아무리 술을 팔고 몸을 팔아도 다 갚을 수 없다는 것을 그녀들은 모른다.

그리고 그들의 사장은 그런 미수금을 받기 위해서는 어떤 나쁜 짓도 서슴지 않고 한다는 것도 그들은 모를 것이다.

그는 한숨을 폭 쉬었다. 또 한 계집의 인생이 망쳐지는 것을 보며, 그나마 못된 것이라 다행이라는 생각이 들었다.

※

지호의 결혼 발표가 신문에 실리고 보니 모두들 난리도 아니었다. 괜히 인사를 하러 찾아오는 사람에 별의별 사람들이 늘어나기 시작했다. 결혼을 하겠다 이야기한 적도, 린에게 청혼을 한 적도 없는데 자신의 의지와는 다르게 일이 흘러가자 마치 거미줄에 걸린 신세 같았다.

지호는 답답하게 죄어 오는 넥타이를 풀고 의자에 기대었다. 린은 그날 이후 만날 수 없었고 그도 그날 이후 린과 전화 통화도 하지 않았다.

지금 회장을 멈출 수 있는 건 그녀뿐일 것이다. 하지만 무슨 이유에서인지 린은 그러지 않고 있었다.

그는 머리를 헝클어트리고는 자리에서 일어났다. 곧 회진 시간이라 이렇게 앉아 고민할 시간이 없었다.

그가 회진을 다 돌 때쯤 누군가 자신의 사무실에서 기다린다는 소리에, 그는 혹시나 린이 와 있는 건 아닐까 하는 기대감을 가지게 되었다. 하지만 도착해 보니 그를 기다리는 것은 민아였다.

그러고 보니 일주일 사이에 민아의 존재를 까맣게 잊고 있었다. 지호는 괜히 민아에게 미안해졌다.

"오빠, 나 이사 가요."

"갈 곳은 있어?"

그녀는 힘없이 웃어 보였다.

"갈 곳은 있어요. 친구 집에서 지내기로 했어요."

그는 한숨을 쉬었다.

"민아야, 아버님께 내려가는 게 더 좋을 것 같은데."

그녀는 고개를 저었다.

"오빠 곤란하게 하고 싶지 않아요. 내가 오빠 오피스텔에 있으면 다른 사람들은 오빠가 나랑 동거하는 줄 알 거예요. 그러니까 내가 나갈게요."

지난번 민아가 그에게 달려들 듯 했던 키스를 떠올리고 지호는 한숨을 쉬었다. 둘 다 어색한 것은 사실이지만 그때 이미 민아에게 동생 이상의 감정이 없다고 잘라 말했었기에 그는 편안하게 대해 주려 노력했다.

"미안하구나."

민아는 고개를 저었다.

"그런데 오빠, 정말 결혼하는 거예요?"

민아의 초조한 목소리에 지호는 그저 미소를 지어 보였다. 안 한다고도 한다고도 말을 할 수 없는 상황이라 그도 난감했던 것이다.

민아는 한참 입을 다물고 있다가 겨우 입을 뗐다.

"오빠 결혼하지 말아요. 후회하게 될 거예요."

그는 눈을 가늘게 떴다.

"민아야, 또 기후와 린의 사이를 오해하는 거니?"

민아는 고개를 저었다.

"오해가 아니에요. 오빠는 분명 결혼하면 후회할 거예요. 이용당할 거니까."

그는 민아의 말도 안 되는 억지에 슬슬 화가 치밀었다.

"민아야, 그런 소리는 하는 게 아니야."

그녀는 고개를 떨구었다.

"내 마지막 충고였어요. 이제 갈게요. 그리고 저 폰 만들었어요. 여기 번호예요. 언제든 물어보고 싶은 게 있으면 연락하세요."

민아는 서둘러 가방을 메고 그대로 나가 버렸다.

왜 민아는 저렇게 린과 기후를 미워하는 것인지 그로서도 궁금했다. 그저 학교 강제 전학 때문이라면 민아가 옹졸한 것일 수도 있었다. 그는 한숨을 쉬었다. 민아가 뭐라 하건 지금은 린을 만나 이 결혼을 어떻게 무효화해야 할지 의논하는 게 먼저일 것 같았다.

린의 초췌한 얼굴을 보던 기후는 그녀에게 약을 건네었다.

"먹어."

"괜찮아."

"인간 몰골 아니야."

린은 기후를 흘긋 보고는 웃어 보였다.

"그런 말도 할 줄 알고 오빠 많이 좋아졌다."

기후는 무표정하게 그녀의 손바닥에 약을 떨구어 주었다. 그러고는 물을 가져와 그녀에게 약을 먹으라고 무언의 압력을 가했다. 린은 억지로 약을 먹었다.

"요즘도 악몽 꿔?"

"……."

"많이 돌아온 줄 알았는데. 결혼 안 해도 그만인데 왜 하는 거야?"

린은 피식 웃었다.

"그 안 해도 그만인 결혼이 아버지에게는 큰 의미가 있나 봐."

"네 감정은?"

그녀는 미소를 지우고 기후를 보았다.

"오빠가 감정이라는 말을 쓰니 내가 막 이상해진다."

그녀는 자리에서 일어났다.

"감정 따위는 나도 몰라. 그는 아버지에게 필요한 사람이야. 그뿐이야."

기후는 그런 린을 한참 보다가 자리에서 일어났다.

"그래. 난 감정 따위 생각도 안 해. 하지만 왜 이번만큼은 아버지를 위해서라는 말이 변명처럼 들리는지 모르겠구나."

그는 문 쪽으로 걸어갔다.

"결혼은 네 선택이야. 하지만 그 자식이 널 불행하게 만들면 가만있지 않아."

기후의 말에 린은 고개를 끄덕였다.

"행복이든 불행이든 해 봐야 아는 거니까."

그녀는 그렇게 말하고는 가는 기후에게 손을 흔들어 보였다. 기후가 걱정을 할 정도라니 어지간히 그녀가 불안해 보였나 보다.

린은 한숨을 쉬고는 눈을 감았다. 잠을 자지 못한 육체의 삐걱거림도, 정신적인 괴로움도 모두 그녀를 지치게 만들었다.

지호는 왜 그녀가 이 결혼에 동의했는지 모르고 억울할 것이다. 그는 청혼도 하지 않은 상태인데 그냥 결혼하라고 위에서 강압이 들어왔으니 자신의 의지와 반한 일에 얼마나 치가 떨릴까. 후우.

바보같이 아버지에게 대들어 좋을 건 없다는 것을 그는 모르는 것이다. 이미 그런 기사를 터트렸을 때 계획은 끝내신 건데. 거기다 그녀가 결혼을 하겠다 이야기했기에 아버지는 뒤를 돌아볼 필요도 없어진 것이다.

지호를 만나 이야기할 것은 해야 했다. 그가 저렇게 질질 끌려 결혼을 하게 둘 것이 아니라 그도 알아야 하는 문제들이 있다는 것을 말해야 했다.

지호는 병원으로 찾아온 린을 보며 약간은 정색을 했다.
"어쩐 일이지."
"그런 말은 우리 사이에 어울리지 않는군요. 잠시 이야기 좀 하죠. 병원 말고 다른 곳에서. 스케줄 없는 거 알고 왔어요."
"오피스텔로 가지."
린은 아무 말 없이 그와 차에 올랐다. 윤슬에게는 그냥 오피스텔 앞에서 있으라고 지시하고 후에 연락하겠다고 이야기했다.

지호는 오피스텔로 들어서며 이제는 텅 비어 버린 집을 보았다.

"앉지."

그녀는 자리에 앉았다.

"좀 서먹하군요."

"나도 마찬가지야."

린은 그를 올려다보았다.

"알고 싶은 것부터 물어봐요. 대답해 줄 테니."

"후우……. 결혼이라니 생각도 못 했어. 막을 수도 있는 것 아닌가?"

린은 조용히 자신의 손을 내려다보았다.

"막을 수 있는 종류가 아니에요. 그런 사진을 찍힌 순간 당신도 나도 벗어날 수 없게 된 거죠."

그는 그녀를 한참 보았다.

"당신이 싫다고 하면 회장님이 덮었을 수도 있지 않아?"

"하하, 말 참 편하게 하는군요. 내가 싫다고 하면 아버지가 덮어 준다라. 저희 아버지는 단 한 번도 절 위해 움직이신 적이 없어요. 누군가 제게 나쁜 짓을 해서 똑같이 되돌려 주지 않는 한 아버지가 먼저 움직이는 일은 없죠."

의외의 말에 린을 보았다. 잠시 후, 그녀가 뭔가를 내밀었다.

"읽어 보면 당신도 손해 볼 것은 없겠죠."

지호는 손해라는 말에 눈을 가늘게 뜨고는 서류를 꺼내 읽었다. 그에게 약속된 위자료와 병원에서의 입지까지 소상한 기록에 그는 자신을 팔려고 내놓은 물건처럼 느껴야 했다.

"이따위 것은 필요 없는데."

그녀는 비웃듯 웃어 보였다.

"처음에는 다들 그렇게 말하죠. 하지만 끝에는 모두가 원하는 것이 그것들이더군요. 당신이 아무리 순수한 꿈을 가지고 의료 행위를 목적으로 한다 해도 결국은 돈으로 귀결되는 거죠. 당신이 아무리 소말리아나 튀니지 같은 곳으로 봉사를 가고 싶어도 그곳에 의료 장비를 보내 주는 것도 다 돈이라는 거예요. 힘이 없으면 아무것도 할 수 없죠. 당신이 병원장에 오른다면 협약으로 파견 나갈 의사들도 찾을 수 있겠죠. 그게 권력의 힘이니까요."

린의 말에 아니라고 반박할 수도 없었다. 약품부터 수술 장비와 간단한 담요까지도 사비로 충당하는 의료진들이 많았었기에 그도 돈이 얼마나 중요한지는 알고 있었다. 하지만 그녀에게 이런 식의 매도를 당하고 보니 뭔가 그가 알던 린이 아닌 다른 사람을 접하는 기분이었다.

"린, 왜."

"결혼은 피할 수 없어요. 걱정 말아요. 당신에게 날 가지라 소리는 안 하니까. 부부라 해도 허울뿐인 부부일 테니."

그 말에 지호는 인상을 찡그렸다. 린이 자리에서 일어나더니 뒤돌아섰다.

 "당신은 일 년 안에 미국으로 나갈 거고 난 한국에 남을 거예요. 당신이 병원장이 될 때까지 결혼은 유지하죠. 바람을 피워도 좋아요. 하지만 아이를 낳아 올 생각은 하지 말아요. 난 아이를 싫어하니까."

 지호는 그녀의 앞서 가는 말에 실소할 뻔했다.

 "누구 마음대로 바람을 피운다는 거지? 내가 식장에 안 나타날 수도 있는 거 아닌가?"

 그녀는 슬프게 그를 돌아보았다.

 "당신은 나타나야 해요."

 "뭐?"

 "아버지의 손에 박성찬과 박민아가 있는 한, 당신은 식장에 나타나야 할 거예요."

 "그게 무슨 소리야?"

 그녀는 미소를 지었다.

 "지금은 덮여 버린 과거의 추악한 기사들이 터져 나오면 박성찬 과장은 어느 병원에서도 의사로서 살아갈 수 없게 되고, 민아 역시 지탄의 대상이 될 거예요. 당신이 식장에 나타나지 않으면 민아는 거기에 죄를 하나 더 짊어지겠죠. 바로 이런 것."

 린은 지호를 향해 사진을 내밀었다. 바로 그와 민아가 키스하는 모습이었다. 그저 잠시 입술이 닿은 것인데 사진으로 보니 마치 연인처럼 보였다.

"날 감시한 건가?"

"아니요. 민아를 감시한 거죠."

그는 눈 하나 까딱하지 않고 말하는 린을 질린 듯이 보았다.

"당신이 결정해요. 결혼을 할지 말지. 정말 끌려 하는 결혼이 싫다면 여기서 싫다고 말해요. 내일 당장 기사 나가게 손써 둘 테니."

지호는 린의 잔인한 목소리에 이를 갈았다. 그가 다정하다고 느꼈던 여자는 한순간의 신기루였던 것 같았다.

"린."

그녀는 뒤돌아섰다.

"그럼 사생활도 조심해 주세요."

"왜 갑자기 이러는 건지 알 수가 없군. 천애고아이고 보잘것없는 나에게 왜 이러는 건지."

린은 문 앞에 서서 멈추었다.

"당신은 보잘것없지 않아요. 내일까지 연락 주세요. 할 건지 말 건지."

"그래. 물어보는 당신은 어쩔 거지?"

"전 해요."

한 치의 물러섬도 없는 목소리에 지호는 한숨을 내쉬었다. 그는 빠르게 걸어가 그녀의 손을 잡고는 돌려세웠다. 린은 그에게 잡힌 팔이 뻣뻣해지는 기분을 느끼며 입술을 깨물었다.

"박 과장님은 건들지 말지."

린은 지호의 노한 얼굴을 보았다.

"안 건드리고 싶어요. 저도 박 과장님은 좋았으니까. 하지만 그 딸을 생각하면 화가 나기는 하죠."

그녀는 간단하게 말하고는 그의 팔에서 벗어나려 했다.

"왜 하필 나야."

린은 그를 한참을 보았다.

"왜일까요."

지호는 린의 아무 감정이 보이지 않는 눈을 한참 바라보았다.

"지난 시간 알고 지내던 린이 아닌 것 같아."

린은 눈을 내리떴다.

"보이고 싶은 얼굴이 있고 그렇게 보길 바라는 마음이 있었을 뿐이에요."

"린, 일부러 이러는 거라면 그만해. 자신을 상처 입히는 일이야."

린은 그를 뿌리치고는 옷을 다시 만졌다.

"상처 입을 만큼 감정이 남아 있지 않아요."

린은 조용하게 말하고는 문을 열고 밖으로 나갔다. 그는 창으로 다가가 린이 나오길 기다렸다. 왜 이렇게 된 걸까. 그저 다정한 호의에서 시작된 관계였다. 그녀가 그런 상처를 가진 여자라는 것을 알고는 자신도 모르게 끌려가듯 그녀의 아픔을 보듬어 주고 싶었다. 하지만 지금의 그녀는 그를 혼란 속에 빠트렸다.

남들이 보면 굴러들어 온 복이라 할지도 몰랐다. 출신도 모르는 천애고아가 이런 대기업의 외동딸과 혼담이라니. 모두들 그가 동아줄이라도 잡은 걸로 생각할 것이다. 하지만 그는 그런 동아줄을 바라지 않았다.

그는 머리를 짚었다. 민아가 떠나기 전 오빠와 결혼으로 린이 얻는 것이 뭘 것 같으냐고 의미심장하게 물어봤었다. 그 의구심이 그를 더욱 갈아 대고 있었다.

잠시 후, 린의 모습이 보였다. 그녀는 흔들림 없이 걸어서 자신을 기다리는 차에 오르고 있었다. 그녀의 흰색과 붉은색이 어우러진 원피스가 꽃송이처럼 보였다.

악의 꽃이라고 비웃던 목소리처럼, 한 송이 꽃과 같이 예쁘지만 가까이 다가가면 누구나 악으로 끌어들이는 존재처럼 보였다. 그저 린과 가까이 있었을 뿐인데 그의 손에 은사인 박성찬 과장의 미래가 쥐여 줬다는 것이 믿을 수 없었.

지호는 고개를 숙였다. 그녀의 흔들림 없는 모습을 보며, 다시 한 번 그녀가 보여 주고픈 얼굴을 보여 줬다는 그 말을 기억했다.

그에게 보여 준 그 상처받은 얼굴도 어쩌면 그의 호기심을 자극하기 위해 만들어졌던 것일까. 회장이 처음부터 그와 그녀를 이어 줄 마음으로 그를 주치의로 부른 것일까.

한 가지 의심이 들고 보니 속에서 의심 덩어리들이 하나둘씩 떠오르기 시작했다.

그는 고개를 저으며 자신이 내려 둔 서류를 다시 보았다. 민아와 박 과장 그리고 린과 기후.

그는 눈을 감고는 한숨을 쉬었다. 자신은 아무도 없어서 어디든 마음대로 움직일 수 있다고 재미삼아 이야기했었는데 찾아보니 그에게도 그를 옭아맬 구속 하나는 존재했던 셈이었다.

윤슬은 눈물이 가득 흐른 얼굴로 고개를 똑바로 들고 걸어오는 린을 보았다. 그녀는 위층을 보며 지호가 서 있는 것을 확인했다. 윤슬은 조심스럽게 차에서 내려 문을 열어 주었다.

"지켜보고 있지."

"네."

린은 고개를 끄덕이고는 차에 고고하게 앉았다.

윤슬이 차를 출발시키고 나서 한참이 지난 후에야 그녀는 티슈를 뽑아 자신의 눈물을 지워 냈다.

"그렇게 고통스럽다면 하지 말지."

"차라리 박성찬 기사를 터트리라고 말했다면 오히려 홀가분했을 거야."

윤슬은 린을 백미러를 통해 보았다.

"그가 민아에게 아무 감정이 없었다면 그렇게 망설이지도 않고 걱정하지도 않았겠지. 그랬다면 난 이 결혼 그만두겠다고, 날 믿으라고, 날 좋아하지도 않는 남자와 함께할 마음이 없다고 했을 거야."
"그런데 왜 말 안 했어."
린은 눈을 감았다.
"민아에게 갚아 주고 싶어서. 그 사람 민아에게 보내서 민아가 날 이긴 기분을 누리게 하고 싶지 않아서."
윤슬은 린의 허망한 목소리를 들으며 그것이 그녀의 본심이 아니라는 것을 알게 되었다. 린은 아직 눈치채지 못한 것 같았다. 지호와 함께할 때 린이 다른 여자들처럼 수줍어하기도 하고 예뻐 보이려 노력한다는 것을. 그녀도 모르게 지호에게 끌리고 있다는 것을 린은 모르고 있었다.
이번 결혼도 민아가 문제가 아니었다. 린이 그 사람을 놓치고 싶지 않아서 저런다는 것을 윤슬은 알고 있었다. 지금의 선택이 삐뚤어진 표현이지만 자신의 감정도 모르는 린으로서는 최선의 선택이었을 것이다. 윤슬은 한숨을 내쉬었다.
"린, 민아를 혼내 주고 싶다면 다른 방법도 많아."
린은 고집스럽게 고개를 돌렸다. 윤슬은 아무 말 없이 운전을 했다.
"슬아."
"……."

"오빠 받아 주지 마. 나 너 보낼 자신 없어."

윤슬은 아무 말도 하지 않았다. 린이 아이처럼 흔들리고 있다는 것을 그녀는 알고 있었다.

"하지만 결혼을 하고 나서도 나와 함께 지낸다면 오해만 깊어질 거야."

린은 한참 동안 창밖을 보았다.

"어차피 허울뿐인 결혼이야. 나 아직은 너 보내지 못할 것 같아."

윤슬은 얼마 전부터 린이 잘 먹지도 못 하고 잘 자지도 못하게 된 것을 알고 있었다. 부산을 다녀온 이후로 그렇게 잘 먹고 잘 자고 우스운 농담도 하던 린이었는데, 민아라는 악몽은 모든 대외적인 활동까지도 린에게 영향을 미치고 있었다.

"린, 네가 원한다면 옆에 있을 거야. 하지만 결혼한 부부 사이에 내가 끼는 것은 정말 아닌 것 같아."

"그냥 그 집에 머물러 줘. 내가 원하는 건 그것뿐이야."

윤슬은 알겠다고 이야기하고는 한숨을 쉬었다. 차는 흔들리는 붉은 미등만을 길거리에 뿌린 채 조용히 어둠 속을 가르고 있었다.

뜬눈으로 밤을 세운 건 지호도 마찬가지였다. 이미 결혼식 기사가 다 나갔고 그가 아니라고 말하는 순간 린도 피해자가 될 수 있었다. 그는 눈을 꾹 감았다.

그를 유혹하고 이런 구렁텅이에 밀어 넣은 여자지만 그도 린을 더 이상 보지 않고 지내고 싶은 마음이 없었다. 아무리 생각을 해도 박성찬 과장의 미래보다 린이 파혼이라는 상처로 신문에 난자당하고 다시 아픔 속에 던져지는 것을 보고 싶지 않았다.

그녀가 왜 민아를 싫어하는지 민아의 이야기만으로는 답이 나오지 않았지만, 저런 사진 때문에 더욱 태도가 얼어붙은 것 같았다.

언젠가는 하게 될 결혼이었다. 별로 상상한 적은 없어서 실감이 나지 않을 뿐이었다.

이미 답은 정해져 있었다. 반항 같지 않은 반항이었을 뿐. 그저 남의 손에 끌려 떠밀리듯 결혼을 하게 된다는 것이 싫을 뿐이었다. 그는 린의 감정 없는 얼굴을 생각하며 그 얼굴이 기후와 너무도 닮아서 흠칫한 기분마저 들었다.

최기후는 외상 후 스트레스라고 이야기했었다. 그 폭력성과 무감각. 그리고 성에 대한 낮은 문턱 또한 모두가 불안한 심리에서 기인하는 것이라고 했었다.

만약 기후가 그런 일을 당했다면 린도 같은 정도의 외상 후 스트레스를 겪었을 것이다.

아무도 그에게 알려 주지 않는 그녀의 병원 기록이 오늘따라 더욱 궁금해졌다.

'상처받은 건 민아가 아니라 린이야.'

그의 감성은 계속해서 같은 말을 외치고 있었다. 하지만 그의 이성은 두 사람의 이야기를 다 듣고 판단하라고 이야기하고 있었다. 지호는 머리카락을 넘기며 눈을 감았다.

린을 생각하는 이 마음이 너무나 아팠다. 자신을 아버지 마음에 드는 사윗감이라는 이유로 가까이한 여자인데 자꾸만 그녀를 생각하는 자신이 바보 같고 짜증도 났다.

그는 침대에 누워 한숨을 쉬었다. 새벽에 수술 스케줄이 있어 억지로라도 자야 하는데. 그는 그 서류를 다시 한 번 보고 한숨을 쉬고는 그대로 사인했다. 다른 이유는 생각하지 않았다. 그녀의 소문들을 막아 주고 싶은 그 마음에 그는 그렇게 하기로 마음을 먹었다.

그는 박 변호사에게 전화를 해서 자신이 요구하는 사항을 이야기하고는 서류를 가지고 들르겠다고 약속했다.

모든 약속을 하고 나서 그는 여명이 밝아 오는 것을 보았다. 이미 날은 밝았고 그는 모든 마음속의 번뇌를 접어 버리기로 마음먹었다.

결혼을 하고 나면 그녀와 관계를 변화시킬 수 있을 것이다. 그녀가 민아와의 사진 때문에 그를 오해한 거라면 풀어 줄 수 있을 것이다. 그는 그냥 자신의 감정을 따르기로 마음먹었다. 그녀가 더 이상 상처받지 않는다면 그저 줄 잘 잡은 거라는 말에도 흔들리지 않을 생각이었다.

린이 출근하자 책상에 붙은 메모가 눈에 들어왔다.

"언제 연락 온 건가요?"

비서는 잠시 뭔가를 들추었다.

"9시쯤 연락이 왔습니다."

그녀는 고개를 끄덕이고는 다른 스케줄을 점검했다. 부산에서 올라온다는 디자이너들의 면담 건과 이번에 수입되어 들어오는 옷들의 브랜드별 목록, 드레스룸의 예약 상황 등을 점검하면서 그녀는 스케줄을 조정했다.

"그런데 김시연 사모님 명단이 빠져 있는데?"

"회장님께서 일을 줄이셔야 한다고 명이 내려왔습니다. 그래서 다른 팀원에게……."

"안 돼. 김시연 사모님은 깐깐하신 분이야. 그분과 혹시 틀어지게 되면 회사 평판이 떨어져. 그분은 다시 나에게로 돌려요."

"네. 그렇게 하겠습니다."

린은 비서를 내보내고는 수화기를 들고 전화를 했다.

"연락이 왔었군요. 무슨 일이시죠?"

-아, 오늘 새벽에 김지호 선생에게서 전화가 왔습니다. 서류를 가지고 직접 오신다 하더군요.

린은 무표정하게 앞을 보았다.

"잘 처리되겠군요."

-아마도 그럴 겁니다. 그런데 아버님이 아시면 좋아하지 않

을 겁니다. 지난번 최지후 회장님 때도 계약서 작성한 것 때문에 사달을 내셨는데 부장님까지 절 이렇게 몰아가시니. 이러다 정말 최만후 회장님께 불호령이 떨어질까 봐 겁이 납니다.

박 변호사의 말에 잠시 미소를 지었다.

"그럴 일 없을 거예요. 너무 걱정 마세요."

박 변호사가 껄껄 웃는 소리가 났다.

-예예. 명심하겠습니다.

전화를 끊고 린은 한참 동안 생각에 빠져들었다. 어제 이미 그가 변호사 사무실을 찾을 것이라는 것을 알고 있었다. 아버지는 그런 계약서 없이도 잘 살 수 있다고 오빠처럼 미련스러운 짓은 하지 말라고 말했지만, 그녀도 안전한 뭔가를 가져야 했다. 그리고 아버지 생각처럼 결혼이 잘 이루어지지 않았을 때 그를 위해 해 줄 수 있는 뭔가가 필요하기도 했다.

아버지는 명예를 중요시하는 분이니, 그녀가 아무리 엉망으로 만들어 마음대로 계약을 했다 해도 아버지는 울며 겨자 먹기로 지호에게 병원에 관한 것을 넘길 수밖에 없었다.

"뭐 해."

린은 고개를 들고 들어오는 기후를 보았다.

"생각."

기후는 고개를 끄덕이고는 그녀 앞에 아무렇게나 앉았다.

"너 다시 예전으로 돌아가고 있어."

"……."

"그렇게 신경 쓰이면 결혼하지 말든가."

린은 기후의 말에 쓰게 웃었다.

"마음대로 되는 일이 아니야. 오빠도 그런 것 아니야? 그래서 말도 하지 못하는 거잖아."

기후는 아무 말도 안 했다.

"요즘 한가한가 보다? 내 일에 기웃거리게."

독기 서린 말에 그는 고개를 저었다.

"파트너들 잘라 내고 나니 시간이 남아돌아."

기후의 말에 린은 고개를 저었다.

"지금도 침대에 하나 널브러져 있는 거 아니야? 오빠 거절 못 하잖아."

기후는 린을 가만히 보였다.

"내 파트너에 관심 없는 것 아닌가? 나름의 감정 표현이라고 말이야."

린은 자리에서 일어났다.

"듣기 싫다. 오빠 성생활."

"들을 일 없어. 정리 중이야."

린은 고개를 흔들었다.

"과연 그럴까? 내가 결혼하는 사건이 생기는 걸 보니 오빠에게도 섹스 파트너가 사라지는 날이 오겠지. 그렇게 생각하자고."

그녀는 냉소적으로 이야기했다.

"박민아 봤다며."

그 말에 린이 잠시 주춤했다.

"누가 그래."

"알 것 없어."

윤슬은 아닐 것이다. 그녀라면 결코 그런 이야기를 하지 않으니까.

"아버지야?"

기후는 가만히 그녀를 보았다.

"왜 말하지 않았지?"

"오빠 날뛰는 꼴 보기 싫었어. 그뿐이야."

기후는 피식 웃더니 자리에서 일어났다.

"안 그래도 날뛰고 오는 길이야."

"뭐?"

그는 씩 웃었다.

"나만 봐도 허둥대는 꼴을 보니 그 사고 이후 처음으로 여자와의 섹스가 아닌 관계에서 희열을 느끼겠더군."

그는 무덤덤하게 이야기하더니 자리에서 일어나 그녀를 내려다보았다.

"혼자 넘어지고 엎어지고 아주 즐거웠어. 그런 기분 처음이야."

"다행이군. 우리 중 하나라도 즐거우니 말이야."

기후는 그녀의 머리카락을 손에 쥐고 어루만졌다.

"다른 사람은 네게 상처 낼 수 없어. 가만두지 않을 거야."

린은 기후의 손등에 키스해 주었다.

"이제 난 고등학생이 아니야. 민아는 내게 상처 내지 못해. 그러니 오빠도 그냥 잊어버려. 그런 더러운 기억 지워 버리라고."

기후는 고개를 끄덕여 주며 린을 꼭 안아 주고는 밖으로 나가 버렸다.

지호는 변호사 사무실에 들렀다가 병원으로 돌아왔다. 병원은 어제처럼 난리는 아니었지만 여전히 그를 보는 눈들이 많았다.

그는 무거운 한숨을 내쉬었다. 린은 바쁘다고 했다. 그녀의 비서는 그에게 순수하게 결혼을 축하한다는 이야기도 전했다.

그는 가운을 고쳐 입고 회진을 돌기 위해 준비를 했다.

그녀의 연락을 기다리고 있을 여유가 없었다. 이번 달 안에 결혼하자는 말은 있지만 그렇게 빨리 결혼이 이루어질 리도 없었다. 어쩌면 긴 약혼 기간을 가지게 될지도.

"아, 선배님."

"무슨 일이냐, 창현."

창현은 실실 웃으며 그를 툭 쳤다.

"어제 우리 여신님이랑 오피스텔 들어가셨다고 하던데. 어디까지 진도 나가신 겁니까?"

창현의 말에 놀라서 그를 돌아보았다.

"무슨 소리야?"

"아, 약혼자끼리인데 같이 오피스텔도 갈 수 있고 그렇죠. 하여튼 대단하십니다."

그는 듣기 불편한 말에 입을 앙다물었다. 오피스텔에 사는 의사들의 수가 많은데 자기가 너무 무방비했던 것이다. 모두들 그들이 그런 관계라고 오해하는 것이 틀림없었다.

"오해야. 그저 이야기하러 들른 것뿐이야."

창현은 능글거리며 웃었다.

"아, 왜 그러십니까. 말해 주기 싫으신 겁니까? 그냥 이야기 좀 해 달라는 것 아닙니까."

지호는 짜증스럽게 창현을 보았다.

"오해야. 우린 그런 사이 아니야."

창현은 그가 정색하자 뭔가 분위기가 이상하다 생각하고 얼른 웃음을 지웠다.

"죄송합니다."

그는 화난 걸음으로 자리를 옮겼다. 창현은 처음 보는 그의 차가운 얼굴에 잔뜩 긴장하고는 그를 따랐다. 다른 의사들과 합류해서도 여전히 긴장되기는 이번이 처음이었다. 환자를 볼 때는 웃음을 지었지만 동료들에게는 선을 그어 버리듯 행동했다.

"야, 창현아. 김 선생님 왜 저래?"

"쉿. 그 소문 누가 낸 거야. 어제 일."

"아니야?"

"그것 때문에 화나셨어."

"힉. 그걸 대놓고 물어봤냐?"

동료 의사는 소스라치듯 놀라며 물었다. 순간 지호가 그들을 노려보았다.

"여기는 병원입니다. 개인적인 용무는 나중에 이야기하시죠. 회진 중입니다."

다른 사람들 모두 일순 숨을 죽였다. 지호는 그들 모두가 린과 자신을 이상하게 만들고 있다는 것에 화가 치밀었다. 그냥 다른 곳에서 이야기했어야 하는데 병원 가까운 오피스텔에서 그런 이야기를 하는 바람에 그녀의 명예를 더럽힌 꼴이 되고 말았다.

지호는 짜증스럽게 청진기를 호주머니에 밀어 넣으며 발걸음을 옮겼다.

린은 지호에게 전화가 왔었다는 말에 그저 알겠다고 이야기하고 김시연을 만나기 위해 아래로 내려갔다. 그녀는 오래된 고객 중 한 명이었고 정치계의 큰손이라 불리는 로비스트였다. 회사에도 큰 고객인 데다 그녀가 소개해 주는 손님들이 수도 없이 많아 무시할 수 없는 고객이다.

"안녕하세요, 사모님."

"어머. 자기 결혼한다더라."

"네."

그녀는 환하게 웃어 보였다.

"좋은 사람인가 봐. 자기가 결혼 생각을 다 하고."

그녀는 웃으며 시연에게 카탈로그를 건네었다.

"욕심 없는 사람입니다. 올바르고요."

김시연은 고개를 끄덕이고는 그녀를 보았다.

"안 그래도 능력 있는 의사라고 하더라고. 결혼하기 전에 소개 좀 해요. 내가 자리 한번 마련할게."

"감사합니다, 사모님."

그녀는 옷들을 한참 보더니 몇 가지를 보고는 이야기했다.

"안 그래도 우리 쪽 애들 분위기 바꾸려 생각 중인데."

"그렇지요, 사모님. 좀 더 고급스러운 분위기도 좋지요. 이런 스타일의 옷들이라면 더 차분해 보일 것 같은데요."

김시연은 웃어 보였다.

"좋아. 아주 좋군. 안 그래도 이번에 대사관에 아이들하고 가야 하니까."

린은 웃으며 고개를 숙여 보였다.

"감사합니다, 사모님."

김시연은 담배를 들고는 불을 붙였다.

"우리 같은 정치 쪽 로비리스트들은 항상 몸 관리가 철저해야 하니까. 안 그래?"

그녀는 웃어 보였다.

"당연하지요."

김시연은 고개를 끄덕이고는 담배를 비벼 껐다.

"이번 머리 스타일과 옷 스타일은 자기가 알아서 연출해요. 그리고 결혼할 남자 꼭 데리고 와. 내가 아주 근사하게 대접할게."

"감사합니다, 사모님."

김시연은 담배 연기를 내뿜으며 그녀를 보더니 미소를 지었다. 그녀는 골라 둔 옷들이 있는 방으로 건너갔다.

린은 그런 시연을 보며 숨을 내쉬었다. 가장 싫은 여자와 닮은 여자. 하지만 김시연에게 그녀 또한 애착을 가지고 있었다. 엄마와 같은 부류의 여자라서 느끼는 감정 말고도 밑바닥에서부터 올라와 저렇게 살아가는 것에 놀라는 중이었다. 자신의 엄마는 결코 할 수 없는 일일 것이다.

그녀는 머리카락을 넘겼다.

"오늘 이 건이 마지막인가?"

"네, 부장님. 그런데 다른 분으로 인수인계 안 해도 되겠습니까?"

"김시연 사모님은 제가 책임집니다. 그러니 두 번 말하지 말아요."

대부분 김시연을 화류계 여자라는 이유로 꺼려하는 구석이 있었다. 정치인들의 사모들과도 많이 알고 마당발로 유명하신 분인데 그런 분의 심기를 거스르는 건 모험이었다.

린은 김시연이 옷을 입는 피팅룸으로 들어서며 다시 미소를 지었다. 그리고 그녀를 위한 색을 조언하며 열심히 자신의 일에 최선을 다했다.

지호는 당직이 없는 틈을 타서 린의 아파트로 향했다. 전화도 통화가 안 되는 것으로 보아 그녀가 일부러 피한다는 생각이 들었다. 당당하게 결혼하자고 말할 요량으로 그녀의 아파트로 찾아간 그는 아무 연락 없이 온 것을 한탄하며 자신의 작은 차에 앉아 있었다. 운전도 잘 하지 않는데 이렇게 차를 몰고 올 정도로 답답하기는 했던 것 같았다.

지호는 한숨을 쉬고는 차에 앉아 경비가 삼엄한 이곳에 린과의 연락도 없이 어떻게 들어갈 것인가를 고민했다.

그는 차에 앉아 있다가 눈에 익은 차를 발견했다. 윤슬과 린이 돌아오는 모양이었다. 그가 차에서 내려서는데 그녀의 차로 누군가 뛰어들어 팔을 벌렸다. 차는 급정거했다.

"내려, 이년아. 내리라고!"

지호는 찢어지는 비명 소리에 놀라 그 자리에 우뚝 멈추었다.

"이 망할 것. 지 어미를 이렇게 취급해?"

그녀는 린의 차를 펑펑 주먹으로 치고 있었다. 남루한 옷가지에 화장기 없는 얼굴의 여자는 흰머리가 희끗희끗 보였다.

"그래, 어미 고발해서 처넣으니 좋던? 좋아?"

순간 문이 열리고 윤슬이 내렸다.

"이러시면 곤란합니다."

윤슬이 그 여자의 손을 잡고 제지하자 그 여자가 앙칼지게 윤슬의 뺨을 후려쳤다.

"꺼져. 경호원 주제에."

"그만해요. 아직도 당신이 대단한 줄 알아?"

린이 내려서며 차갑게 입을 열었다. 그 여자는 린의 앞으로 달려들었고 지호는 자신도 모르게 뛰어가 그 여자의 손을 잡았다.

"그만하시죠. 보는 눈도 많습니다."

린은 지호를 올려다보더니 얼굴이 하얗게 질렸다. 그녀의 어머니는 그를 한참 보더니 그의 손을 뿌리쳤다.

"뭐 하는 자식이야. 내가 누군 줄 알고 이러는 거야."

린이 지호의 팔을 잡고 말했다.

"경비가 올 거예요. 그러니 차에 타요."

아니나 다를까, 경비원들이 뛰어왔다.

"죄송합니다, 부장님. 이런 일 없도록 주의했어야 하는데."

"아니에요. 문밖이니까 길 좀 열어 줘요. 들어가서 쉬고 싶으니까."

"예, 부장님."

그녀는 자신의 어머니가 팔이 잡혀 버둥거리는 것을 보면서도 차에 올라탔고 윤슬은 깍듯하게 인사를 하고는 차에 올라 운전을 했다.

"야, 이 나쁜 년아! 누구 덕에 네가 그런 인사 받고 그런 좋은 집에 사는데. 나쁜 년아!"

지호는 린을 보았다. 밀랍 인형처럼 창백한 그 모습이 지난번 해운대에서 겪었던 그 사건을 떠올리게 했다.

"좀 시간이 지나고 나서 움직이세요. 시끄러운 일 당할 수도 있으니."

린은 조용하게 이야기하더니 윤슬이 차를 세우자 내렸다. 지호는 그녀를 따라 내렸다.

"오늘 하루 종일 전화를 받지 않아서 걱정이 돼서 와 본 거야."

린은 엘리베이터에 올라타며 그를 흘긋 보았다. 윤슬도 동행하며 아무 말도 안 했다. 지호는 윤슬을 보고는 인상을 찡그렸다. 집에 들어서자마자 그는 윤슬을 잡았다.

"뺨에 상처가 생겼군요. 드레싱하셔야 할 것 같습니다. 혹시 집에 드레싱 용품 있나요?"

윤슬은 고개를 끄덕이더니 방으로 들어가 드레싱 용품을 가지고 나왔다.

"와. 정말 다 갖추고 있군요."

윤슬은 피식 웃었다.

"직업이 이러니까요."

자조적인 목소리. 지호는 윤슬의 상처에 파랗게 질린 린을 보았다.

"생각보다 큰 상처 아니야. 걱정하지 마."

린은 고개를 획 하고 돌렸다. 지호는 윤슬의 뺨에 난 상처를 깔끔하게 소독해 주고 거즈를 덮어 주었다.

"진물이 날 수도 있어요. 깊이 난 상처는 아니지만 신경 쓰인다면 언제든 병원을 찾아서 치료받아요."

"감사합니다."

윤슬은 덤덤하게 말하고는 일어났다.

"이야기하시죠, 두 분. 전 제 방으로 가겠습니다."

지호는 윤슬이 나가고 나자 린을 보았다. 뒤돌아선 린의 두 손이 떨리는 것이 그의 눈에 들어왔다.

"내가 곤란할 때 찾은 것 같군."

린이 그를 흘긋 돌아보았다.

"별로요."

그녀의 건조한 대답에 지호는 천천히 다가가 그녀의 어깨를 쥐었다.

"정말 그만둘 방법은 없는 건가? 당신, 이렇게 아무 감정 없이 결혼할 수 있어?"

린은 그를 빤히 올려다보았다.

"감정으로 결혼한다고 해서 뭐가 달라지는데요."

"왜 하필 나인지 알고 싶어."

그녀는 고개를 저었다.

"나도 몰라요. 아버님이 결정하신 일이라."

그녀의 대답에 그는 한숨을 쉬었다.

"아버님을 설득할 수는 없나?"

"하늘이 두 쪽 나도."

지호는 눈을 감았다. 뭔가에 꽉 잡혀 버린 기분이 들었다. 답답하고 숨고 싶고.

"그 결혼을 하고 나면 어떻게 되는 거지?"

린은 그를 한참 보았다.

"여느 결혼과 다를 바는 없겠죠. 당신이 손해 보는 건 없어요. 당신이 하고픈 것은 다 하게 될 테니까."

그녀의 매정한 말에 지호의 인상이 찡그려졌다.

"손해를 본다라는 말은 아닌 것 같군. 그렇다면 당신은 손해를 본다는 건가?"

그녀는 아무 말도 하지 않았다.

"결혼이 이토록 허무한 건지 몰랐군."

그는 쓰게 이야기했다. 달아날 방법이 없었다. 박성찬 과장을 뒤로하고라도 그녀를 두고 달아날 수도 없다는 것을 알게 되었다.

지호는 눈을 감았다가 뜨고는 그녀의 얼굴을 보았다. 차가운 눈과 긴장으로 떨리는 어깨를 느끼며 그는 한숨을 쉬었다.

"결혼은 하도록 해."

그녀는 아무 말도 하지 않았다.

"하지만 당신에게 아무것도 받지 않아."

그녀가 지호를 돌아보았다.

"무슨 말도 안 되는 소리예요."

그는 어깨를 으쓱했다.

"말 그대로야. 그냥 당신하고 결혼하겠다고 서류에 사인한 거야. 내가 회사에서 차지할 자리나 지분 따위는 필요 없어."

"후회할 텐데요."

지호는 그녀의 뒤틀린 심사를 보며 한숨을 쉬었다.

"내가 원하는 건 박 과장님을 그대로 둔다는 것뿐이야. 그 이상은 바라지 않아. 내가 이뤄 낼 수 있는 일들이라고 생각하니까."

그녀는 눈을 내리떴다. 역시 그가 모든 것을 포기한 건 박 과장과 민아 때문인 것이다.

"그렇군요. 그러죠. 그럼."

그녀는 차갑게 이야기하고는 그의 손을 떨궈 냈다.

"어머님이라고 하던데."

순간 그녀의 손에 힘이 들어갔다.

"뭐, 생물학적으로는 그래요. 어머니는 어머니죠."

그녀는 냉소적으로 이야기하며 시선을 다른 곳으로 돌렸다.

"사이가 좋지 못한 것은 알고 있어. 이야기도 못 들어 줄 정도로 나쁜 건가?"

린은 지호의 말에 기분 나쁜 미소를 보였다.

"아주 나빠요. 그냥 나쁜 게 아닌 아주 나쁜 여자죠. 내 어머니라는 사람은. 이야기를 듣고 있으면 끝도 없는 자기연민에 빠진 사람을 보는 것 같아서 구역질이 나죠. 돈만 있으면 자식도 팔고 모든 걸 다 팔 수 있어요. 그 사람."

린은 사납게 이야기하더니 돌아섰다.

"이런 이야기 하고 싶지 않군요."

그녀의 집안 이야기를 알기에 지호는 더 이상은 말하지 않고 한숨을 쉬었다.

"그리고 미안해."

"네?"

지호는 그녀를 뒤에서 천천히 안았다. 린은 그의 포옹에 기겁을 하며 그를 뿌리쳤고, 그는 그녀의 행동이 그저 어머니 때문에 생긴 스트레스를 그에게 보인 거라 여겼다.

"병원에 소문이 났더군. 내가 부주의하게 당신을 오피스텔로 데리고 들어가는 바람에. 아주 미안하게 생각해."

린은 그의 말에 눈을 한참 깜빡거리고 있다가 고개를 끄덕였다.

"뭐, 그렇겠죠. 이야기 좋아하는 사람들은. 걱정할 것 없어요. 소문에 난자당하는 것쯤이야."

그녀는 태연스럽게 말하고는 그를 보았다.

"정말 결혼을 할 거란 말이죠?"

"그쪽이 물리기 전에는 나도 나타날 생각이야."

"전 물리지 않아요."

그는 린의 도전적인 눈을 보았다.

"좋아. 그럼 이제 뭘 해야 하지?"

"결혼식을 올리는 거죠. 아버지가 좋아하실 만한 일을 하는 거예요."

지호는 그녀의 말에 고개를 끄덕이고는 한숨을 쉬었다.

"당신과 내가 이렇게 될 거라고는 상상도 못 했어."

"그런가요? 다들 별의별 상상 다 하던데."

린의 신랄한 말투에 지호는 한숨을 쉬고 그녀의 손을 쥐었다. 움찔하는 그 손을 꽉 쥐고는 그녀와 눈을 맞추었다.

"진짜 상상도 못 했어. 그런데 결혼을 한다고 하니 어색한 것뿐이야. 정말 이대로 결혼해도 되겠어?"

그녀는 그를 한참을 보았다.

"네. 전 괜찮아요. 모두가 이런 식으로 정략결혼을 하니까요."

지호는 한숨을 내쉬고는 그녀의 이마에 키스했다.

"어차피 결혼 후에 얼마 지나지 않아 교환 프로그램으로 미국으로 나가. 그러니 둘 다 그간 생각을 정리할 수 있겠지."

그녀도 고개를 끄덕였다.

"당신을 미워하거나 하지는 않아. 일이 급작스럽게 돌아간 것뿐이야."

린이 그를 올려보고는 뭔가 말하려다 입을 다물었다.

"고마워요. 그렇게 말해 줘서."

냉정한 대답이었다. 마치 거대한 벽에 가려진 듯 린은 자신의 마음을 꽁꽁 닫아 버렸다.

지호는 그녀를 꼭 안았다.

"이런 결혼이 아니라 정식으로 청혼했다면 좋았을 텐데."

그가 나직하게 말하며 그녀를 풀어 주었다.

"잘 자. 난 이만 돌아갈게."

그녀는 고개를 끄덕여 주었다. 지호가 빠져나가고 나자 그녀는 머리를 짚었다. 바보처럼 그가 정식 청혼이라 말했다고 설레다니. 그가 그녀에게 그런 말을 하는 것은 그녀의 비위를 맞춰 주려는 거지 다른 의도는 없었을 것이 분명했다.

린은 눈을 커다랗게 뜨고 앞을 노려보았다. 그런 걸로 흔들릴 그녀가 아닌데 요즘 들어 너무 여러 일이 같이 일어나서 혼란에 빠진 것뿐이었다.

■ ✕ ■

린의 결혼식은 일사천리로 준비되었다. 지호는 착잡한 심정을 느껴야 했다. 그녀와 대화로라도 잘해 보려 하는데 린은 대화 자체를 피하고 있었다. 뭐가 문제인지 말을 하지 않으니 더 답답하기만 했다.

"안에 있어."

지호는 익숙한 목소리에 움찔해서 일어났다. 한 번도 그를 찾아온 적 없던 기후가 문을 밀치고 안으로 들어섰다. 나른한 태도로 의자를 당겨 아무렇게나 앉는 기후를 보며 그는 자리에 앉았다.

"어쩐 일이십니까, 이사님."

상냥하게 입을 열었지만 아직도 마음속에 린과 기후에 대한 의문이 가득 남아 있었다. 기후가 그를 한참 보더니 사진을 하나 던졌다.

"너 민아와 동거했나?"

그는 인상을 찡그렸다.

"동거라니요. 말이 심하십니다."

"내일 아침 신문에 나올 것인데 형이 뒤로 돌렸어."

사진을 보니 지독하게 이어 붙여 그들이 동거하는 것처럼 보이게 만들었다는 것을 알게 되었다.

"다시 한 번 물어보지. 민아와 어떤 사이야."

지호는 처음으로 기후의 얼굴에 나타난 살벌한 분노를 목격했다. 결코 감정을 보이지 않던 남자의 노기 서린 표정은 여태 보아 오던 나른하고 색기 넘치는 기후의 모습이 아닌 위험하고 어두워 보이는 모습이었다.

"아는 선생님의 딸일 뿐입니다."

기후는 코웃음을 지었다.

"그저 아는 선생의 딸이라는 이유로 누구나 자기 집을 내어 주지는 않아. 특히 그 기집애에게는."

그는 욕설처럼 말하는 기후의 말에 반감을 느꼈다.

"갈 곳이 없어 떠돌게 할 수는 없었습니다."

기후는 책상을 손바닥으로 내려쳤다.

"내 말 잘 들어. 린과 결혼할 거라면서 다른 여자 돌아보다니 미친 거 아니야? 민아와 한 번만 더 시시덕거리는 사진 기자 손에 들어가면 둘 다 가만 안 둬. 린 상처 입히면 너는 더 당하게 될 거야. 갈 곳이 없어 떠돌든 말든 관심 꺼. 더 당해도 할 말 없는 기집이니까."

기후는 거칠게 말하고는 자리에서 일어났다.

"아버지와 형은 널 반기는지 몰라도 난 아니야. 린을 상처 입히면 정말 가만 안 둘 거야. 내 말 명심해."

그는 기후가 위협하듯 말하고 나가는 모습을 한참 보았다. 린에 대한 일이면 물불을 가리지 않는다고 들었지만 실제로 보니 무시무시할 지경이었다. 그는 한숨을 쉬었다. 오늘 회장 집에서 얼굴을 볼 건데 저런 사진을 이미 봤다면 뭐라 이야기할지 그는 난감하면서도 짜증스러워졌다.

린은 보라색 원피스를 입고 의자에 앉아 있었다. 기후와 뭔가 이야기를 주고받던 그녀의 얼굴이 눈에 띄게 풀리더니 기후의 손을 꼭 잡아 주었다.

"이상해 보이나 봐요."

지호는 상냥한 서연의 목소리에 깜짝 놀랐다.

"아닙니다, 사장님."

서연은 빙긋이 웃어 보였다.

"앞으로 가족 될 사람끼리 너무 경칭은 그렇군요. 우리 아가씨가 결혼을 하다니 꿈만 같아요."

서연은 기쁜 듯이 두 사람을 보았다.

"이상해 보일 수도 있어요. 너무 사이좋은 남매라. 하지만 둘은 결코 이상한 사이는 아니에요. 단지 동생을 너무 걱정하는 오빠일 뿐이죠. 그건 제 남편도 마찬가지인데 둘의 표현 방법이 다른 거예요."

서연은 다정하게 말하고는 그를 보았다.

"아가씨는 정이 많아요. 저렇게 차갑고 못된 소리 하는 것도 자신을 보호하기 위해 그러는 거예요. 그러니 그런 것에 너무 신경 쓰지 말아요."

지호는 서연의 말에 그저 고개를 숙여 보일 뿐이었다.

식사 시간 내내 살얼음판 같았다. 그저 기분 좋은 것은 최만후뿐이었고 지후와 기후는 지호를 패 주고 싶은 눈치였다.

"그런데 린의 어머님이 린의 집으로 찾아오셨더군요."

순간 서연의 얼굴에 걱정이 가득했다.

"또 접근 금지 명령을 어겼군요."

서연이 차분하게 말하는 소리에 그녀를 보았다.

"린이 안 만나야 하는 사람 중 하나예요. 아이러니하게도 그 대상이 친어머니라는 것이 슬픈 일이죠."

서연은 그 이상 아무 말도 하지 않았다. 그도 더 이상 물어보는 게 실례일 것 같아 말을 하지 않았다. 집으로 돌아갈 시간이 되자 린이 지호의 손을 쥐었다.

"운전 좀 해 주세요. 오늘 윤슬은 운전을 못 할 거라서요."

린이 먼저 거는 말에 가볍게 고개를 끄덕여 주었다.

차를 타고 집에 거의 다다르자 린이 잠시 집에 들러 달라고 했다. 지호는 그녀와 함께 안으로 들어갔다.

"결혼식까지 일주일인가?"

"네."

"실감이 안 나는군."

지호의 말에 린이 그를 살짝 흘겨보았다.

"실감이 나든 안 나든 당신 옆에 서 있는 여자는 나일 거예요."

지호는 가시 돋친 말에 그녀를 보았다. 화가 난 듯 올라간 눈썹과 동그랗게 뜬 눈이 귀여웠다. 그는 피식 웃으며 그녀의 뺨을 쓸어 주었다. 린은 움찔하면서도 그의 부드러운 접촉에 가만히 서 있었다.

"결혼한다 해도 바뀔 것은 없다는 것 우리 다 알고 있잖아."

그녀는 지호의 말에 고개를 돌리려 했지만 그가 그녀의 턱을 잡고 한참을 보았다.

"밥도 잘 안 먹고 잠도 잘 안 자는 것 같군. 그래서는 몸이 버티지 못해."

"주치의 아니에요. 그만하죠."

그녀의 말에 아랑곳없이 지호는 그녀의 눈을 들여다보았다.

"피곤해 보여."

그녀는 아무 말 안 하고 그를 보았다. 얼굴이 너무 가까이 있어 두려웠다. 지난번 키스도 했는데 갑자기 두려움이 이는 이유를 알 수 없었다.

그는 그녀를 한참 보더니 고개를 숙였다. 그녀의 입술 위로 그의 입술이 겹쳐지더니 그저 입술을 느끼는 정도가 아닌 그의 입술이 그녀의 입술을 깨물고는 입안으로 혀가 밀려 들어왔다.

처음에는 공포로 주변이 까맣게 변하는 듯하다가 하얗게 다시 변했다. 그의 혀가 입안 가득 움직이며 농염한 키스를 이어 가는 동안 그녀는 어둠 속에 던져져 옴짝달싹도 못했다. 역겨운 그 아이들의 입술이, 혀가 입안으로 파고들었던 기억에 몸서리가 쳐졌다.

그녀의 몸이 뻣뻣해진 걸 알았는지 지호는 다시 입술을 머금고 반복적으로 짧은 키스를 하더니 그녀의 턱을 좀 더 옆으로 돌려 더욱 깊은 키스를 이어 갔다.

린은 그의 혀가 입안으로 들어와 그녀의 혀 밑을 자극하고 다시 혀를 문질러 올 때까지 숨이 멎은 듯 있었다. 하지만 이리저리 방향을 바꿔 집요하게 입안을 헤집는 그의 입술에 그만 몸이 풀어지는 기분을 느꼈다.

역겹게 느끼던 것도 잠시, 기억들이 사라지고 그의 입술이 주는 쾌감만이 남았다.

린은 천천히 팔을 올려 그의 목에 팔을 감았다. 여태 하던 키스 중 가장 뜨겁게 이어 가는 키스에 그녀는 그에게 더욱 매달렸다.

그의 혀가, 입술이 그녀를 모두 차지할 때까지 무력하게 그에게 기대 있었다. 지호가 입술을 떼자 그녀는 아쉬움을 느껴야 했다. 그건 지호도 마찬가지인 듯 그녀의 입술에서 시선을 떼지 못하고 있다가 겨우 얼굴을 돌렸다.

"이러려고 온 건 아닌데."

나직한 목소리에 그녀도 정신이 차츰 들기 시작했다. 지호는 그녀를 안고는 등을 부드럽게 애무했다. 린은 종잇조각처럼 그에게 매달리며 눈을 꽉 감다. 차가운 책상 위로 강제로 눕혀진 건 아니었다. 그리고 여러 명이 달려들어 그녀를 주물러 대는 것도 아니었다.

이상한 영상을 찍으며 낄낄거리지도 않았다.

더 이상 이 공포를 안고 살 수는 없었다. 지호가 그녀의 이마에 키스를 하고는 뺨과 입술에도 키스해 주었다.

그는 무언으로 그녀에게 요구하고 있었다. 자신의 몸 상태를 그리고 자신의 마음을 말해 주길.

린은 눈을 꾹 감았다가 뜨고는 그를 밀쳤다.

"일주일 뒤 결혼식에서 봬요. 수정된 서류에 사인하고 나면 내일 제가 가서 낼게요."

지호는 자신 앞에 벽을 세우는 린을 보면 왠지 모를 꺼림칙한 기분을 느꼈지만, 민아와의 사이를 오해하고 있으리라는 생각에 그런 기분을 무시했다.

"알겠어. 마음대로 해."

지호는 그녀를 뒤로한 채 집을 나섰다. 린은 한참 그대로 서 있다가 돌아서서 그가 나간 쪽을 바라보았다.

그가 결혼하지 않는다 했다면 무슨 소리를 했을지는 장담할 수 없지만, 자신의 속으로 들어가 보면 그를 죽을 만큼 괴롭혀 줬을지도 모른다는 생각이 들었다.

민아 때문에 결혼하는 그도 밉지만 민아를 선택해서 그녀를 뿌리쳤다면 더욱 싫었을 것 같았다.

이러지도 저러지도 못하는 심약한 마음에 짜증이 나고 화가 치밀었다. 끌려오듯 결혼하는 그도, 그를 옭아매서 결혼을 감행하는 그녀도 둘 다 짜증스러운 건 사실이었다.

※

드레스를 고르고 마사지를 받고 해도 어느 것 하나 기쁜 일이 없었다. 그날 밤 이후 지호와는 통화를 간간이 할 뿐 서로 만나거나 하는 일은 없었다. 항상 바쁜 그와 또 다르게 바쁜 린은 서로 만나지 않는 게 오히려 도움이 되는 것 같은 기분마저 들었다.

"부장님."

그녀는 고개를 들었다.

"도착했습니다."

그녀는 미소를 지었다.

"미안. 다른 생각 중이었어. 오늘은 조용하구나."

"전대 회장님이 손을 써 두신 것 같습니다."

린은 쓰게 웃으며 중얼거렸다.

"아버지도 참. 왜 그런 여자를 가까이하신 거야."

윤슬은 차를 주차하고는 내려서더니 린의 문을 열어 주었다.

"오늘 퇴근하지 말지."

윤슬은 웃고는 그녀와 같이 걸었다.

"내가 퇴근하지 말았으면 하는 이유는 도대체 뭐야?"

"결혼 전 변덕?"

윤슬은 피식 웃었다.

"안 가. 너 결혼식도 얼마 안 남았는데 처녀 파티는 못 해도 같이는 있어야지."

린은 윤슬의 말에 피식 웃었다.

"하기는 하는구나. 결혼."

린은 한숨처럼 이야기하고는 집으로 들어섰다.

"아버지가 이미 집도 구해서 공사 중이고 난 할 일이 없는 것 같아. 거기다 그 사람은 연락도 없고."

"많이 바쁘겠지. 갑자기 결정 난 결혼이니까."

린은 한숨을 쉬며 윤슬의 뺨에 난 상처를 보았다.

"아직도 상처가 남았네?"

"아무래도 예리하게 긁힌 상처라서."

"너 그 상처 없어지지 않으면 오빠가 날뛰지 싶은데. 오빠 만난 적 있어?"

윤슬은 씁쓸한 미소를 지으며 고개를 저었다.

"만날 일이 뭐 있어. 본디 일이 다른 사람인데."

린은 가만히 있다가 고개를 들었다.

"내가 결혼해도 옆에 있어 줄 거지?"

윤슬은 아무 말도 안 하다가 어색하게 웃어 보였다.

"네가 안심이 될 때까지는 있어 줄게. 하지만 너의 결혼 생활을 위해서는 내가 없는 편이 좋을지도 모르지."

린은 윤슬의 말에 고개를 저었다.

"그런 말 하지 마. 난 너 없으면 결혼도 못 할 것 같으니까."

린이 투정 부리듯이 이야기하자 윤슬은 웃으며 고개를 저었다. 지금 린이 저러는 것도 결혼에서 오는 부담감 때문인 걸 알고 있었다. 거기다 남편 될 사람과 이렇다 할 연락도 되지 않다 보니 더한 것 같았다.

린은 아니라고 하지만 김지호 선생에게 무척이나 많은 관심을 가지고 있었고 그 남자만이 린에게 다가갈 수 있는 유일한 사람이기도 했다.

"걱정하지 마. 다 잘 될 거야."

린은 가만히 소파에 기대앉더니 입을 열었다.

"정말 이렇게 결혼해도 되는 걸까?"

윤슬은 처음으로 후회하듯 말하는 린을 보며 조용히 그녀의 손을 잡아 주었다.

"후회된다면 취소하든가."

린은 고개를 저었다.

"아니. 할 거야."

윤슬은 웃으며 그녀를 보았다.

"어차피 할 거라면 좀 더 여유를 가져. 세상 모든 것 가질 수 있는 최린처럼 말이야."

린은 그 말에 겨우 웃어 보였다. 여유를 가지라는 말이 무척이나 생소하면서도 거의 불가능하다는 생각마저 들었던 것이다.

민아는 신문을 통해 둘이 결혼한다는 사실을 알게 되었다. 지호만큼은 다를 줄 알았는데 역시 욕심을 가진 사람일 뿐이었다. 그녀의 친구는 화려하게 화장을 하더니 그녀를 흘긋 보았다.

"소개해 준 곳 일은 할 만해?"

"응. 할 만해."

"그런데 무슨 기사를 그렇게 읽어?"

"아무것도 아니야."

민아는 얼버무리듯 이야기하고는 한숨을 쉬었다.

"팁은 좀 쏠쏠해?"

"아니."

친구는 혀를 끌끌 차고는 민아를 흘긋 보았다.

"요새 손님들은 너처럼 깡마른 애를 싫어한다고. 좀 볼륨 있는 몸매가 되어야지. 여신 같은 몸매 말이야."

민아는 쓰게 웃었다.

"처음부터 그런 몸매 따위는 없었어."

친구는 그녀를 흘긋 다시 보더니 고개를 끄덕였다.

"야, 아침 미용실 일은 할 만하냐?"

"그냥."

민아는 대충 말하고는 옷을 갈아입었다. 늘 하던 일이라 어려울 건 없었다. 그냥 같이 춤 좀 추고 노래 부르고 술 좀 따르면 그만인 일이었다. 이 차는 그녀의 마음이라 그런 것은 신경 쓰지 않았다. 민아는 공들여 화장을 하며 자신의 처지를 비관했다.

모든 게 린 때문이라고. 지호 오빠까지 빼앗아 간 린을 어떻게 하면 괴롭힐 수 있을까 하는 생각만 머릿속에 가득했다.

 아침이면 고단한 몸을 이끌고 미용실에 가서 일을 하고 저녁이면 퇴근해서 가요주점에 나가고 있었다. 하루하루 살기도 빠듯한데 주점을 다니는 친구가 소개를 해 준 덕에 주점에서 일을 할 수 있었다.

 남자들 비위 맞추는 건 아무것도 아니었다. 하지만 이렇게 살아가는 자신이 비참해서 견딜 수가 없었던 것이다. 아버지에게 돌아가면 이런 생활을 안 해도 될지 모른다. 하지만 이미 나이를 먹을 대로 먹은 딸이 무슨 염치로 들어간다는 말인가.

 민아는 씁쓸하게 고개를 저었다. 시간을 돌려 다시 돌아간다면 린 따위는 스치지도 않았을 것이다. 자신의 미래가 이렇게 된다는 걸 알면서도 그런 여자애와 싸워 볼 생각을 할 사람은 몇 안 될 것이다. 어려서 철도 없고 생각도 못 한 것이 이런 화근이 된 것이다.

 민아는 주먹을 부들거렸다. 빛나던 미래가 있었는데 린과의 그 일로 모두 사라졌고 그녀는 암흑 속에 던져진 것이다.

 린이 지호와 결혼을 한다. 그녀는 지호의 약점을 잡아내서 이 결혼을 흔들어 버릴까 하는 생각이 들었다. 그러다 문득 미소를 지었다.

 뭐하러 결혼을 처음부터 깨 버릴까. 후에 결혼하고 남편이 바람피우면서 느낄 고통을 당해 보는 게 더 좋을지도 몰랐다.

 그녀는 입가에 미소를 지었다.

'어서 결혼해. 나 버린 지호 오빠와 날 이렇게 만든 너, 둘 다 시궁창에 처박아 줄 테니.'

민아는 입술에 립스틱을 아주 붉게 펴 바르면서 속으로 욕설을 퍼부었다.

지후는 서류를 넘기다 뭔가 껄끄러운 것을 발견했다.
"네가 조사한 것인가?"
"네."
지후는 한동안 이마에 손을 대고 생각에 잠겼다.
"뺨은 어쩌다 다친 거냐, 윤슬."
"아무것도 아닙니다."
지후는 피식 웃었다. 성질 사나운 정 여사가 다녀갔다는 이야기야 벌써 들어서 알고 있었는데 그 여자가 윤슬에게 화풀이를 한 것 같았다.
"결혼 후에도 네가 남아 준다고 하니 고맙지만 이상하게 생각할까 봐 걱정이군. 난 널 우리 집사람 경호원으로 채용하고 싶었는데 말이야."
윤슬은 미소를 지었다.
"아닙니다."
그는 자료를 한참 보고는 고개를 끄덕였다.
"용케 자료를 잘 찾아오는군. 이제 탐정으로 나서도 될 정도야."

"과찬이십니다."

지후는 고개를 끄덕이고는 사진을 툭 쳤다.

"이런 식의 연결 고리라면 반갑지. 아무것도 없는 줄 알았는데 말이야."

그는 중얼거리듯 이야기를 하더니 윤슬을 보았다.

"린에게는 아무 말도 하지 마. 이건 내가 알아서 처리할 테니."

"예, 회장님. 그럼."

윤슬이 그에게 인사하고 물러나자 그는 미소를 지으며 자리에서 일어났다. 앞으로 세 시간 후면 식이 거행될 예정이었다. 아버지의 말을 다 믿는 건 아니지만 린이 먼저 결혼하겠다 나선 남자니 그도 믿고 싶은 기분이 들었다. 어쩌면 저 얼어붙은 상처 입은 린을 구원해 줄 유일한 사람일지도 모른다는 생각을 그는 지울 수가 없었다.

린은 가만히 드레스를 입은 자신을 보았다. 드레스를 고르는 것조차 같이 갈 수 없었다. 지호는 지호대로 수술 대기자를 모두 마쳐야 했고, 그녀는 그녀대로 패션쇼 행사에 필요한 것을 기획하느라 정신이 없었다. 린은 크림색 드레스를 입고 가만히 의자에 앉아 있었다.

윤슬은 안전 점검 때문에 신부 대기실 앞에서 대기 중이었다.

"떨려?"

린은 기후를 보고 피식 웃었다.

"오빠는 안 그럴 것 같아?"

기후는 그녀의 옆에 털썩 앉았다.

"왜 윤슬은 데리고 가는 거야."

그녀는 기후의 말에 웃음을 지었다.

"내 상태 알리고 싶지 않아서."

"정상적인 결혼이 될 수 없을 텐데."

그녀는 눈을 내리떴다.

"섹스리스 부부로 살겠지."

"어느 남자가 그걸 바란다고 생각해? 미리 말은 했어?"

그녀는 고개를 저었다.

"결혼 때 그렇게 정나미 떨어지게 해서 옭아맸는데 나에게 정염이 불타지는 않을 거야."

기후는 씩 웃어 보였다.

"정복의 맛이 있지. 특히 너 같은 아이는 말이야."

린은 고개를 저었다.

"다들 오빠같이 섹스에 모든 것을 낭비하지는 않아."

기후는 몸을 펴고 그녀에게 기댔다.

"낭비는 아니야. 내 인간관계가 그 정도로 빈티 난다는 거지."

린은 기후의 뺨에 키스해 주었다.

"그는 네가 그런 제안을 하면 싫어할 거야."

"하지만 섹스 없이도 살아갈 수 있어."

기후는 손가락으로 그녀의 입술을 누르며 가까이에서 웃었다.

"그가 널 안을 거라는 데 1억 걸어."

순간 문이 열렸다. 그녀는 천천히 고개를 들다가 화가 난 듯 보이는 지호의 눈과 마주쳤다. 기후는 그녀의 드레스 자락에 다리가 휘어 감겨진 채 그녀의 입술에 키스를 하는 듯이 보였다.

린은 지호가 기후와 자신을 의심하고 있다는 것을 단박에 눈치챌 수 있었다.

그녀는 그를 향해 무언의 눈빛을 보냈다. 다른 사람들과 똑같은 생각을 하는 그가 실망스럽다고. 그녀는 계속 그에게 왜 자신을 믿지 못하는 거냐고 물어보고 있었다.

지호는 그런 린을 외면했다.

"예식을 시작한다는군."

린이 알겠다는 듯이 고개를 끄덕하고는 자리에서 일어났다. 기후는 먼저 일어나 그녀를 일으키며 지호의 눈치를 한참 보고는 그녀의 귀에 속삭였다.

"질투하는 남자처럼 무서운 건 없지."

그녀는 기후를 노려보았다. 알면서 일부러 그를 충동질하는 것이다. 기후가 감정을 모르는 건 사실일지 모른다. 하지만 그 내면에는 잔인할 만큼 약아 빠진 남자가 있었고, 감정으로 느끼지 못하면 다른 사람을 움직여서라도 그 감정을 찾아내는 사악함이 있었다.

린은 기후를 노려보았다.

"오빠가 이러지 않아도 나 힘들어."

기후는 그녀에게 인사를 했다.

"섹스가 나쁜 건 아니야. 생각보다 편안해. 아니면 다른 사람 하는 거 볼래?"

"그만해, 오빠."

기후는 어깨를 으쓱했다.

"내 눈앞에서 그러고 있는 것 직접 보는 것도 나쁘지는 않아. 그들의 얼굴을 보면 무척 흥미진진하니까."

기후는 그렇게 말하고는 그대로 신부 대기실을 빠져나갔다.

린은 단호한 발걸음으로 걸어 나갔다.

이미 주사위는 던져졌다. 아버지와 자신을 따라다니던 여러 추문들과 그녀의 케케묵은 상처를 지워 버릴 수 있을지 없을지, 이제 그녀의 운에 맡겨야 하는 시간이 된 것이다.

린은 주먹을 움켜쥐고 전투를 하는 마음으로 예식장 안으로 들어섰다. 지후의 손을 잡고 식장으로 들어서는 그녀는 아름다웠지만 두 눈은 전쟁이라도 하는 듯이 살벌한 빛을 내뿜고 있었다.

그녀가 버진로드를 따라 오는 것을 보는 지호의 눈도 그녀와 다를 바는 없었다. 누구나 알고 있는 사랑에 빠진 남녀라기보다는 서로가 죽일 듯이 굴복시키고자 하는 의지만 가진 싸움꾼으로 보일 지경이었다.

2권에 계속